Die Geschichte beginnt mit ihrem Ende. Onkel Paul war lange krank gewesen, sein Tod war keine Überraschung, und doch ist da erst mal Stille, Wut und Ratlosigkeit. Belangloses, Erinnerungen und Alltägliches mischen sich in das Gespräch der Schwestern. Aufgewühlt von der Trauer, für die sie noch keine Worte haben, erzählen sich Lisa und Tanja von Onkel Paul. Er war an die Stelle des Vaters getreten, als sich die Eltern scheiden ließen. Er übernahm die Rolle der Mutter, als sie sich nach der Trennung nicht um die heranwachsenden Töchter kümmern konnte. Heute ist Tanja eine erfolgreiche Wirtschaftsexpertin, hat Familie, einen soliden Mann und eine niedliche Tochter. Lisas Schauspielerkarriere ist zwar gescheitert, doch sie hat sich ein Leben als Therapeutin aufgebaut. Paul, selbst ein Mann der Kunst, des guten Geschmacks, hatte sich mehr gewünscht, denn seine beiden Nichten sollten alles werden, nur nicht gewöhnlich. Die Trauer macht uns erst sprachlos, dann empfänglich für das, was wir nicht wahrhaben wollen, und gibt uns schließlich eine Sprache für die eigene Geschichte zurück. Diesen Moment nutzt Gila Lustiger in ihrem neuen Roman, entlarvt die Gewissheiten und falschen Wahrheiten, um dorthin zu gelangen, wo auch Trost wieder möglich ist.

Gila Lustiger wurde 1963 in Frankfurt am Main geboren. Von 1982 bis 1986 studierte sie Germanistik und Komparatistik, seit 1987 lebt sie als Verlagslektorin, Übersetzerin und Autorin in Paris.

Gila Lustiger bei bloomsbury taschenbuch:
So sind wir (978-3-8333-0407-1)
Herr Grinberg & Co (978-3-8333-0613-6)

GILA LUSTIGER

WORAN DENKST DU JETZT

Roman

bloomsbury taschenbuch

MIX
Papier aus verantwortungsvollen Quellen
FSC® C083411
www.fsc.org

November 2012

Umschlaggestaltung: Rothfos & Gabler, Hamburg,
unter Verwendung eines Bildes von © Trevillion
Druck und Bindung: CPI – Clausen & Bosse, Leck
Printed in Germany
ISBN 978-3-8333-0863-5

www.bloomsbury-verlag.de

LISA

ALLES WIE GEWOHNT. Der Gedanke rettete Lisa in dieser Nacht. Alles ging irgendwie weiter, ohne sich äußerlich verändert zu haben. Wenn jemand in die Küche kommen würde, so würde er sie so dasitzen sehen wie alle Abende zuvor. Er würde nicht wissen, dass sie diesmal nicht auf ihren Onkel *aufpasste*, sondern auf ihre Schwester Tanja wartete, die im ersten Stock versuchte, ihre Mutter zu trösten. Er würde sie nur wieder auf ihrem gewohnten Platz im Korbsessel thronen sehen, den sie an die Wand neben das Fenster geschoben hatte. Zur Rechten überblickte sie die Küche. Geradeaus lag dunkel und verschwommen der Flur, schräg hinter ihr erstreckte sich der Garten, in dem sich ein verfrühter Frühling schon zu regen begann. Es war die letzten Tage ungewöhnlich warm gewesen, und die zwei Hortensienbüsche an der Mauer, die auf eine kleine Einfahrt führte, fingen schon an, vorsichtig ihre Knospen zu öffnen und einen zarten, blauen Flaum zu entfalten. Er würde sie also so dasitzen sehen, mit dem Frühling und einem nun fast dunklen Himmel im Rücken, mit einer Tasse Tee auf den Knien. Und wie all die Tage zuvor lief der Fernseher, den sie vor ein paar Monaten vom Wohnzimmer in die Küche getragen hatten, ohne Ton. Lisa schaute zum Bildschirm hinüber, schaute gar nicht richtig hin, nippte an ihrem Tee und folgte geistesabwesend den Bildern. Es war ein Dokumentarfilm über Jazz, vielleicht auch ein Film über New York oder über die Sechziger, so sicher war sich Lisa nicht. Sie hatte ein Geschick dafür entwickelt, sich von dem Sinn nicht behelligen zu lassen, und dass sie nach einer guten halben Stunde immer noch nicht herausgefunden hatte, worum es eigentlich ging, bereitete ihr Vergnügen.

Seit ihr Onkel krank geworden war, hatte sie das Interesse am Weltgeschehen verloren. Sie, Lisa Bergmann, die fleißige Onlinepetition-Unterschreiberin, die ihre Stimme regelmäßig gegen Hunger und Armut, Neonazi-Kundgebung, zu hohe Studiengebühren oder genmanipuliertes Speiseöl erhob, die, soweit sie zurückdenken konnte, wütend durchs Leben ging, brachte nun weder die nötige Geduld, noch die erforderliche Anteilnahme auf, um sich von den vielen Schreckensbildern erschüttern zu lassen. Genau genommen sah sie gar nicht mehr richtig hin, wenn sie in der Küche sitzend den Fernseher anschaltete und sich wahllos Filme, Nachrichten oder irgendwelche schwachsinnigen Unterhaltungssendungen reinzog, um nicht einzuschlafen. Der Trubel da draußen interessierte sie nicht. Die Verstrickungen, Hintergrundinformationen, die nötig gewesen wären, um aus all den flimmernden Formen etwas Zusammenhängendes, Kohärentes zu machen, etwas, was auch sie anging und bewegte, all das erschöpfte sie schon im Voraus. Was da draußen geschah, hatte nichts mit der Situation im Haus zu tun. Nichts mit dieser kleinen, ganz und gar durchorganisierten Welt. Nichts mit der Stille, die sie besonders abends umgab und die eine feste, zähe Konsistenz hatte. Und natürlich hatte es nichts mit der Krankheit ihres Onkels zu tun und daher auch nichts mit ihrer Mutter, mit Tanja und mit ihr. Sie ließ sich von den Bildern einlullen, thronte auf ihrem Platz, nippte an ihrer Kräuterteemischung und dachte an Onkel Paul.

Er war gestorben, wie er es sich gewünscht hatte – in seinem Haus. Zwar nicht in seinem ehemaligen Zimmer im ersten Stock, aber doch in dem Haus, in dem er aufgewachsen war.

»Bring mich heim«, hatte er im Krankenhaus ihre Mutter gebeten und damit nicht die Wohnung gemeint, in der er seit vierunddreißig Jahren mit Anne, seiner Frau, zusammenlebte, sondern das Haus. Er hatte diesen Entschluss in einer schmerzfreien Stunde gefasst, hatte er ihnen später im Auto erklärt, als er aufstehen, sich waschen und zur Toilette hatte gehen können. Und in Ruhe darüber hatte nachdenken können, was er wirklich wollte. Nicht, was sie alle, die Ärzte, die Pfleger und die Familie, für sein Bestes hielten, sondern was er, Paul Bergmann, als Nächstes zu tun gedachte. Er hatte also entschieden, in sein Elternhaus zurückzukehren, und diese Resolution sogleich in die Tat umgesetzt, hatte sich rasiert und sein grünes Krankenhausnachthemd gegen den mittlerweile zu weit gewordenen dunklen Anzug getauscht, hatte gepackt, sich angezogen ins Bett gelegt und auf ihre Mutter gewartet. Und als sie dann ins Zimmer gekommen waren, hatte er nur kurz die Augen geöffnet und seine Schwester anvisiert.

»Bring mich heim«, hatte er gesagt, die Ruhe selbst, dann die Augen wieder geschlossen.

Sie hatte ungläubig auf ihren Onkel gestarrt, auf ihre Mutter, den roten Trolley, den er am Fußende des Bettes so platziert hatte, dass er leicht hinausgerollt werden konnte. Auf die durchsichtige Tragetasche mit seinem aufblasbaren blauen Nackenkissen, seinem Transistorradio, seinem Reisewecker, seinen Hausschuhen und den Büchern. Alles stand zur Abreise bereit. Ordentlich zusammengepackt. Widerrede zwecklos.

Natürlich hatte ihre Mutter dennoch versucht, es ihm auszureden. *Sein* Heim – *ihr* Haus? Seit wann, bitte schön? Und was mit seiner Frau sei? Seinen Freunden? Seinen Nachbarn? All den Menschen, die ihn ein Leben lang begleitet haben? Und was mit all dem sei, was er sich aufgebaut, erstanden und gesammelt habe? Seine französischen Weine im Keller? Seine Kunstdrucke an den Wänden? Seine maßgeschneiderten Hemden und Anzüge im Schrank? Sollte das alles plötzlich bedeutungslos geworden sein? Ihre Mutter hatte ihn beschworen. Er könne vierunddreißig Jahre Ehe nicht einfach so auslöschen, aus einer Laune heraus seine Frau verleugnen. Mehr als ein Vierteljahrhundert, mein Gott. Merke er nicht, was er Anne antue? Selbstredend hatte auch Lisa etwas zur Diskussion beigesteuert. Jeder wolle irgendwann einmal in die Kindheit zurück, hatte sie mit ihrer ruhigen Therapeutinnenstimme gesagt. Dies sei jedoch nichts anderes als ein regressiver Wunsch. Ja, gut, das würde sie ihm gerne zugestehen, ein verständlicher Wunsch, aber leider nicht zu erfüllen.

Er hatte gar nicht einmal versucht, sie beide zu unterbrechen, hatte sich alle ausgefeilten Argumente, die sie abwechselnd ins Feld geführt hatten, einfach nur angehört. Ohne ein Wort zu sagen. Ohne die Miene zu verziehen. Ohne vor allen Dingen etwas zu erklären. Aber er erklärte ja nie etwas. Natürlich wusste er, was er seiner Frau antat, und natürlich war es ihm egal. Einsilbig, ruhig hatte er ihre Mutter taxiert. Ein Blick, mehr war nicht nötig gewesen, um ihr klarzumachen, wer trotz der Krankheit immer noch das Sagen hatte. Er hatte also wieder einmal gesiegt und seinen Willen durchgesetzt, trotz all der triftigen Gründe, die sie beide gefunden hatten und die er beschlossen hatte einfach zu ignorieren.

»Vergiss die Tasche mit der Nackenrolle nicht, gut, Schatz?«, hatte er sie gebeten, als sie schon in der Tür standen.

Das war seine Antwort auf all das gewesen, was sie vorgebracht hatten. Sie hatten über Takt gefaselt, Anstand, seine Frau, seine Freunde, Zugehörigkeit, und er hatte mit seiner Nackenrolle gekontert, ohne die er schlecht schlafen könne.

Er war also in das Haus seiner Schwester gezogen, in das Haus, in dem er und seine Schwester aufgewachsen waren. Das er – nicht sie – nach dem Tod ihrer Eltern geerbt hatte. Das er seiner Schwester nach ihrer Scheidung überlassen hatte, als sie plötzlich mit zwei kleinen Töchtern auf der Straße stand. Ohne mit der Wimper zu zucken hatte er damals den Mietern gekündigt und sich um eine kleine, adrette Summe gebracht, hatte das Haus für sie renoviert und ihnen beim Umzug geholfen. Er war also in das Haus gezogen, das er seiner Schwester nach seinem eigenen Tod zu vermachen gedachte. Nicht zu seiner Frau Anne. Nicht in ein Hospiz, in das die Ärzte vorgeschlagen hatten ihn einzuweisen. In sein Haus. Dahin, wo er seines Erachtens hingehörte – Anstand hin, Anstand her –, um da zu sterben, wo er zur Welt gekommen war.

Es hatte nur einen einzigen Tag benötigt, um das Haus zu verwandeln. Es zu konfiszieren und ihre eigenen Erinnerungen daraus auszuradieren. Ihre Jugend, die ihrer Schwester Tanja, kaum hatte sich ihr Onkel niedergelassen, existierte das alles nicht mehr. Selbst die

Zimmer wurden umgestaltet. Das Wohnzimmer wurde sein Krankenzimmer, die Küche der Aufenthaltsraum, der Flur mit all seinen Stöcken, Krücken, Gehhilfen eine Art Abstellkammer. Er und seine Krankheit hatten jeden Quadratmeter des Hauses beschlagnahmt. Davor war seine Krankheit etwas Abstraktes gewesen. Etwas, was man wegschieben konnte. Höchstens etwas, was von einem Bataillon weiß bekittelter Spezialisten für sie im Zaum gehalten wurde. Die Krankheit gehörte den Ärzten. Jedem seine Domäne. Sie hatten über die Krankheit diskutiert, das schon. Vor allen Dingen Anne und ihre Mutter hatten oft darüber gestritten, wie die Krankheit einzudämmen, zu beschränken sei, welche Therapie ihn, wenn auch nicht retten, so doch so lange wie nur möglich schmerzfrei am Leben halten könne. Aber was bedeutete schmerzfrei? Wer entschied, welche Schmerzen, und seien sie noch so klein, zu ertragen seien? Und warum sollte er Schmerzen nicht als Herausforderung nehmen? Sie waren unentwegt aneinandergeraten, während Tanja zwischen den beiden Frauen zu moderieren versucht und sie, Lisa, gegoogelt, grünen Tee getrunken und Informationen über die Bauchspeicheldrüse gesammelt hatte. Nächtelang hatte sie jenem kleinen, zuvor ignorierten, nun befallenen Organ, das hinter dem Magen eingebettet lag, ihre ganze Aufmerksamkeit geschenkt. Hatte Fachausdrücke mit gelbem Textmarker unterstrichen, um vor dem Chefarzt und seinem

Schweif an Ober-, Stations- und Assistenzärzten nicht als Trottel dazustehen, um Fragen stellen und sogar auch noch die Antworten verstehen zu können. Sie hatte gehofft, gehadert, und manchmal hatte sie auch aus Wut geweint. Aber daneben gab es das Leben, blieben ihr die Liebschaften, die Arbeit, Freunde, Männer, Abende im Theater oder im Restaurant. Als ihr Onkel jedoch ins Haus gezogen war, war mit ihm auch die Krankheit eingezogen, und mit ihr im Schlepptau all ihre Attribute: Tabletten, Pillen, Ampullen, Spritzen, Kompressen und das ewige Gerede über seinen Stuhlgang. Ob er gut, weich, hart oder gar nicht geschissen hatte, wurde eines der Hauptgesprächsthemen der Familie. Sie hätte nie geahnt, dass sie sich eines Tages mit ihrer Mutter über *so etwas* unterhalten würde. Und ebenfalls hätte sie nie vermutet, mit was für einer Wucht die Krankheit sie alle überrollen, in welchem Ausmaß sie von ihnen Besitz ergreifen würde. Drei Monate hatte ihre Mutter gegen die Krankheit angekämpft, hatte aufgepasst, dass er seine Enzympräparate zu allen Mahlzeiten einnahm, dass er genug frische Luft und Bewegung und kein Völlegefühl, Durchfall oder Schmerzen hatte. Alles war auf ihn eingestellt, alles nach ihm ausgerichtet. Keine einzige Nacht hatte ihre Mutter richtig geschlafen und hatte sich am Ende nicht einmal mehr Zeit genommen, sich anständig zu ernähren. Alles hopp, hopp, hopp, im Stehen. Wenn überhaupt, hatte ihre Mutter schnell irgendetwas hinuntergeschlungen. Meistens waren es Fertiggerichte gewesen. Tiefkühlkost, die sie in die Mikrowelle geschoben und aufgewärmt hatte. Aber selbst dann hatte sie immer nur ein paar Bissen gegessen. Und auch nur, wenn Corinna, die Pflegerin, sie ermahnt hatte. Corinna musste schon drohen, damit sich ihre Mutter für eine tiefgekühlte, halb aufgetaute Vogelportion Zeit nahm. Drei Monate gab es nur ihn. Ihn und seinen Stuhlgang, ihn und seine Schmerzen, ihn und seine Ängste, ihn und seine schlechte Laune, ihn und seine schlaflosen Nächte, ihn und seine kleinen, hässlichen Geschwüre. Und dann war er gestorben. Ohne Vorwarnung. Ohne dass einer von ihnen darauf vorbereitet gewesen wäre. Ohne dass auch nur einer von ihnen überhaupt verstanden hätte, was hier geschah. Selbstverständlich hatten sie alle mit seinem Tod gerechnet. Und selbstverständlich hatte er sie alle überrascht. Der Tod, die natürliche Konsequenz jedes Lebens. Und gerade darum monströs, unheimlich und anstößig.

Wie hätte sie sich seinen Tod so schlicht vorstellen können? So beiläufig. Und wie hätte sie sich auch nur eine Sekunde vorstellen können, dass sie in der Küche sitzend auf den Tod ihres Onkels warten würde?

Er war kurz nach elf Uhr gestorben. Ihre Mutter war an seinem Bett geblieben, und sie und Corinna hatten das Zimmer verlassen, nachdem sich ihre Mutter zu ihnen umgedreht und gesagt hatte: »Bitte lasst mich jetzt mit ihm allein.« Sie hätte natürlich kontern können, schließlich hatte er sie großgezogen, aber entgegen ihre Gewohnheit hatte sie sich dem Wunsch ihrer Mutter nicht widersetzt, hatte sie nichts erwidert, kein einziges Wort, hatte nur genickt, sich umgedreht und war in die Küche marschiert.

»Warum denn nicht?«, hatte sie sich später vor ihrem Freund zu rechtfertigen versucht.

»Warum denn nicht?«, hatte er ungläubig wiederholt.

»Warum soll ich ihr das nicht zugestehen dürfen?«

Schließlich war ihre Mutter drei Monate nicht von seiner Seite gewichen, hatte nachts in seinem Zimmer geschlafen, hatte sich bis an den Rand der Erschöpfung um ihn gekümmert. Wer von ihnen hatte sich denn wirklich mit seiner Krankheit auseinandergesetzt? Doch nur ihre Mutter. Warum sollte sie ihr das also nicht zubilligen?

Es hatte sich nichtsdestotrotz befremdlich angefühlt, geradezu abstrus, in der Küche zu sitzen und auf seinen Tod zu warten. Sie war zwar erleichtert gewesen, als die Pflegerin sie sanft und bestimmt hinausgeführt hatte – alles besser, als dem Schauspiel seines Todes beiwohnen –, aber als sie dann in der Küche war, wo noch sein Brei auf dem Herd abkühlte, und auch das Frühstücksgeschirr in der Spüle bemerkte und auf die hellblaue Tischdecke mit den Kaffeeringen und Marmeladeflecken blickte, als sie alles so daliegen sah in seiner ganzen Vertrautheit und Alltäglichkeit, da hatte sie sich gefragt, was, zum Teufel, mache ich hier.

Sie war hin- und hergetippelt. Flur, Küche, Flur. Sie hatte sich hinzusetzen versucht, jedoch kaum saß sie, war sie auch schon wieder aufgesprungen, hatte sie die Warterei in den Flur getrieben. Sie wollte hinaus, in den Garten, irgendwohin, wo sie hätte nachdenken und begreifen können, was sich hier überhaupt abspielte, aber sie hatte Angst gehabt, *es* zu verpassen. Flur, Küche, Flur, ein paar Schritte in Richtung Krankenzimmer, wieder zurück in die Küche, dann wieder in den Flur hinein, an *seine* Türschwelle und wieder zurück. Und das alles unter den Blicken der Pflegerin, die sie angeschaut hatte, als hätte sie dies alles schon etliche Male erlebt. So war es Lisa jedenfalls vorgekommen, und fast hätte sie gefragt, wie man sich in solchen Fällen zu verhalten, was man zu machen, was man zu sagen, an was man zu denken habe.

Sie, sie hatte an Nebensächliches gedacht. Hatte auf ihre Schuhspitze hinuntergeblickt, auf Staub, auf die vergilbten Ecken neben dem Herd und sich daran erinnert, dass sie ihrer Mutter versprochen hatte, die Wand dort zu streichen. Mein Gott, solche Belanglosigkeiten waren ihr tatsächlich durch den Kopf gegangen. Wie viel Liter Farbe sie für dreißig Quadratmeter Fläche bräuchte? Und ob sie nicht gleich die ganze Küche in Angriff nehmen solle? Natürlich hatte sie auch an Onkel Paul denken müssen. Wie er ihr das Fahrradfahren beigebracht hatte, wie sie ein paar Jahre später im Sommer zusammen zur italienischen Eisdiele geradelt waren, wie er ihr bei ihrer ersten Theaterrolle, Adriana in der *Komödie der Irrungen*, zuversichtlich zugenickt hatte. Sie war im zweiten Aufzug in der erste Szene mit einer beunruhigend schlechten Lucinda auf die Bühne getreten und hatte ihn gesucht und in der ersten Reihe links entdeckt. Er hatte ihr zugelächelt, erst dann hatte sie mit einer Stimme wie aus weiter Entfernung ansetzen können. »Mein Mann kommt nicht zurück, auch nicht der Diener, den ich so eilig sandt', ihn aufzusuchen.«

So viele Erinnerungsbilder waren ihr durch den Kopf gezogen. Und natürlich war auch wieder der Streit aufgetaucht, und die Sinnlosigkeit dieser Auseinandersetzung war ihr schmerzhaft bewusst geworden. All die hässlichen Worte, die sie ihm an den Kopf geschmissen hatte, standen nun wieder im Raum, unversehrt. Und während die Pflegerin sich Tee gemacht, mit automatischen Handbewegungen Wasser aufgesetzt, einen Schrank geöffnet, eine Tasse und einen Teebeutel hervorgezogen hatte – eine Tasse mit Rosenmotiv, das hatte sich eingeprägt –, hatte sie ihn wieder gesehen, wie er mit hochrotem Kopf und der kleinen, an der Schläfe pochenden Ader auf sie eingeschrien hatte, in eben dieser Küche. Er hatte eins seiner blau-weiß gestreiften Hemden getragen, hatte vor ihr gestanden und ihr fuchtelnd den Zeigefinger entgegengestreckt. Sie hatte ihm verkündet, die Schauspielerei an den Nagel hängen zu wollen, und er war explodiert. Sie hatte gerade diesen Kurs in Dramatherapie belegt. Und hatte ihm davon erzählt, und er war regelrecht ausgerastet.

»Warum?«, hatte er geschrien, und sein Zeigefinger hatte den Takt seiner Worte angegeben. Warum? Doch nur aus Trotz, doch nur, um sich ihm zu widersetzen.

»Antworte«, hatte er geschrien.

Und sie hatte geschwiegen.

Er hatte getobt und ihr vor lauter Aufregung Speicheltröpfchen ins Gesicht gespuckt. Zwei, drei, vier, die sie mit einer diskreten Handbewegung weggewischt hatte. Dann war er zur nächsten Taktik übergegangen, hatte sie mit eindringlicher Stimme zu überzeugen versucht, wie früher, jedes Wort ein Keil, den er in ihren Widerstand trieb. Das Theater hier, das Theater dort, hatte er referiert. Das Theater seine heilige Kuh. Aber diesmal hatte sie nicht nachgegeben, hatte sie auf diese vor ihr stehende, referierende Gestalt geblickt und an all die Minijobs in den TV-Produktionen gedacht, die ihr angeboten wurden und von denen sie nicht leben konnte.

»Wie lange«, hatte sie gefragt, »soll ich denn deiner Ansicht nach noch auf die große Rolle warten? Fünf? Zehn? Zwanzig Jahre? Ein ganzes Leben?«

Sie hatte keine Lust, sich für eine Idee aufzuopfern, hatte sie ihm erklärt.

»Warum soll ich mein Leben lang herumkrebsen? Für eine Idee? Ja? Für *deine* Idee? Na, dann werde ich eben keine große Charakterschauspielerin. Na und? Na, dann werde ich halt eine von diesen Mittelklasseangestellten. Na und?«

Sie würde lieber in einer hübschen Wohnung wohnen, hatte sie gesagt. Und sich öfter mal etwas gönnen. Es machte sie fertig, sich um ihre Zukunft Sorgen machen zu müssen. Nicht zu wissen, ob sie morgen eine Rolle kriegen würde oder nicht. Wieso verstand er das denn nicht? Er, der sich über solche Dinge nicht den Kopf zerbrechen musste. Na, dann hatte sie ihn und seine Erwartungen halt enttäuscht, hatte sie gesagt. Na und. Na und. Na und.

Sie richtete sich auf, blickte auf die Uhr, es war kurz nach neun. Ihre Schwester war seit einer guten Stunde oben. Tanja war geradewegs zu ihrer Mutter in den ersten Stock geeilt, hatte nicht zuvor im Krankenzimmer Halt gemacht. Sie hatte gesagt, sie wolle zuerst einmal sehen, wie es ihrer Mutter ginge. Eine ziemlich lahme Ausrede, was sonst. Lisa schaute aus dem Fenster auf die Kastanie, durch deren Geäst der Wind fuhr, der seit einigen Tagen immer abends aufzukommen schien, dann wieder auf den Fernsehbildschirm. Ein breites

Gesicht verzog sich zu einem breiten Grinsen. Eine Frau ging durch eine Menschenmenge, ihr schilfgrünes Kleid wippte bei jedem Schritt. Sie sah, wie es sich durch das Dickicht der Menschen einen Weg bahnte. Grün blitzte es hier und dort auf. Grün zwischen Blau und Schwarz und Rot und Grau. Eine Mücke sirrte nah an Lisas Ohr, aber sie war zu müde, um etwas anderes zu tun, als es mit Missmut zu registrieren.

Sie wusste auch nicht, warum sie dort in der Küche ausgerechnet an diesen Streit hatte denken müssen. Von allen Erinnerungen musste es ausgerechnet der Streit sein, den sie immer wieder heraufbeschwor. Sie hätte an alles Mögliche denken können, an die Nachmittage im Garten, an die kleinen Geschenke, Puppen, Buntstifte, die er ihnen mitgebracht, die Bücher, die er ihnen vorgelesen hatte, aber nein, sie musste sich unbedingt an die Beschuldigungen erinnern, die er gegen sie erhoben hatte, und Wort für Wort seine Vorwürfe noch einmal durchgehen. Und selbstredend kamen auch die Unterstellungen wieder hoch, all das, was sie hitzig entgegnet hatte, mit dem Wunsch, ihn zu verletzen. Es gab in ihrer Liebe einen hohen Gehalt an Wut. Sie hätte ihm das sagen sollen. Sie hätte ihm erklären sollen, dass sie ihn gerade dann, wenn sie wütend auf ihn war, am meisten liebte. Einen Augenblick lang hätte sie sich fast nicht an den Wunsch ihrer Mutter gehalten, wäre sie fast ins Krankenzimmer gelaufen, um ihm das alles zu gestehen – hatte sie ihm denn je gesagt, dass sie ihn liebte? Hatte sie ihm je das Wesen ihrer Liebe, ihre Konsistenz darzulegen versucht? Aber dann hatte sie sich wieder an den gehetzten, bettelnden Blick ihrer Mutter erinnert, der von den Sonnenflecken auf dem Teppich bis hin zu seiner in eine Decke gehüllten schmächtigen Gestalt gewandert war, und sie hatte nicht ohne eine bittere Note Ironie entschieden, ihrer Liste der verpassten Gelegenheiten, der verpassten Gesten und verpassten Sätze, die ihr manchmal länger erschien als die Liste ihres wirklichen Lebens, einen erheblichen Punkt hinzuzufügen.

Sie war also dazu verdammt, dass sie diesen Streit später auch noch mit seinem Tod in Verbindung bringen würde, hatte sie voller Selbstmitleid gedacht, während sie auf die Pflegerin geblickt hatte, die neben ihr aus der Rosentasse Tee schlürfte. Er würde sich doppelt in ihrer Erinnerung einnisten. Wenn sie an den Tod ihres Onkels denken würde, so würde sie sich notgedrungen wieder an alle Anschuldigungen erinnern.

Damals, auf jeden Fall, hatte er vor ihr gestanden wie ein Riese, der sie bedrohte und ihr Angst einflößte, auch noch dann, wenn er weich und zärtlich wurde. Gerade dann. Sie hatte ihm ihre Entscheidung zu erklären und ihn zu besänftigen versucht, ohne sich von seinem Blick beirren zu lassen, ein Blick aus grauen Augen, der einen durchbohren konnte, bis man verstummte. Aber sie war diesmal nicht verstummt, hatte nicht seine Augen, sondern ein paar winzige weiße Flöckchen auf dem Kragen seines dunkelgrauen Sakko-Revers fixiert, hatte diese Schuppen, seinen Hals und sein Kinn anvisiert und erklärt:

»Weißt du, was ich gespürt habe, als du uns das erste Mal ins Theater mitgenommen hast? Du hast gedacht, ich hätte so etwas wie einen ästhetischen Schock gehabt, weil ich immer wieder in das Stück wollte, aber ich habe mich einfach in den Schauspieler verknallt.«

Sie hatte sich in den Mann verliebt – in den Schauspieler, den Othello, in seine Intensität, seinen Kummer, seinen Wahn, sein Herzklopfen und in seine Konzentration. Sie war zwölf gewesen. Zu Hause war immer alles wie in Watte gepackt. Und plötzlich hatte sie diesen Mann gesehen, der auf einem kleinen Flecken Bühne in einem kleinen Flecken Licht ganz bei der Sache war, sich ganz seiner Liebe hingab und seiner Eifersucht. Deshalb, hatte sie ihrem Onkel gesagt, hatte sie die ganze Zeit hingewollt. Nicht wegen Shakespeare, nicht wegen der Kultur, des Theaters, sondern weil sie sich in diesen Typ verliebt hatte, in seine Fähigkeit, zu begehren und zu leiden. Sie hatte schon mit zwölf gespürt, dass es um Erregung ging, und der Rest, das war Gequatsche von frustrierten Kulturbürgern. Das hätte sie damals natürlich nicht ausdrücken, nicht so formulieren können, aber begriffen hatte sie es dennoch. Denn wie anders war ihre Abneigung gegen sein Gerede über künstlerische Anlagen, künstlerische Absichten, künstlerische Einsichten zu erklären, die sie damals entwickelt hatte. Jedes Mal, wenn er damit anfing, hätte sie sich schütteln können wie ein nasser Hund. Selbst mit zwölf hatte sie gespürt, dass ihr Onkel das alles nur benutzte, um sich von den anderen abzuschirmen, dass seine Kultur nichts anderes war als ein Schutzwall.

»Ich war einfach nur verliebt«, hatte sie ihm gesagt und dass sie nie wirklich habe Schauspielerin werden wollen. Sie sei es für ihn geworden. Aber sie könne nicht ihr Leben für ihn aufopfern. Sie wollte nicht mehr seine Träume träumen müssen. Ihr ganzes Bestreben, ihre Ambitionen, ihre ganze Energie und Jugend drauf verwenden, das zu werden, was er nicht hatte werden können. Und warum? Aus Angst. Doch nur, weil er sich nie da hingewagt hatte, wo sein Begehren war, aus Angst, gerade dort zu versagen.

Sie hatten drei Monate nicht miteinander gesprochen, und dann war er eines Tages mit diesem wunderbaren Mantel angekommen. Einem nachtblauen, fast schwarzen Kaschmirmantel. Hatte bei Lisa geklingelt, war an ihr vorbei ins Wohnzimmer marschiert und hatte ihr, nachdem sie ihm gefolgt war und ihn fragend angeblickt hatte, eine große graue Stofftasche mit dem Logo ihrer Lieblingsboutique entgegengestreckt, ohne ein einziges Wort an sie zu richten. Sie hatte das Spiel natürlich bereitwillig mitgespielt. Hatte erstaunt das raschelnde Seidenpapier aufgerissen, den Mantel hervorgezogen, die Hände über dem Kopf zusammengeschlagen, den Mund zu einem überraschten »Wow« geformt, zu einem begeisterten »Oh« langgezogen, einem »Ah« der Entzückung. Sie hatte sich in diesem Moment selber geglaubt. Sie hatte diese Fähigkeit, sich mit ihrem eigenen Enthusiasmus anzustacheln, sich selber abzukaufen, was sie da spielte. Sie hatte sich in den Mantel helfen lassen, war vor den Garderobenspiegel getreten, hatte sich um die eigene Achse gedreht. Gewissenhaft hatte sie Begeisterung aufgeführt und ihm, der ihr stumm gefolgt war, versichert, noch nie so einen Mantel besessen zu haben. Man konnte ihm eine gewisse Größe, einen gewissen Sinn für dramatische Auflösung von Konflikten nicht absprechen. Beim besten Willen nicht.

Erst als er zu ihrer Mutter gekommen war, erst nach der ersten Phase des Schocks, nachdem er sich an den Gedanken gewöhnt hatte oder vorgetäuscht hatte, sich damit abzufinden, dass das aktive Leben für ihn nun vorbei war, erst als sie die Nachmittage verplauderten, hatte er sie noch einmal darauf angesprochen.

»Vermisst du die Bühne nicht?«, hatte er gefragt, und sie hatte geantwortet: »Keine Sekunde.«

Sie hatte ihm von einem Stück erzählt, das sie gesehen hatte. Eine Freundin aus der Schauspielschule hatte die Rolle der Blanche Du Bois in *Endstation Sehnsucht* ergattert, und sie waren zu fünft hin, alles Freunde von früher.

»Ich habe zwei Stunden in einem halb vollen dunklen Saal gesessen, und weißt du, was ich gedacht habe?«, hatte sie gesagt, »ich habe gedacht, dass mich das, was ich in den letzten Jahren auf den Bühnen gesehen habe, nicht so bewegt wie die Leute in der Therapie.«

»Was willst du mir beweisen?«, hatte er gefragt.

Und sie hatte geantwortet: »Dass mir mein schlecht bezahlter Job gefällt.«

Das war das erste Mal, dass sie ihren Beruf angeschnitten hatten, das erste Mal, dass er das Wort »Psychodramatherapeutin« nicht mit Verachtung ausgesprochen hatte.

»Und das macht dir Spaß, Leute ihre Konflikte spielen zu lassen?«, hatte er dennoch abschließend fragen müssen.

»Ja«, hatte sie geantwortet, »genau das macht mir Spaß.«

Er hatte leicht mit den Achseln gezuckt. »Wie du meinst.«

Es hätte etwas mehr Mut verlangt, um ihm zu erklären, warum dem so war, gewiss auch mehr Selbstvertrauen, aber sobald sie an seiner Seite stand, sie wusste auch nicht, wie und wann dies geschah – es ließ sich einfach nicht ändern –, verwandelte sie sich unmerklich in ein kleines, eingeschüchtertes Kind. Sie hatte nur »Ja« gesagt, »genau das macht mir Spaß«, und hatte aus dem Fenster geschaut. Wie üblich war sie verletzt gewesen und war verstummt, hatte sie sich in dieses Gefühl der Kränkung eingepuppt und war dann gegangen. Erst später, im Bus, in eine dichte Menschenmenge gehüllt, von fremden Menschen umzingelt, hatte sie die Konversation mit ihm fortsetzen können. *Ich bin gut, hatte sie ihm gesagt, ich gehöre zu den Besten. Ich habe Alkoholiker betreut und Drogensüchtige, Leute mit Wahnvorstellungen und Leute mit Liebeskummer, Leute mit Essstörungen, mit Waschzwang und postnataler Depression. Und allen habe ich geholfen. Weißt du übrigens, was alle meine Patienten verbindet? Es gibt natürlich immer ein paar Ausnahmen. Aber die meisten, weißt du, was die meisten verbindet? Erst in meiner Therapie fangen sie an zu leben. Erst wenn sie ihr Leben spielen, leben sie. Und weißt du, was sie davor machen? Davor machen sie das Gleiche wie du. Sie beklagen sich. Sie beschweren sich und jammern, dass die ganze Welt verlogen ist, beschränkt und vulgär. Sie kommen zu mir, weil sie ein Problem haben, und dann machen sie doch nichts anderes, als sich über die Welt zu beklagen und die anderen für ihr Scheißleben verantwortlich zu machen. Ihre Eltern oder ihren Gatten, den Arbeitgeber, die Gesellschaft oder das System. Ganz egal wen. Hauptsache, sie haben einen, den sie bezichtigen können.*

In ihrer Vorstellung ließ er sie ausreden, fiel ihr nie ins Wort und winkte auch nie mit dieser ungeduldigen Handbewegung ab, die sie seit ihrer Kindheit kannte. In ihrer Vorstellung war er dazu in der Lage, zuzuhören und sich in Frage zu stellen. Und ganz besonders interessierte er sich in ihrer Vorstellung für die Arbeit, die er in der Realität verachtete.

Weißt du, was ich mache, wenn sie jammern und ächzen und stöhnen und klagen? Nichts. Ich mache nichts. Ich warte. Ich lass sie ächzen und stöhnen und jammern und warte. Ich glaube, ich war in meinem früheren Leben ein Jäger oder eine Katze. Ich warte auf den geeigneten Augenblick. Ich habe ein unwahrscheinliches Gespür für den richtigen Augenblick. Ich lass sie jammern und warte. Die meisten von ihnen sind natürlich hoffnungslose Fälle. Das ist, was sie verbindet, eigentlich sind sie alle hoffnungslos in ihrem Leid verkrustet. Aber ich bin jemand, der warten kann. Das ist meine größte Begabung, dass ich warten kann.

Es sollte Lisa dennoch komisch erscheinen, fast ein Zeichen des Schicksals, dass sie wieder einmal dazu verdammt worden war, zu warten, aber diesmal nicht auf die große Liebe, die große Rolle, eine Gehaltserhöhung oder ein Wunder, sondern auf seinen Tod. Sie hatte den Kopf in die Hände gestützt und dem Licht zugesehen, das sich gemächlich die Wände entlangtastete. Es war ungewöhnlich still gewesen, aber vielleicht war es ihr ja auch nur so vorgekommen, dichtete sie sich nun die Stille hinzu, vielleicht hatte aber auch das Wissen um den anrückenden Tod ihre Sinne betäubt, alles gedämpft, fast lautlos gemacht. Sie hatte jedenfalls nicht viel gehört, und gespürt hatte sie auch nicht viel. Ein paarmal hatte die Pflegerin sie gefragt, ob sie etwas trinken wolle, und jedes Mal hatte sie den Kopf geschüttelt und verneint. Hier warte ich also wieder, hatte sie gedacht, und es war ihr irgendwie stimmig erschienen, vollkommen logisch, sich so neben einer Fremden ausharrend von ihrem Onkel zu verabschieden.

Und dann hatte sie ihre Mutter bemerkt. Plötzlich stand ihre Mutter mit leicht vorgebeugtem Oberkörper in der Tür. Und während sie das blasse Gesicht ihrer Mutter inspiziert hatte, es war so blass gewesen, dass es gepudert schien, hatte sie begriffen. Sie würde ihn also nie wiedersehen. Es war vorbei. Ungläubig hatte Lisa auf die schwankende Gestalt geblickt, die auf sie zukam, und hatte sich nicht von der Stelle bewegen können. Aus den Augenwinkeln hatte sie gesehen, wie die Pflegerin an ihrer Mutter vorbei aus der Küche gelaufen war, und hatte gehört, wie sie ihr etwas zurief, ohne jedoch den Sinn der Worte zu verstehen. Alles war sehr schnell und zugleich sehr langsam gegangen. Denn sie hatte sich doch aufspringen und auf ihre Mutter zuhasten sehen. In einer Art Reflexbewegung hatte sie ihr die Arme entgegengestreckt, um sie aufzufangen. Und während sie ihre Mutter festgehalten hatte, noch ohne ein Gefühl des Verlustes, hatte sie gedacht: einfach so. Einfach so war ihr Onkel gestorben, während sie mit der Pflegerin in der Küche gesessen und gewartet hatte. Das war ihr erster bewusster Gedanke gewesen. So einfach ist das also, hatte sie überrascht gedacht, während ihre Mutter in ihren Armen schluchzte.

Und auch noch später, während die Pflegerin »das Nötige« gemacht, den Hausarzt benachrichtigt, Anne angerufen und mit dem Bestattungsinstitut verhandelt hatte, hatte sie sich geweigert, es zu akzeptieren. Wie kann man einfach sterben?, hatte sie sich entrüstet. Wie geht das plötzlich, einfach tot zu sein? *Ich gehe aus dem Zimmer, und er lebt. Ich komme zurück, und er ist tot. Einfach so.*

Es dauerte noch eine Weile, bis sie endlich Schritte auf der Treppe vernahm. Na endlich, dachte sie und blickte in Erwartung der Silhouette Tanjas zur Türe hin und in den dunklen Flur. Sie lauschte gespannt, hörte das Geräusch, das Tanjas Absätze auf dem Parkettboden der Diele machten. Einen kurzen Augenblick wurde es still, und sogleich überlegte sie, was Tanja jetzt machte, warum sie im dunklen Flur stand, ob sie nachdachte, ob sie weinte, aber dann hörte sie, wie ihre Schwester die Schranktür öffnete. Sie sucht nur wieder ihr Handy, dachte sie enttäuscht, erhaschte ein Rascheln, wie Tanja seufzte, und dann sah sie ihre Schwester ins Licht treten, blinzeln und noch geblendet auf sie zugehen. Ihre Mutter war also endlich eingeschlafen. Es wurde aber auch wirklich Zeit.

TANJA

»UND? IST SIE endlich eingeschlafen?«

Tanja nickte.

»Hast du ihr die Schlaftablette gegeben?«

»Jawohl.«

»Und was hat sie dir gesagt?«

»Nichts.«

»Wie – nichts?«, fragte Lisa verblüfft.

»Wir haben nicht gesprochen«, erwiderte Tanja und setzte sich an den Küchentisch.

»Wie? Kein einziges Wort?«

Tanja schüttelte den Kopf. Sie wusste genau, was ihre Schwester nun wollte, und sie wusste auch, dass sie es ihr nicht geben würde. Sie würde sich nun nicht über ihre Mutter unterhalten. Die Diskussion war beendet, bevor sie überhaupt angefangen hatte, bevor Lisa mit der Angst um ihre Mutter loslegen konnte. Wenn sie jetzt nicht aufpasste, so würde Lisa sie über jedes einzelne Wort, jede einzelne Geste ihrer Mutter ausfragen, um nachher alles lange und ausführlich zu analysieren. Warum ihre Mutter dies gesagt hatte und nicht das. Warum sie dies gemacht hatte, und was es bedeutete, worauf es hinwies, was man daraus schließen konnte.

»Komm, sie muss doch etwas gesagt haben«, erwiderte Lisa. Sie war nun aus ihrem Korbsessel aufgestanden. Einen Augenblick blieb sie unschlüssig mitten im Raum stehen, dann kam sie auf Tanja zu, setzte sich neben sie und blickte sie forschend an.

»Sie hat gesagt, dass sie nicht will, dass ich sie tröste. Ich hätte ehrlich gesagt auch nicht gewusst, wie.«

Es war gelinde ausgedrückt verwirrend gewesen, die eigene Mutter so hilflos und schutzbedürftig zu sehen. Sie hatte lautlos geweint und die Zimmerdecke angestarrt, während Tanja ihre Hand gehalten hatte. Eine schlaffe Hand wie ein kleines, totes Tier.

»Und wie hat sie ausgesehen?«

»Ihr geht es wirklich nicht schlecht«, sagte Tanja. »Ich meine, natürlich geht es ihr schlecht, aber nicht so schlecht, dass sie jetzt wieder irgendwelche Dummheiten machen könnte.«

Sie hatte keine Kraft, das Thema »Mutter«, »Mutters Psyche«, »Mutters Fragilität« oder wie immer Lisa diese Diskussion auch benennen mochte, anzuschneiden. Nicht heute, nicht sofort, nicht hier. Eigentlich nirgends und nie. Und um unmissverständlich klarzumachen, dass das Thema »Mutter« für sie abgehakt war, dass sie, Tanja, sich in kein Gespräch über ihre Mutter würde verwickeln lassen, fügte sie in einem extrem lässigen Ton hinzu, der Lisa nicht täuschen konnte, aber das sollte er ja auch nicht: »Also, was trinken wir?«

»Wie wär's mit Weißwein?«, fragte Lisa, deren Atem verriet, dass sie sich schon ein paar Gläser Wein genehmigt hatte, stand auf und ging zum Kühlschrank.

»Weißwein ist wunderbar.« Das musste man Lisa lassen, Takt und Feingefühl hatte sie. »Bringst du bitte auch etwas zu essen mit?«

Tanja schleuderte die Schuhe in eine Ecke, hob einen Fuß und rieb an den Zehen. Sie war hungrig und müde, sogar erschöpft. Sie hatte nichts gegessen. Den ganzen Tag hatte sie eigentlich nichts anderes gemacht, als auf diesen Anruf zu warten. Sie war gegen zwölf nur schnell in das Parterre gefahren und hatte aus dem Automaten, der neben den Aufzügen stand, einen Schokoriegel gezogen, hatte ein Geldstück in den Schlitz gesteckt, wahllos auf eine Taste gedrückt, um mit ihrer Beute sogleich wieder hinaufzufahren. Sie hatte mit diesem Anruf gerechnet, ihm sogar aufgelauert. So verrückt sich das anhörte. Aber genau so war es gewesen. Sie hatte sich das Gelaber eines Kollegen über Zeitzyklen und Preisentwicklung angehört und sich vor diesem Telefonanruf gefürchtet. Sie hatte ein paar Entscheidungen getroffen, ein paar Unterschriften unter ein paar Dokumente gesetzt und hatte immer wieder ängstlich auf die Uhr geschaut. Und natürlich hatte sie über Geld geredet. Geld, das sie zählten, anlegten, liehen, einforderten. Aber diesmal war zwischen ihr und ihren Sätzen, ihr und ihren Entscheidungen eine Wand gewesen, hatte sie neben sich gestanden und auf sich geblickt und gedacht, wie unwirklich das alles war. Nichts davon war greifbar. Das Geld, da wo sie saß, auf ihrem Niveau, in ihrem Zimmer mit Blick auf die Parkanlage, in der Chefetage, da hatte es nichts mehr mit Menschen zu tun. Mit Plasmamonitoren vielleicht, mit Datenschirmen, mit Prognosen, aber nichts mehr mit dem armen Schlucker, der sich ein Auto kaufen wollte. Und der Anruf, als sie ihn dann tatsächlich erhalten hatte, als sie die traurige Stimme der Pflegerin vernommen hatte, die nur ihren Namen hatte aussprechen müssen. »Tanja«, hatte sie gesagt mit diesem Tremolo in der Stimme, und sie hatte begriffen. Aber was hatte denn diese Stimme und die Ankündigung, dass er gestorben sei, mit ihrem Onkel zu tun, hatte sie gedacht, nachdem sie den Hörer aufgelegt hatte.

»Es gibt ganz leckeren Braten von gestern Mittag«, sagte Lisa, und ihr Kopf verschwand sogleich wieder hinter der Kühlschranktür. »Und Tomaten und Ziegenkäse und Jogurt …«

»Räum einfach den ganzen Kühlschrank leer.«

»Und Oliven und Schinken und Radieschen …«

Sie lehnte sich zurück und lauschte ein wenig abwesend Lisa, die Lebensmittel aufzählte, mit einer Stimme voller Übermut, die Tanja berührte, weil sie aus dem Ton heraushörte, wie sehr sich Lisa darüber freute, dass sie da war und so wie früher neben ihr in der Küche saß und mit ihr essen und sich mit ihr unterhalten würde. Allein schon das Wissen, dass sie die Nacht in ihrem alten Familienhaus verbringen würde, in ihrem Kinderzimmer, dass sie in den Familienkreis zurückgekehrt war, wenn auch nur für diese eine Nacht, schien Lisa trotz aller Traurigkeit glücklich zu machen. Sie strahlte regelrecht, sie strahlte so sehr, dass sich Tanja schuldig fühlte.

Sie aßen schnell, mit Appetit, eigentlich mit einer Gier, die sie selber überraschte. So als würde Onkel Paul nicht am anderen Ende des Flurs liegen, dachte sie. Es war einfach, eine ganz einfache Sache, sich auf die Radieschen zu konzentrieren, den Käse, auf das Beißen und Schlucken, den Wein, auf den Schinken, er war leicht gepökelt und an der Luft getrocknet und fast schwarz. Sie war immer noch nicht zu ihm ins Zimmer gegangen, und sie wusste, dass Lisa darauf wartete. Es hätte schon genügt, wenn sie, Tanja, nur etwas gesagt hätte. Aber gerade, dass dies von ihr eingefordert wurde oder dass sie glaubte, Lisa würde dies von ihr einfordern, machte sie bockig. Ab und zu blickte Lisa verstohlen zu ihr herüber. Nicht vorwurfsvoll, nur erstaunt. Aber sagen würde Lisa nichts. Nicht sie. Oh nein. Sie würde einfach nur dasitzen und warten. Sie war außerstande, Missbilligung zu zeigen. Sie hätte sich nie erlaubt, jemanden zu kritisieren. Und ganz bestimmt nicht Tanja. Lisa verstand einfach jeden. Jedem begegnete sie mit freundlicher Geduld. Sie war so geduldig, dass man daran schier verrückt werden konnte. Sie war Fräulein Nachsicht. Ihr Beruf, bitte schön, verbot es ihr, Menschen einfach abzuurteilen. Das wäre Frevel gegen ihren ach so heiligen Gott der Toleranz. Warum war sie plötzlich so wütend auf ihre Schwester? Sie hatte keine Ahnung. Sie warf Lisa einen kurzen Blick zu. Doch, doch, sie wusste es. Sie war wütend, weil sie ahnte, was ihre Schwester dachte. Sie *hörte* es aus allem heraus, was Lisa machte. *Du drückst dich davor*, hörte sie, als Lisa einen Olivenkern in den Teller spuckte. Und sie hörte es, als Lisa sich eine Zigarette anzündete, zog und den Rauch ins Zimmer blies. *Du drückst dich davor*, hörte sie, als Lisa sie anlächelte, nach ihrem Glas griff und einen Schluck trank. Du hättest gleich nach dem Anruf kommen können, wo warst du denn die ganzen Wochen über? *Du drückst dich davor*, hörte sie, als Lisa die Asche mit dem Zeigefinger von der Zigarette klopfte, wieder zog und die Zigarette schließlich in eine Kaffeetasse fallen ließ, aufstand, zum Fenster ging und es öffnete und die bläuliche, flirrende Luft einatmete und auf das Laub der Kastanie blickte und ohne den Kopf zu ihr zu wenden »Wie warm es schon ist« sagte. *Du drückst dich davor*, hörte sie, als Lisa das Fenster wieder schloss, sich zu ihr umdrehte. *Du drückst dich davor*, stand Lisa ganz deutlich ins Gesicht geschrieben, *aber du musst es akzeptieren*.

»Ich finde, wir sollten der Pflegerin morgen etwas geben.«

»Wie, etwas geben?«

»Na, Geld. Einen Umschlag.«

»Geld?« Tanja verstand überhaupt nicht, wovon Lisa plötzlich sprach.

»Na, du weißt schon, ein bisschen was extra.«

»Ach so, ja, natürlich.«

Lisa gähnte und hob die Arme seitlich nach oben. »Weil ich meine, sie hat sich wirklich um alles gekümmert. Und außerdem war sie am längsten da.«

»Reichen hundert?«

Lisa faltete die Hände über dem Kopf zusammen.

»Sonst muss ich morgen Geld ziehen.«

»Na, vielleicht ein bisschen mehr.«

»Zweihundert?«

»Weil, wie viele Pfleger hat Onkel Paul vor ihr verschlissen? Vier? Fünf? Aber Corinna hat ihn wirklich zu nehmen gewusst.«

»Reichen zweihundert?«

»Was? Ja. Zweihundert ist o. k.«

Tanja schaute ihrer Schwester bei den Streckübungen zu, und die Art, wie sie die Arme hob, die Hände zusammenfaltete, sogar das Gesicht, das Lisa dabei machte, war ihr vertraut. All diese Bewegungen und Gesten kannte Tanja seit ihrer Kindheit. Wie auch, dass ihre Schwester sie wieder mal ganz nebenbei um Geld anpumpte … Tanja musste lächeln.

»Sag mal, kann ich später deine Zahnbürste benutzen? Oder ekelt dich das an? Ich bin nämlich direkt von der Arbeit gekommen.« Tanja hob ihr Weinglas an das Gesicht und rollte es über ihre Wange. Für einen Moment verschwand die Silhouette ihrer Schwester hinter einer bernsteinfarbenen Flüssigkeit, dann tauchte sie wieder daraus auf. »Wenn ich nach Hause gegangen wäre, hätte ich Sarah noch eine Gutenachtgeschichte erzählen müssen oder wenigstens beim Baden dabei sein …« Sie trank einen Schluck, und wieder bemerkte sie diesen fragenden, abwägenden Blick ihrer Schwester.

»Was schaust du mich so an?«

»Ich schau dich gar nicht an. Ihr denkt alle immer, nur weil ich Therapeutin bin …«

»Das ist doch schön, dass wir gemeinsam Zeremonien haben, oder?«

»Ich sag doch nichts. Was hab ich denn gesagt? Warum soll ich dich denn dafür kritisieren, dass du deine Tochter badest?«

»Täglich.«

»Dass du sie täglich badest.«

»Und am Wannenrand sitze.«

»Und am Wannenrand sitzt.«

»Und Tierstimmen imitiere.«

»Du imitierst Tierstimmen?« Lisa zog die Brauen spöttisch hoch.

»Ihrer Plastiktiere. Ich imitiere die Tierstimmen ihrer Plastiktiere. Ich sitze am Wannenrand und imitiere Tierstimmen. Es gibt keine Mutter auf der Welt, die das nicht …«

Sie zeigte Lisa, wie ein Löwe macht. Ein Hase. Ein Dromedar. Kuh, Pferd, Schwein, fand Lisa, waren gelungen. Giraffe und Elefant waren etwas schwieriger zu erkennen. Sie schnalzte, zirpte, grunzte, muhte, gackerte, krähte, wieherte und quälte sich durch die ganze Manege. Als säße sie auf dem Wannenrand und nicht neben ihrer erwachsenen Schwester. Aber sie machte sich für Lisa gerne zum Clown. Nun, vielleicht nicht gerade gerne. Aber es lenkte sie beide ab. Oder aber sie taten beide so, als amüsierte es sie ungemein.

Sie saßen nun vielleicht schon eine halbe Stunde am Esstisch. Zehn Minuten gieriges Schlingen, zwanzig Minuten träges Verdauen. Dann räumten sie gemeinsam den Tisch ab. Früher hätte sich Tanja davor gedrückt. Wäre sie aufgesprungen und aus der Küche gelaufen, während ihre Schwester und Mutter noch am letzten Bissen herumkauten. Mit dem Geschrei ihrer Schwester im Rücken wäre sie hinausgerannt. Noch mitten in der Mahlzeit hätte sie ihren Rückzug geplant und vorbereitet, aber nun haftete dem Tischtuch, den Tellern, den Gläsern … etwas Nostalgisches an, erschien ihr das Geschirr wie Reliquien einer schon untergegangen Welt.

»Du musst nicht abwaschen. Mama hat doch eine

Maschine«, sagte Lisa, als sie sich zu ihr umdrehte und sie wieder mit diesen glücklichen Augen, diesem beseelten Blick streifte.

»Ich wasche aber gerne ab. Wegen des Fensters. Das ist überhaupt mein liebster Ort im Haus. Was ist denn das?« Sie hielt einen Seifenbehälter hoch, einen lackschwarzen Dobermann aus Porzellan mit gebleckten Zähnen, aus dessen Kopf eine verchromte Metallpumpe herausragte.

»Was?« Lisa verstand nicht, dann sah sie, was Tanja in den Händen hielt, und lächelte. »Das ist ein Geschenk der Pflegerin. Also was? Dann mag sie halt Kitsch. Das ganze Haus ist voll von ihrem Zeug. Wir haben Magnete in Form von gekauten Kaugummis und Papierservietten mit Tigermuster.«

»Und das hat sie alles mitbringen dürfen? Und keiner hat etwas gesagt?« Sie blickte Lisa ungläubig an. »Nicht einmal Onkel Paul? Wieso hat sie das alles mitbringen dürfen?«

»Weil wir sie lieben.«

»Wer wir? Wir alle? Ich auch?«

»Ja. Du auch.«

Sie standen nun beide an der Spüle. Sie wusch, Lisa trocknete ab. Das Wasser war angenehm warm, sie ließ es über ihre Hände rieseln, bis hin zu den Handgelenken, fast an den Ärmelaufschlag. Ab und zu blickte sie in den Garten. Es hatte angefangen zu nieseln, und wenn man sich konzentrierte, konnte man die feinen, silbernen Fäden des Regens sehen.

»Wie lange bleibst du eigentlich?«, fragte Lisa. »Bleibst du bis zum Wochenende?«

»Ich weiß noch nicht.« Sie spürte Lisas Blick. »Ich würde gern, aber ich weiß noch nicht, ob ich kann.« Sie reichte Lisa einen Teller, damit sie ihn abtrocknete, wich dabei diesem Blick aus. »Ich muss morgen im Büro anrufen. Vielleicht muss ich morgen zurück, aber ich komm in ein paar Tagen wieder.«

»Wenn du bleibst, tue ich die Zahnbürste und alles, was du brauchst, auf die Einkaufsliste.«

Schweigen.

»Es wäre wirklich schön, wenn du bleiben könntest.« Sie nahm das Besteck entgegen. »Ich glaube, das würde Mama freuen.«

»Ich *weiß*, dass das Mama freuen würde.«

»Ich sag das nicht, um dir einen Vorwurf zu machen.«

Schweigen.

»Okay, es hört sich vielleicht wie ein Vorwurf an. Aber es ist keiner.«

Schweigen.

»Okay. Aber wirklich nur ein klitzekleiner. Es ist vielleicht einer, aber nur ein klitzekleiner.«

Tanja drehte den Wasserhahn zu. Trocknete sich die Hände ab. Dann wischte sie die Spüle sauber. Weil sich ja bekanntlich Kalk überall dort bildet, wo Wasserrückstände sind.

»Ich war den ganzen Nachmittag über im Garten.«

»Was?«

Sie drehte sich zu Lisa um und erhaschte den flüchtigen Blick, mit dem Lisa ihre an der Armatur herumwischenden Hände streifte, und sie wusste ganz genau, was sie nun dachte. Dass eine, die sich für solche hygienischen Feinheiten ereifern konnte, restlos neurotisch war. Nun gut, sollte Lisa denken, was sie wollte.

»Du warst im Garten?«

»Ich habe mir einen Stuhl genommen und mich in die Sonne gesetzt. Ich habe den ganzen Nachmittag unter unserem Baum gesessen. Anne ist gekommen und hat eine Schau abgezogen. Wenn es hochkommt, habe ich sie in der letzten Woche vielleicht fünf Mal gesehen. Kommt fünf Mal kurz vorbei und spielt dann die verzweifelte Witwe.«

»War Mama eigentlich freundlich zu Anne?« Sie faltete das Handtuch zusammen, legte es säuberlich über den Wasserhahn und drehte sich dann zu Lisa um.

»Du kennst doch Mama.«

»Und Anne? Wie war Anne?«

»Wie soll Anne schon gewesen sein?«, sagte Lisa. »Anne war Anne.« Nach einer kurzen Pause fügte sie wie in Gedanken hinzu: »Was, glaubst du, wird jetzt passieren?«

»Was meinst du damit?«, fragte sie, obwohl sie das nur allzu genau wusste.

»Glaubst du, Anne wird Schwierigkeiten machen?«

»Warum soll sie Schwierigkeiten machen?«

»Glaubst du nicht, dass sie versuchen wird, das Haus zu bekommen? Neulich hat sie gesagt, der Garten sei schön. Dass es schön sei, in einem Garten sitzen zu können.«

Sie würde sich also wieder anhören müssen, was Anne alles verbrochen hatte, was Lisa ihr vorwarf, in allen Details. Also gut, sie würde sich auch das anhören. Warum nicht? Schließlich war sie auch hier, um ihrer Mutter und ihrer Schwester beizustehen. Und wenn es Lisa half, über Anne zu meckern, bitte, sie war bereit.

»Ich bin mir sicher, sie heckt schon was aus. Sie hat sich das Haus angesehen, als würde sie es schon ausmessen.«

Es war ganz und gar zwecklos, jetzt irgendetwas einzuwenden. Lisa war in Fahrt. Sie war wieder auf ihrem Anti-Anne-Trip. Dennoch erwiderte Tanja: »Sie kann das Haus gar nicht bekommen. Onkel Paul hat seinen Anteil Mama vermacht.«

Sie war dabei gewesen, als ihr Onkel vor einem halben Jahr das Testament aufgesetzt hatte, gleich nachdem sie bei ihm Metastasen entdeckt und ein furchtbar gelassen scheinender Arzt auf seinen Wunsch hin die Diagnose gestellt hatte – sechs Monate, höchstens ein Jahr.

»Du wirst schon sehen, sie wird versuchen, Mama das Haus zu klauen.«

»Woraus schließt du das, hat Anne etwas gesagt?«

»Na ja, gesagt nicht, nein, aber sie ist hin und her gegangen, hat Mama ein Glas Wasser geholt und hat dabei geguckt, als würde sie sich schon überlegen, wo was hin soll«, Lisa hielt ein, lächelte, fragte dann: »Woran denkst du jetzt?«

»Was?«

»Du denkst doch jetzt an irgendetwas, das sehe ich doch. Das sieht man dir immer an, wenn du an etwas denkst. Also woran denkst du?

»Ach, an eine Menge Dinge.«

»Aber woran genau?«

»Ich habe ehrlich gesagt an nichts gedacht. Ich bin viel zu müde, um an etwas zu denken.«

»An etwas musst du doch gedacht haben.«

»An die nächsten Schritte«, sagte Tanja. »Was ich noch machen muss, an meine Termine. Welche ich absagen kann, welche nicht.« Sie blickte Lisa an. »Du glaubst wohl, ich hab an Onkel Paul gedacht?« Und merkte, wie sie wieder bockig wurde. »Aber das habe ich nicht.«

Sie sagte das, um Lisa zu irritieren. Nicht, weil sie es auf einen Streit abgesehen hatte. Das nicht. Aber sie fühlte sich seit einer Stunde wie im Ring. Wie Lisa sie schon anschaute. Wie sie mit diesen besorgten Augen schon um sie herumtänzelte und eine Lücke in ihrer

Deckung suchte. Was wollte Lisa denn von ihr? Dass sie weinte, zusammenbrach, sich an die Brust klopfte, Asche auf ihr Haupt streute? Tanja setzte zum nächsten Schlag an.

»Und eben habe ich daran gedacht, dass ich nicht vergessen darf, mein Telefon aufzuladen.«

Es war als Provokation gemeint, aber noch während Tanja es aussprach, wurde ihr plötzlich bewusst, dass sie sich den ganzen Abend mit nichts anderem als mit ihrem Alltag beschäftig hatte. Bei ihrer Mutter am Bett sitzend hatte sie überlegt, welche der Termine sie auf nächste Woche verschieben solle und dass es schon neun Uhr war und Denis noch immer nicht angerufen hatte und ob ihre Tochter heute Nacht wieder ins Bett machen würde und dass sie unbedingt eine Nagelfeile bräuchte. Sie hatte auf ihren eingerissenen Nagel geblickt und den Impuls unterdrückt, die Nagelfeile aus der Schublade im Bad zu holen. Aber nun war er tot, sagte sich Tanja, und dass sie diese schwachsinnige Illusion von Normalität würde aufgeben müssen. Sie konnte nicht anders, sie fing an zu weinen.

»Ich fühle nichts.« Sie wusste, wie lächerlich das mit den zwei Tränenspuren auf ihren Wangen klang, die wegzuwischen sie sich gar nicht anschickte. »Ich habe noch gar keine Zeit gehabt, etwas zu fühlen. Die Pflegerin hat angerufen und gesagt, dass es vorbei ist, und dann habe ich Denis benachrichtigt und einen Babysitter organisiert und meine Sekretärin beauftragt, die Termine abzusagen. Ich erinnere mich, nach dem Anruf ans Fenster gegangen zu sein. Ich habe hinausgeschaut. Ich hab gedacht, jetzt ist er tot, und habe auf die Bäume geschaut. Ich habe nur gedacht, Onkel Paul ist tot, mehr nicht, und habe auf die Bäume geschaut. Und im Auto habe ich Jazz gehört und die Wettervorhersage. Ich kann mich an all das erinnern. Sogar ganz genau an die Wettervorhersage. Nachmittags von der Nordsee her dichte Bewölkung, vereinzelt etwas Regen. Aber ich kann mich an kein Gefühl erinnern. Nichts.«

Die Tränen hatten sich an ihrem Kinn zu einem Tropfen gesammelt.

»Ich glaube nicht, dass ich darüber hinwegkommen werde«, sagte Tanja, und es waren Worte, die sie selber verwunderten.

»Du? Du nicht darüber hinwegkommen?«, rief Lisa ungläubig. »Du? Du bist doch schon über ganz andere Dinge hinweggekommen. Über viel Schlimmeres. Wir sind doch über viel, viel Schlimmeres hinweggekommen. Wenn du dir überlegst, worüber wir alles schon hinweggekommen sind. Wir sind die wahren Meister im Darüberhinwegkommen.«

»Ja, aber heute habe ich keine Lust mehr dazu.«

»Das ist doch ganz normal, dass du das denkst. Du bist traurig und ein bisschen verzweifelt.«

»Wenn es dich beruhigt, das zu sagen.«

»Ja, was ist denn?«, fragte Lisa.

Sie wusste nicht, was sie antworten sollte. Früher war alles schmerzlos gewesen. Aber das war es nicht. Das war nicht, warum sie in Schwierigkeiten war. Es war etwas viel Schlimmeres, als deprimiert zu sein, es war ihre Gleichgültigkeit, die sie gut kaschieren konnte. Sie war immer noch sachlich, fachkundig, effizient. Sie wusste immer noch sofort, in jeder Situation, was von Interesse war, und da sie dies einschätzen konnte, ohne die Nerven zu verlieren, ohne wütend zu werden, auch ohne Angst oder irgendwelche Bedenken zu haben, hatte sie immer noch überall Erfolg, nur war es ihr mittlerweile egal geworden. Das war es, was neu war, ihre Gleichgültigkeit.

»Ich weiß, dass ich morgen zur Arbeit gehen werde, und ich weiß, dass ich im Stau stehen und Radio hören werde. Und ich weiß, dass gehetzte Menschen an mir vorbeilaufen werden und dass ich ihnen aus dem Fenster nachblicken werde. Und ich weiß, dass ich ein paar Sitzungen habe werde und dass ich erfolgreich sein werde. Und ich weiß, was sie alle sagen und was ich antworten werde, und auch, dass ich mich am Telefon mit Denis darüber streiten werde, wer einkaufen geht. Und ich weiß, dass am Dienstag Elternabend ist und dass wir Mittwoch ins Theater und danach zum Italiener gehen. Und ich weiß, dass ich mich ein bisschen betrinken werde und dass mich Denis dann begehren wird, und ich weiß …«

»Ja, aber was hast du denn?«, fragte Lisa.

Und sie sagte: »Nichts davon ist wirklich wichtig. Es wird nichts wirklich Wichtiges geschehen.«

»Es ist doch wichtig für dich, darum geht es doch, dass es wichtig für dich ist.«

»Ja, nur ...« Sie schüttelte den Kopf. »Vorgestern habe ich Sarah im Bad die Fußnägel geschnitten. Ich saß auf dem Wannenrand, und sie quengelte. Mir war heiß, und der Schweiß rann mir in den BH. Ich war müde und wollte es schnell hinter mich bringen, und plötzlich fiel mir auf, ich bin von einer Entscheidung zur anderen, von einem Vorkommnis zum anderen ... Den ganzen Tag bin ich gerannt. Aber nichts davon ist fassbar. Nichts ist geblieben. Verstehst du?«

»Ganz ehrlich? Nein.«

»Ich saß da und hab gedacht, dir ist dein ganzer Tag abhandengekommen. Mein ganzer Tag war einfach weg, wie verwischt. Mir war heiß, und Sarah quengelte, und ich wollte in die Küche und hatte Lust auf ein Glas Wein. Das war das erste Begehren, die erste Erwägung, der erste Gedanke, den nicht auch ein anderer hätte haben können. Alles andere hätte ebenso gut ein anderer haben können. Verstehst du? Wenn ich wüsste, was ich tun könnte, statt das zu tun, was ich täglich tue. Wenn ich wüsste, dass es nicht wieder das Gleiche ist, glaub mir, ich würde das alles sausen lassen. Ich bin nur aus Einfallslosigkeit da, wo ich bin. Weil mir nichts anderes einfällt. Nur deshalb gehe ich meinen Verpflichtungen nach, weil mir nichts anderes einfällt, als diesen ganzen Mist ernst zu nehmen.«

Sie sah, dass Lisa ihr nicht glaubte.

»Aber das ist doch bei allen manchmal so. Es gibt keinen, der das nicht schon mal gedacht hätte.«

»Wenn du wüsstest, was für eine Angst ich manchmal habe, alles falsch zu machen.«

»Du?«, sagte Lisa. »Du etwas falsch machen?«

»Manchmal denke ich, wenn die anderen davon Wind bekommen würden, dass ich mein ganzes Leben nichts anderes mache als herumzuprobieren.«

»Du kannst gar nichts falsch machen.«

»Ich bin wie eine, die sich selber das Schwimmen beigebracht hat. Es klappt alles, das schon, aber es ist ermüdend.«

»Du bist die Anständigste, Qualifizierteste ... Du bist perfekt.«

»So was sagst du doch nur, um mich zu entwaffnen.«

Sie sah Lisa an und wartete darauf, dass sie etwas erwiderte, aber sie sagte nichts, und sie fuhr fort: »Alles, was ich weiß, das hab ich mir selber beigebracht. Wie ein verdammtes Waisenkind. Mama war immer, na, du weißt schon. Und Papa, ich wüsste nicht, wann er mir je etwas Sinnvolles hat beibringen wollen.«

»Und Onkel Paul.«

»Ach, Onkel Paul, komm, ich bitte dich. Was hat er

uns beigebracht? Dass wir großartig sind? Ist es das, was du beibringen nennst? Dass dir einer erklärt, dass du großartig bist? Ist es das?« Sie schüttelte den Kopf. »Manchmal wünsche ich mir, dass mir einer gewisse Dinge beibringt.«

»Was für Dinge?«

»Ganz einfach Dinge.« Sie zuckte mit den Schultern. »Zum Beispiel in dieses Zimmer zu gehen. Ich schaffe das nicht. Ich schaffe es nicht mal, in dieses verdammte Zimmer zu gehen. Ich bin so furchtbar ... wenn ich nicht meiner beruflichen Tätigkeit nachgehe. Für die anderen ist alles ...«

»Wer, die anderen?«, sagte Lisa zärtlich.

Und sie antwortete trotzig: »Alle.«

Sie gingen ins Zimmer. Eine Weile standen beide an seinem Bett. Die Pflegerin hatte ihn hergerichtet, hatte ihn gewaschen und ihm für die Bestattung, »seine letzte Reise«, den dunkelblauen Anzug und ein hellblaues Hemd angezogen. Da lag er also mit auf der Brust gefalteten Händen und Wattebäuschen auf den Lidern, und noch immer ging von ihm eine gewisse Macht aus, schien er unverletzlich zu sein, ein strenger, stolzer Mensch, den man so leicht nicht brechen konnte. Ein Leben lang hatte er sie vor allen großen Bedrohungen, den eingebildeten wie auch den wahren, zu behüten versucht, und oft hatte er geglaubt, sie vor ihren eigenen

Wünschen und Bedürfnissen beschützen zu müssen. Das halbe Leben hatten sie und Lisa sich gegen ihn zur Wehr gesetzt. Sie hatten über seine Unnachgiebigkeit geschimpft und über seine Borniertheit. Sie hatten sich über seinen Despotismus beklagt und versucht, ihn zu ignorieren. Sie hatten ihn mit Humor genommen und über ihn gespöttelt, aber er hatte sie geprägt, ob sie es wollten oder nicht. Und sie hatten ihn geliebt. Morgen Mittag würden man ihn also holen kommen, aber noch lag er da, noch war er der Fixstern, um den sie alle kreisten.

Und ein Fixstern, das erkannte sie nun, war ihr Onkel zeitlebens für sie gewesen. Selbst zu ihrem Vater hatte sie nie so aufgeblickt. Und auch Denis, wenn sie ehrlich war, nahm sich neben ihrem Onkel wie ein kleiner Satellit aus. Er warf es ihr ja regelmäßig vor. Er beklagte sich darüber, nicht zum Kern dazuzugehören, ganz gleich, was er machte, ob er nun sein Bestes gab oder nicht. In den ersten Jahren ihrer Ehe hatte Denis es wirklich versucht, war er brav zu allen Familientreffen mitgekommen, hatte sich brav angehört, was ihr Onkel an neuen Anekdoten aufzutischen hatte, hatte bewundernd genickt, einige geschickte Fragen gestellt, wenn der Redefluss ihres Onkels zu versiegen drohte, war von einer engelsgleichen Geduld gewesen, wenn ihr Onkel stichelte, doch selbst mit den besten Absichten hatte er es nicht geschafft, in den kleinen, erlesenen Kern der

Familie Bergmann *inkorporiert* zu werden. Der Kern, das war sie, ihre Schwester, ihre Mutter und Onkel Paul. Basta. Kein anderer hatte je eine Chance gehabt. Selbst Anne nicht. Nicht einmal ihr Vater hatte dagegen ankämpfen können. Und ihr Vater war ein Schwergewicht, was das liebe alte Ego betraf.

Sie blickte auf den Boden, auf den Teppich, den ihr Onkel ihnen einmal aus einem Türkeiurlaub mitgebracht hatte. Und so als hätte Lisa ihre Gedanken erraten, flüsterte sie: »Kannst du dich erinnern, wie er den Teppich ausgerollt und uns das Muster erklärt hat?«

Sie nickte, sie konnte sich sehr genau erinnern. Und auch an eine Szene, die sich ein paar Jahre danach ereignet hatte, an einem der letzten Sonntage, die Denis gewillt gewesen war mitzukommen, was angesichts der Tatsache, dass sich fast nie jemand an ihn wandte, fast nie jemand mit ihm sprach, eine Heldentat gewesen war oder wenigstens ein Beweis seiner Liebe. Sie hatten sich wieder einmal die »Wie findet man mitten im Bazar einen anständigen Händler«-Geschichte anhören müssen, die große Menschenkenner-Nummer ihres Onkels, als Denis mit einer Wut über ihn hergefallen war, die alle versteinert hatte. Er hatte der angestauten Empörung darüber, dass ihr Onkel wieder einmal im Mittelpunkt stand (und unabänderlich im Mittelpunkt stehen würde), auf lächerlichste Weise Luft gemacht. »Jeder normal veranlagte Mensch«, hatte Denis zwischen den Zähnen hervorgestoßen, als sie alle bewundernd vor dem Teppich gestanden hatten, »kommt mit einem maschinell hergestellten Kelim für Touristen zurück. Aber doch nicht der große Paul. Der große Paul kauft ein handgeknüpftes Museumsstück. Hat einer von euch schon mal einen gesehen, der aus seinem Türkeiurlaub mit einem Museumsstück zurückgekommen ist? Ich meine, ein Laie? Jeder normal veranlagte Mensch lässt sich doch bescheißen. Aber der große Paul rollt sein Museumsstück für seine zwei kleinen Prinzessinnen im Kinderzimmer aus. Weil ja nichts gut genug für seine zwei Engelchen ist.«

»Was genau werfen Sie mir vor, Denis?«, hatte ihr Onkel gefragt. Und Denis hatte sich zu ihr gewandt, hatte sie angeblickt und ihr, und nicht ihrem Onkel, geantwortet: »Schau dich doch um. Schau dir dieses Haus doch einmal genau an. All das Zeug, das er von seinen Reisen angeschleppt hat. Die Bilder, die Möbel. Hast du dich nur einmal gefragt, warum er euch immer so kostbares Zeug mitgebracht hat? Das ist doch nur, um sich seine Stellung zu sichern. Um den Lebemann zu markieren. Den Ästheten. Damit es keiner mit ihm aufnehmen kann. Das ist doch, was er will. Das ist doch, um was es hier geht, er will von euch vergöttert werden. Er will den Halbgott spielen.« Er hatte noch viel mehr gesagt, er hatte kein Blatt vor den Mund genommen. Er hatte gekeift und ihren Onkel angegriffen, er hatte sich für die Demütigung gerächt, für die kleinen Sticheleien, die ironischen Bemerkungen …

»Woran denkst du jetzt?«, flüsterte Lisa.

»Was?«, fragte Tanja ebenfalls flüsternd. Und dann sagte sie: »Ich kann seinen Blick nicht vergessen.« Und tatsächlich konnte sie es nicht. Deshalb war sie am Ende ja auch kaum mehr gekommen. Sie hatte den Blick ihres Onkels nicht mehr ertragen können. Diesen stummen, bösen, in sich gekehrten Blick. Wenn er doch wenigstens etwas gesagt hätte, statt sie immer nur stumm anzuschauen. Wenn er ihr doch etwas erklärt hätte. Alles wäre leichter gewesen als sein Schweigen. Sie hatte aus seinem Blick das herausgelesen, ich sterbe und habe gar keine Lust dazu. Ich sterbe, und du, was machst du? Du hockst hier an meinem Bett herum und seufzt vor dich hin. Sie hatte aus seinem Blick den Vorwurf, dass sie, Tanja, leben würde, auszumachen geglaubt. Dass sie ihn überleben würde, Pläne schmiedete, Ideen hatte und eine Zukunft, in der es für ihn keinen Platz gab.

»Du hast das also auch gespürt?«, flüsterte Lisa.

Sie nickte. Sie wusste auch nicht, was sie sich gewünscht hatte. Doch, sie wusste es ganz genau. Sie hatte gehofft, dass er ihr etwas sagen würde, etwas Wichtiges. Dass er ihr etwas mit auf den Weg geben würde. Etwas, was ihr auch nun, hier, vor seinem Totenbett stehend, helfen könnte. Er hätte ihr sagen können, dass er stolz auf sie sei und ihr vertraue. Er hätte ihr das mit auf den Weg geben können, aber stattdessen hatte er, als sie ihn das letzte Mal besuchen gekommen war, nur wissen wollen, wie viel Uhr es ist.

»Weißt du, was das Letzte ist, was er mich gefragt hat? Er hat mich gefragt: ›Wie viel Uhr ist es?‹ Er wollte, dass ich ihm die genaue Uhrzeit sage. Mama hat sich eine Stunde hingelegt, und ich habe an ihrer Stelle im Sessel neben dem Fenster gesessen. Er hat mich angeschaut, und einen Augenblick habe ich gedacht, jetzt sagte er was. Du weißt doch, wie er uns früher immer angeschaut hat. Du kennst doch seinen Blick, wenn er etwas Wichtiges sagen will. Einen Augenblick hat er mich wieder so angeschaut. Ich habe ihn da liegen sehen und gedacht, jetzt sagt er mir etwas, irgendetwas Wichtiges, keine Ahnung, was. Ich habe ihm ein bisschen von Sarah erzählt, dass sie jetzt schon lesen lernt, und von meiner Arbeit und von Denis. Aber du hast schon gemerkt, dass er nicht zuhört, dass ihn das alles nicht interessiert. Ich saß zwei Stunden lang neben ihm am Bett, und er wusste, ich wollte etwas. Einen Blick. Ein Wort. Eine Geste. Aber nein, nichts. Nichts, zwei Stunden lang. Er hat mich angeguckt, als wäre ich irgendwer, als wäre ich gar nicht da. Luft. Und dann hat er mich gefragt, wie viel Uhr es ist.«

»Er wollte wissen, wie viel Uhr es ist?« Lisa schaute sie ungläubig an. »Das ist, was er von dir gewollt hat, dass du ihm die genaue Uhrzeit sagst?«

»Ich wollte ihm sagen, dass ich ihn liebe, und er ...«

»Er fragt dich, wie viel Uhr ist es, und du willst ihm sagen, dass du ihn liebst?«

Sie nickte. Sie hatte an ihre Kindheit gedacht, an Onkel Pauls Geschichten. Sie hatte an seine Geschichten gedacht und war melancholisch geworden. Vielleicht hatte sie ja nur ihrer Kindheit nachgetrauert, mit der er so unauslöschlich verwoben war, aber sie hatte dort an seinem Bett sitzend nicht die Gegenwart, sondern ihre Vergangenheit gesehen. Nicht seine Wut, sondern seine Liebe. Nicht den verbitterten Mann mit den verschreckten Augen. Nicht seine eingefallenen Gesichtszüge und seine gelbliche Hautfarbe. Nicht die Krankheit. Er war so wütend am Ende gewesen, aber sie, sie hatte auf diesen glatzköpfigen, ausgemergelten Mann geblickt und hatte wieder sein Lächeln gesehen. Ganz deutlich. Wie er sie beide angeschaut hatte, mit diesem verschmitzten Lächeln, wenn er im Garten vor ihnen gestanden und ihnen Geschichten erzählt hatte. Sie hatte ihn gesehen, wie er ihnen Stifte, Murmeln, Tierfiguren, Flummis, Kreisel oder Seifenblasen mitgebracht hatte. Er hatte ihnen immer etwas Kleines aus seiner Jackentasche gezogen, hatte es in der zur Faust geballten Hand versteckt und sie mit einer Geschichte hingehalten, hatte ihnen ausführlich erzählt, auf was für eine abenteuerliche Weise er die Dinge erstanden hatte, während sie aufgeregt an ihm hochgesprungen waren.

»Ich habe an seine Geschichten gedacht. An die Geschichten, die er uns immer erzählt hat. Ich bin wieder zu diesem Mädchen geworden, das um ihn herumgetanzt ist und gerufen hat: Was hast du uns mitgebracht? Was hast du uns mitgebracht?«

Lisa schüttelte den Kopf. »Ich kann das alles nicht sehen. Ich meine, die Geschichten und die Ausflüge und all das, ich sehe davon nichts. Ich sehe nur das Ende. Nur seinen Blick. Der Rest ist wie ausgelöscht. Die Fahrradtouren im Stadtwald, das sind nur Worte. Die Geschenke, Worte. Die Sonntage in der Sonne im Garten, das sind keine lebendigen Augenblicke. Nichts, was ich mir vergegenwärtigen könnte. Es sind einfach nur Worte. Ich bin nicht einmal böse auf ihn, das nicht, nein, er tut mir nur leid.«

Sie war also wieder wütend. Die ruhige, verständnisvolle Lisa. Sie war wieder fuchsteufelswild auf ihn. Es war schon komisch. Da lag er, und immer noch hatte er diese Macht über sie. Und auch sie, Tanja, konnte noch gar nicht glauben, dass er … auch wenn sie sich auf den Kopf stellte, sie konnte es nicht. Sie strich über die kalte, gelbliche, straffe Haut seiner Hand.

»Glaubst du, er hat sie aufgeschrieben? Ich meine, all die Geschichten, die er für uns erfunden hat, glaubst du, er hat sie aufgeschrieben? Glaubst du, er hat das gemacht?«

»Dann hätte er sie doch erst gar nicht erfunden«,

sagte Lisa. »Du kennst ihn doch. Wenn er sie hätte aufschreiben müssen, dann hätte er es gleich sein lassen. Dann hätte er sie uns nie erzählt.«

Er hatte ihnen ihre persönliche Märchensammlung erfunden. Und sie, sie hatten keinen Pfennig darauf gegeben. Gewiss, das war ganz normal. Die normalste Sache der Welt. Welches Kind interessierte sich für Geschichten, wenn es kurz davor steht, ein Geschenk zu bekommen?

»Ich wünschte, wir hätten es damals schon gewusst«, sagte Tanja. »Wenn ich doch mit dem Wissen von heute zurückkehren könnte, ich würde uns sagen …«

Sie würde ihnen sagen, das eigentliche Geschenk, das ist doch nicht, was er in seiner zur Faust geballten Hand hält. Das eigentliche Geschenk, ihr kleinen Dummköpfe, das ist, was er euch gleich erzählen wird.

»Ich würde uns sagen: Die Geschichten, das ist das eigentliche Geschenk. Ich würde uns auf die Schulter tippen und sagen: Jetzt hört ihm gefälligst zu, weil er wird keine von ihnen aufschreiben. Er wird keine von ihnen aufschreiben, und in ein paar Jahren wird er nicht mehr da sein, und ihr werdet es bereuen, und ihr werdet an seinem Bett stehen, und ihr werdet, ihr werdet …«

Ach, Scheiße, dachte sie, ach Scheiße, hier fang ich wieder an zu weinen.

LISA

SIE UNTERHIELTEN SICH über die Einzelheiten, wer bei der Trauerfeier sprechen sollte, welche Musik, welche Lieder. Die Pflegerin hatte schon Kontakt zur Pfarrgemeinde aufgenommen und dort im Sekretariat angerufen und seinen Tod gemeldet. Aber sie mussten den Termin für die Beerdigung festlegen, den Blumenkranz bestellen, den Sarg aussuchen. Tanja war wieder ganz in ihrem Element, hatte die Führung übernommen. Sie besaß eine Gabe dafür, alles wegzuschieben, sich zu distanzieren und *damit* umzugehen. Egal, womit. Es hörte sich so unkompliziert an, wenn ihre Schwester etwas in die Hände nahm. Lisa zerfaselte alles, redete es zugrunde, bis nur noch Worte blieben, bis sie durch den Filter der Sprache selbst aus der gewaltigsten Erfahrung jegliches Gefühl, jegliche Realität herausdestilliert hatte. Tanja hingegen stürzte sich ins Geschehen, fiel darüber her wie ein Raubvogel, der sich seine Beute krallt. Abmelden, Krankenkasse, Bank, Post, Telefon. Sie ließ sie reden. Tanja mit ihren Listen, die ihr immer Zuflucht gaben. Listen, die sie beruhigten. Tanja, die sich mit großer Sachlichkeit, mit stoischer Selbstbeherrschung den Problemen stellte. Zugegeben, so zu tun, als könne man das alles ganz sachlich handhaben, als könne man das abwickeln und dann abhaken, war eine effiziente Methode, sich den Schmerz vom Leib zu halten. Weitaus effizienter als ihre Wut. Sie blickte auf die Uhr. Erstaunlich, es war erst zehn Uhr. Sie hätte gedacht, es wäre schon viel später. Sie lauschte dem ruhigen Dahinströmen der Worte ihrer Schwester: Hausvermietung, Testament, Totenschein. Erst zehn Uhr, dachte sie, und dann dachte sie wieder an den Tag, der nun zur Neige ging und der noch vor ein paar Stunden versprochen hatte, ein stinknormaler Tag zu werden.

Wie jeden Morgen war sie kurz vor neun vorbeigekommen. Hatte Brötchen mitgebracht, Kaffee aufgesetzt, in der Küche die Fenster aufgerissen und versucht, den Geruch der Krankheit zu verscheuchen. Sie hatte mit ihrer Mutter verhandeln müssen. Sie hatte auf Wolken geschaut, die sich über der Stadt zusammenbrauten, und hatte gutmütig stichelnd gefragt: »Wann wirst du endlich aufhören, überall Mikroben und Viren zu wittern, hm? Glaubst du wirklich, die warten nur darauf, bei dir einzudringen?«

Widerwillig hatte ihre Mutter das Fenster einen Spalt geöffnet. Fünf Minuten hatte sie durchgehalten, dann aber ihrem Einwand zum Trotz es wieder geschlossen. Die Pflegerin war in seinem Zimmer gewesen, und sie und ihre Mutter hatten an den Küchentresen gelehnt Kaffee getrunken und geplaudert. Sie war scheinbar vom Hundertsten ins Tausendste geraten, in Wirklichkeit aber hatte sie wie jeden Morgen versucht, ihre Mutter wenigstens ein paar Minuten von seiner Krankheit abzulenken, sie mit einer Geschichte aus ihrem Alltag herauszulocken und wenn möglich, das war der absolute Haupttreffer, zum Lachen zu bringen.

»Kannst du dich an den Griechen erinnern? Meinen Feinkosthändler? Bei dem ich immer die leckeren Oliven kaufe? Gestern hat er mir eine total verrückte Geschichte über einen Stammkunden erzählt, dessen Frau nach vierzig Jahren Ehe einfach davon ist.«

Wie jeden Morgen, wenn sie mit einer Geschichte ankam oder mit Klatsch, den sie gelesen oder irgendwo aufgeschnappt hatte, hatte sie ihre Mutter fixiert, hatte sie geschaut, ob sie ihr ein Zeichen gab, fortzufahren. Selbst der Schatten eines Lächelns, selbst ein Hauch davon war schon genug, damit sie die Anekdote weiterspinnen konnte. Meistens trotzte sie ihrer Mutter dieses Lächeln ab. Sie war geübt. Sie hatte nichts verlernt. Sie hatte das zwar seit vielen Jahren nicht mehr gemacht, aber sie hatte keinen der Kniffe vergessen, kein Manöver, keine einzige Masche. Sie wusste immer noch, wie man ihre Mutter ablenkte, amüsierte und auch, wie man mit ihr stritt und sie derart erboste, dass sie gar nicht mehr in den Sog ihrer schwarzen Gedanken geraten konnte, in dem sie gerne versank. Sie hatte also wie früher das übernächtigte Gesicht ihrer Mutter inspiziert, Pupille, Augenbrauen, Mund. Und genauso wie früher – gleich nachdem ihre Mutter zurückgekehrt war, nach ihrem misslungenen Selbstmordversuch, den alle in der Familie nur den »dummen Unfall« nannten – hatte sie die schwarzen Gedanken mit einer Geschichte ferngehalten. Sie hatte sich mit den Jahren zu einer Spezialistin für ihre Mutter entwickelt und zu einer verdammt guten Geschichtenerzählerin.

»Also, der Stammkunde – ich kenn den übrigens auch – geht jeden Abend nach der Arbeit zum Griechen und kauft sich dort etwas für sein Abendbrot zusammen, einfach nur, um ein bisschen zu plaudern. Meistens erzählt er was von seinen Kindern, die im Ausland leben, was sie gerade machen, oder er redet über seine Arbeit. Seit seine Frau ihn verlassen hat, klagt er natürlich über sie. Dass sie eine Schlampe sei. Dass er sie schon immer verdächtigt habe. Dass er in vierzig Jahren Ehe nicht ein einziges nettes Wort gehört habe. Dass sie ihm immer vorgeworfen habe, nicht genug zu verdienen. Und so weiter und so weiter.« Hatte da ihre Mutter nicht die Brauen gehoben, die Augen zusammengekniffen? Es war ein fahriger Blick, gewiss, aber dennoch, sie hörte zu. »Einmal spendiert der Grieche ihm ein Glas. Er sagt ihm, er wolle mit ihm auf sein neues Leben anstoßen und dass er seine furchtbare Frau endlich los sei. Der Grieche schenkte ihm also ein, und was glaubst du macht der Mann? Er fängt an zu weinen.«

Jetzt am Abend erschien es ihr so unsinnig, dass sie derart erpicht darauf gewesen war, ihrer Mutter diese Geschichte zu erzählen. Aber wie hätte sie denn ahnen können, was unmittelbar bevorstand? Sie hatte sich an die Arbeitsplatte gelehnt, hatte Brötchen dick mit Butter und mit hausgemachter Aprikosenmarmelade bestrichen, hatte den Teller über die Arbeitsplatte hinweg ihrer Mutter gereicht, mit der Geste: Hier, beiß mal zu. Und auch ihre Mutter hatte zugehört wie all die Tage zuvor, abwesend und ein klein wenig ungeduldig.

»Weißt du, was ihm am meisten zugesetzt hat? Die Stille. Er hat die Stille nicht ertragen. Vierzig Jahre beklagte er sich darüber, dass sie immer an ihm herumnörgelt, und nun vermisst er sogar ihre Vorwürfe. Er konnte es selber nicht fassen. Der Grieche sieht ihn also weinen und hat Mitleid. Ich meine, wie oft siehst du einen Mann bei dir im Laden weinen? Er schlägt ihm also vor, ab und zu in seinen Laden essen zu kommen. Der Mann sagt zuerst ›Nein‹. Dass er sich nicht aufdrängen will. Dass das nicht nötig sei. Aber dann kommt er doch jeden Abend. Und weißt du was? Er bringt diese Fotoalben mit. Vierzig Jahre ist er mit seiner Frau jedes Jahr woanders hingefahren. Weil sie sich nichts zu sagen hatten. Ägypten, Balearen, Seychellen … Und nun zeigt er jeden Abend die Urlaubsfotos, weil er auch dem Griechen nichts zu sagen hat.«

»Sie schauen sich doch nicht etwa jeden Abend seine Ferienfotos an?«, hatte ihre Mutter ungläubig gefragt.

Und sie hatte genickt. »Vor dem Tempel von Luxor, vor dem Taj Mahal, mit Schnorchel und Taucheranzug vor dem Roten Meer, vor dem schiefen Turm von Pisa. Der Grieche hat gesagt, wenn das so weitergeht, dreht er durch.«

Sie hatte ihr ein Lachen entlockt, immerhin. Das war ein kleiner Sieg gewesen. Dann hatten sie beide noch ein bisschen gesprochen. Jeder von ihnen wusste, was er sagen durfte und was nicht und auch, wie er es zu sagen hatte. Sie zum Beispiel hatte ihre Mutter zu überzeugen versucht, sich wenigstens eine Stunde schlafen zu legen, aber nur ein paar Sätze lang, nur im Konjunktiv, nur bis ihre Mutter, als Zeichen dafür, dass das Gespräch beendet war, mit den Schultern gezuckt hatte. Ihre Mutter hatte ihr einen zweiten Kaffee angeboten, damit sie noch etwas länger in der Küche verweilen könne. Ihre Mutter hatte gespürt, welche Überwindung es sie kostete, zu ihm ins Zimmer zu gehen, und hatte noch ein paar Fragen gestellt und anstandslos ein paar Antworten bekommen, und als sie beide nichts mehr gefunden hatten, um es hinauszuzögern, war sie aufgestanden und zu Corinna ins Krankenzimmer gegangen. Nicht zu ihrem Onkel, nein, zu Corinna, um ihr zu helfen, ihren Onkel zu waschen.

Sie blickte auf. »Wohin gehst du?«

»In den Flur«, sagte Tanja, die aufgestanden war. »Ich glaube, das Telefonbuch von Onkel Paul ist in der Garderobenschublade. Ich will mal gucken, wen wir morgen anrufen müssen. Ich glaube nicht, dass Anne das macht.«

Sie sah ihrer Schwester nach, sie war schlank, sportlich, kein bisschen gealtert. Sie wusste, dass sie sich Mühe gab, sich regelmäßig durch irgendwelche Diäten quälte – Rohkost-, Trennkost-, Low-Fat-, Kartoffel- oder wie sie alle hießen –, um eine nicht vorhandene Speckrolle an der Taille zu bekämpfen, dass sie auch Sport machte, aber das war es nicht. Tanja hatte immer noch diese jugendliche Ausstrahlung. Selbst das strenge Kostüm, ihre Arbeitskluft, die sie nun anhatte, konnte nicht darüber hinwegtäuschen, dass sie sich etwas bewahrt hatte, was ihr, Lisa, verloren gegangen war. Aber vielleicht dachte sie das jetzt auch nur, weil sie so viele Wochen hier im Haus verbracht hatte. Sie war ganz abgenutzt, und Tanja ... Wie sie schon dastand, kerzengerade, mit erhobenem Kopf.

»Was denn?«, fragte Tanja, die sich zu ihr umgewandt hatte und sie anlächelte.

»Du könntest glatt als zwanzig durchgehen.«

»Als zwanzig?«

»Du siehst immer noch wie ein Mädchen aus. Du hast immer noch diesen Blick. Du schaust wie früher.«

»Wie früher? Und wie schaute ich früher?«

»Jugendlich.« Ihr fiel kein anderes Wort ein.

»Jugendlich?« Tanja zog die Augenbrauen spöttisch hoch.

»Als würde dich, was du siehst, begeistern.«

»Ich wüsste ehrlich nicht, was mich hier begeistern könnte«, sagte Tanja und beschrieb mit einer ausholenden Handbewegung den Raum.

»Wie, wenn man etwas zum ersten Mal sieht.«

»Und was sehe ich hier zum ersten Mal? Den Tisch hier?«

»Wie, als du das erste Mal das Meer gesehen hast.«

»Ach, komm«, sagte Tanja ungläubig, »daran kannst du dich nicht erinnern.«

»Natürlich kann ich mich daran erinnern. Ich war vier, und du warst sechs.«

»Du mit deiner Künstlerphantasie. Das hast du dir doch alles später hinzugedichtet.«

Sie schüttelte den Kopf.

»Du willst mir doch nicht weismachen, dass du dich daran erinnern kannst, wie ich mit sechs aufs Meer geschaut habe?«

»Genau das will ich. Ich glaube, es war in Italien, aber ich bin mir nicht mehr sicher.«

Sie hatte schräg hinter Tanja im Sand in einer Mulde voller Wasser gestanden. Neben ihnen hatten ihre Eltern Seite an Seite auf einem kobaltblauen Strandtuch gelegen, ziemlich glücklich und verschlafen. Jedenfalls konnte sie sich nicht daran erinnern, dass sie damals schon gestritten hatten. Sie hatte Tanja beobachtet, die vollkommen absorbiert etwas fixiert hatte, war ihrem Blick gefolgt, aber nicht daraus schlau geworden. Sie hatte dem gleichmäßigen Verrollen der Wellen am Strand gelauscht, das den Takt dieses Sommers angegeben hatte, der aus Spielen, Trägheit, sandigen, nassen Tüchern, dem Geruch von Seetang und Sonne zusammengesetzt gewesen war, und hatte immer wieder von ihrer Schwester auf das Meer geblickt und vom Meer auf ihre Schwester und zu verstehen versucht, wovon ihre große Schwester sich bannen ließ. Aber nichts. Sie hatte einfach nicht herausfinden können, was ihre Schwester derart beeindruckte, dass sie ihre Fragen gar nicht zu hören schien.

»Es war Spanien. Als ich sechs war, hatten Papa und Mama ihre Spanienphase. Es war nicht Italien. Es war in Spanien.«

Der Wind hatte aufgefrischt, und die Wellen hatten sich zu kräuseln begonnen, und plötzlich hatte auch sie es gesehen. Das Meer. Blau, weiß geriffelt, so weit das Auge reichte, in weiche, niedrige Falten gelegt, von einer unglaublichen Schönheit. Und sie hatte das Meer fixiert, das im Licht flimmerte, glitzerte, erzitterte.

»Wieso kannst du dich an so etwas erinnern?«

»Ich kann mich an viel mehr erinnern. Wie du zum

Beispiel die Lippen schürzt, wenn du etwas liest und nicht gestört werden willst. Wenn du liest und nicht willst, dass ich mit dir spreche, dann machst du so. Ich meine, früher hast du dann so gemacht.« Sie spitzte die Lippen, und ihre Schwester lachte und versuchte, es ihr nachzumachen.

»Wie? So?«

»Nein«, sagte Lisa, die große Spezialistin ihrer Schwester. »Nicht so spitz. Viel unmerklicher.«

Tanja ging kopfschüttelnd in den Flur.

Sie hörte sie rumoren, wie sie Schubladen aufmachte, wühlte, sie wieder schloss. Tanja versuchte leise zu sein, aber umso genauer *hörte* Lisa ihre emsige Geschäftigkeit. Es gab wieder einmal keine Grenzen für Tanjas Effizienz. Für den Eifer, den sie an den Tag legte, um sich der Beerdigung, dem Tod, der Trauer und ganz nebenbei ihrer Familie zu entledigen.

»Hat das nicht bis morgen Zeit?«, fragte sie eine Spur zu ungeduldig.

»Was?«

»Ich habe gesagt … ach vergiss es.« Sie schob die Füße unter den Tisch, streckte sich. Tanja würde wieder einmal nur das Nötigste tun. Sie würde sich um alles Wichtige kümmern – das schon, darauf war Verlass –, sie würde ihre Gedanken auf die Formalitäten lenken, würde erledigen, was es zu erledigen gab, aber dann würde sie wieder zurückfahren. Seit sie geheiratet hatte, nein, schon viel früher, seit Tanja ins Ausland gegangen war, um zu studieren, war das Mark aus ihrer Beziehung verschwunden. Gewiss, so hatte es zu sein. Dagegen gab es nichts einzuwenden. Was war natürlicher als eine neue Familie gründen? Und dennoch – sie hätte es natürlich keinem eingestanden, denn wie neurotisch war das, bitte schön – fühlte sich Lisa hintergangen.

»Wo kann das denn noch liegen?«, rief Tanja vom Flur her.

Und sie antwortete: »Hast du schon im Schrank neben der Eingangstür geguckt?«

Sie hatte die Nähe ihrer Schwester ungerechterweise verloren. Sie hatte Tanja an einen Mann abgegeben, den sie nicht schätzte.

»In welchem Schrank?«

»Mit den Schlüsseln«, antwortete sie, obwohl sie eigentlich hätte sagen wollen, weißt du eigentlich, dass ich Onkel Paul einen Monat lang gewaschen habe? Einen ganzen verdammten Monat lang, Tag für Tag.

Sie hatte Seife gebracht, das Thermometer und das Handtuch gehalten, ohne den entblößten, abgemagerten Körper ihres Onkels auch nur mit einem Blick zu streifen, denn wenn sie ihn sah, erschrak sie jedes Mal. Sein Körper, das war ein ganz schöner Schock. Sie hatte sich nicht daran gewöhnen können. Alles was früher rund bei ihm gewesen war, massig und jovial, war, seit die Krankheit von ihm Besitz ergriffen hatte, spitz und ausgetrocknet. Wenn auf seinem Nachttisch auch noch ein paar Äpfel lagen – angeblich förderte das den Schlaf –, hatte sie unwillkürlich an Paul Cézannes Stillleben mit Schädel denken müssen.

Weißt du überhaupt, wie das ist, wenn man danebensteht und nicht hinsehen kann? Wenn man glaubt, das Herz zerspringt einem? Wenn man den Menschen, den man liebt, verschwinden sieht?

»Ne, hier ist das nicht.«

»Vielleicht oben in Mamas Nähzimmer.«

»Wo?«, fragte Tanja.

»In ihrer Rumpelkammer«, rief sie, »auf dem Tisch dort, wo sie den ganzen Kram hinlegt. Oder auf dem Tisch im Wohnzimmer.«

»Ach ja«, sagte Tanja.

Sie hörte sie ins Wohnzimmer gehen und dachte an das Zimmer daneben. Da, wo er lag. Das Zimmer, das sie, Lisa, nicht mehr würde betreten müssen. Nicht mehr mit dieser Beklemmung. Nicht mehr mit diesem Widerwillen. Nur neben der Pflegerin, nur wenn sie der Pflegerin dabei hatte zusehen können, wie sie ihn hob, wusch, kämmte, nur mit ihren Händen im Blickfeld hatte sie das Erscheinungsbild ihres Onkels ertragen können. Sie hatte auf diese Hände geblickt. Sich nur auf diese Hände konzentriert, sich von dem Singsang der Pflegerin, die immer erklärte, was sie gerade machte, und diesen ruhigen, sanften Händen trösten lassen. Die

Hände hatten sie in Sicherheit gewiegt. Und natürlich hatte sie geglaubt – sie war sich dieser irrsinnigen Vorstellung kein bisschen bewusst gewesen –, dass sich ihr Onkel auch noch in zehn, zwölf, vierzig Jahren unter der Obhut dieser Pflegerin befinden, dass sie alle für immer und ewig in dieser Vorhölle verweilen würden. Manchmal hat sie sich gewünscht, dass Onkel Paul starb. Manchmal, wenn sie ihre erschöpfte Mutter gesehen hatte, dann hatte sie gedacht, dass es Zeit für sie alle war, in Ruhe gelassen zu werden. Sie hatte es gedacht, wenn er sich laut beklagte, nicht geschlafen zu haben, wenn er Aufmerksamkeit einforderte oder Schmerzen hatte, die keiner lindern konnte. Da muss ein Mensch nur ein paar Monate leiden, und schon wünscht man sich …

Tanja kam mit einem Stapel Briefen, seinem kleinen, schwarzen, fast zerfledderten Adressbuch und einem noch eingeschweißten Versandhauskatalog zurück, schmiss das alles auf den Tisch, setzte sich mit einem Seufzer.

»Auf dem Boden neben dem Ohrensessel.« Sie blickte sie an. »Was ist los?«

»Nichts«, sagte sie »Nichts ist los.« Und dann: »Ich habe mir gewünscht, dass Onkel Paul stirbt.«

Tanja warf ihr einen ungläubigen, beschwichtigenden Blick zu. Komm, komm, sagte der Blick, wollen wir nicht übertreiben. Komm, komm, komm, du bist ein bisschen durcheinander. Aber Lisa hatte das wirklich erwogen. Natürlich nicht so direkt, nicht so brutal, aber auf eine hinterhältige, komplizierte Art und Weise hatte hinter dem altruistischen Satz ›Ich hoffe, er wird nicht lange leiden‹ genau dieser hässliche Wunsch gehockt. Der Satz hatte sich zwar in den schönsten Gewändern des Edelmuts gekleidet, aber es war ihre Erschöpfung gewesen, ihre manchmal gar schon an Verachtung grenzende Ungeduld mit ihm, die da gesprochen hatte, und nicht ihre Barmherzigkeit.

»Ich schwöre es dir. Warum glaubst du mir denn nicht?«

»Ich glaub dir ja. Ich glaube dir, dass du das *jetzt* denkst.«

»Du denkst, ich übertreibe.«

»Ich denke, du bist erschöpft.«

Sie sagte ihr, sie hätte ihn als Bürde empfunden, verstand Tanja das denn nicht. Doch, doch sie verstand. Und sie sagte ihr, dass sie in den letzten Wochen immer öfter gedacht hätte, dass es endlich Zeit für sie alle war, in Ruhe gelassen zu werden.

»Ich habe Mamas graue Haare gesehen und gedacht, sie muss zum Frisör. Ich war richtig auf diesen Frisör fixiert. Fast ein halbes Jahr war sie doch nirgends, verstehst du? Sie ist doch nirgends mehr hingegangen. Sie hat keinen mehr getroffen. Sie ist nicht mal mehr ins Kino gegangen oder ins Schwimmbad. Nichts. Sie hat nicht einmal mehr Musik gehört. Ich habe mir eingebildet, ich will, dass er stirbt, aber in Wirklichkeit wollte ich …«

Sie wusste nun, dass sie sich nicht nach seinem Tod, sondern nach einer kurze Pause gesehnt hatte. Einer Atempause. Aber er musste erst gestorben sein, sie musste erst am eigenen Leib spüren, wie sich das anfühlt, jemanden zu verlieren. Es war die gleiche ohnmächtige Wut, das gleiche Gefühl der Wut wie all die Monate zuvor, nur dass es sie nun verletzlich machte, dass es sie hatte die Seiten wechseln lassen. Plötzlich hatte sie nichts mehr von ihrem Hochmut, ihrer Ungeduld, war sie nicht mehr diejenige, die im Vollbesitz ihrer Kräfte, ein wenig rastlos, ein wenig abschätzig auf einen Kranken hinunterblickte. Plötzlich hatte es sie zu den Machtlosen geschlagen.

»Alles, was Mama die letzten Monate gemacht hat, war ihn pflegen. Sie hat ihn immer nur gepflegt, und wenn sie ihn nicht gepflegt hat, dann hat sie nur davon gesprochen, was sie versäumt hat. Was sie noch hätte machen sollen. Was sie noch machen könnte. All die Dinge, die sie noch versuchen würde, um ihn zu retten. Sie hat den Doktor zwei-, dreimal am Tag angerufen. Und dann ging es: Meinen Sie nicht, ich sollte noch dies. Meinen Sie nicht, wir sollten noch das. Für mich hatte sie eine unsichtbare Linie überschritten. Sie war in der Vorhölle, und ich wollte, dass sie zu uns zurückkehrt. Ich hab ihr gesagt: Draußen geht die Welt weiter, geh ein bisschen in die Stadt, geh zum Frisör. Was sind zwei Stunden? Ich passe auf ihn auf. Lass dir die Haare färben. Blättere in ein paar Illustrierten. Lies so einen Quatsch über was die Models und Fußballspieler gerade anstellen. Trink einen Kaffee. Oder setz dich hier in die Küche ans Fenster. Schau dir deinen Garten an. Wie lange hast du nicht mehr deinen Garten genossen? Ich wollte, dass sie das Fenster aufmacht und die kalte Luft spürt. Nur das. Dass sie am Fenster sitzt, in ihren Garten hinausblickt und nicht daran denkt. Ich habe ihr gesagt: Schau mal, die Sonne, das ist das erste Mal seit Wochen, dass sie sich hinauswagt. Ich hab ihr viel gesagt. Aber sie hat mir nicht einmal mehr zugehört.« Sie legte die Arme übereinander, dann flach auf den Tisch und schaute Tanja an. »Und dann die Suppe! Diesen Brei, den sie für ihn gekocht hat.«

Sie musste nur an diese Suppe denken – der Inbegriff der Absurdität, des Lächerlichen, der Halsstarrigkeit ihrer Mutter –, sie musste sich nur dieses in Wasser aufgelöste Getreide vergegenwärtigen, mit dem ihre Mutter ihren Onkel hatte aufpäppeln wollen, um augenblicklich wütend zu werden.

»Wenn ich daran denke, wie sie versucht hat, ihm diese Suppe einzuflößen!«

Es war ein groteskes, unwürdiges Schauspiel gewesen, dem sie beigewohnt hatte. Eine einzige Prozedur der Qual. Je schwächer ihr Onkel geworden war, desto größer war der Eifer ihrer Mutter gewesen, ihn mit dem faden, schleimigen Zeug zu verköstigen. Sie hatte mit der Pflegerin darüber gesprochen. »Sie macht mich rasend«, hatte sie gesagt, »es ist so sinnlos.« Und die Pflegerin hatte nur mit den Schultern gezuckt und entgegnet, dass es gar nicht schlimm sei, ab und zu ein paar sinnlose Sachen zu machen. »Das gehört dazu, das ist doch menschlich.« »Aha, so, so, das ist also menschlich«, hatte sie erwidert und war gegangen. Für wen hielt sich diese Tusse, für Heidegger? Sie hatte diesen Tiefsinn nicht gebraucht. So wenig gebraucht wie ihr Onkel den Brei ihrer Mutter. Und dennoch war ihre Mutter in den letzten Wochen seines Lebens nur noch dieser einen fixen Idee verfallen, ihn zu ernähren. Lisa wusste auch nicht, was ihre Mutter gesehen hatte, wenn sie jeden Morgen nach der Toilette ihres Onkels mit ihrem dampfenden Schälchen ins Zimmer gekommen war. Vielleicht hatte ihre Mutter die Vergangenheit gesehen, ihn und sich als Kinder. Vielleicht hatte sie eine für alle unsichtbare Zukunft wahrzunehmen geglaubt, irgendeine Möglichkeit, ihn doch noch durchzukriegen. Aber bestimmt hatte sie nicht die Gegenwart gesehen. Nicht diese abgemagerte, erschöpfte Gestalt. Nicht dieses Leichengesicht. Nicht seine Resignation. Und ganz bestimmt nicht, dass er starb. Zugegeben, alle hatten sie einfach weitergemacht, hatten sie es nicht wahrhaben wollen. Hatten sie so getan, als würde sich nie etwas ändern. Lisa hatte sich weiter täglich über ihre Mutter aufgeregt, Tanja hatte angerufen und gute Gründe gefunden, um nicht vorbeikommen zu müssen. »Vorbeikommen«, schon allein das Wort! Und auch er, Onkel Paul, hatte weitergemacht wie zuvor. Manchmal, wenn er wach gewesen war, dann hatte er ihrer Mutter versprochen, bald wieder zu Kräften zu kommen. Und ihre Mutter hatte es ihm abgekauft, hatte tatsächlich geglaubt, dass sie ihn mit ihrer Liebe, ihrer Angst und ihrer Suppe wieder würde auf die Beine bringen können.

»Weißt du, worüber Mama, kurz bevor er gestorben ist, mit Corinna gesprochen hat? Sie wollte wissen, ob sie ihm nicht ein bisschen Suppe geben könne. Sie wollte ihn mit diesem Brei füttern. Er lag im Sterben, und sie wollte ihm die verdammte Suppe einflößen, damit er wieder zu Kräften kommt. Corinna hat ›Nein‹ gesagt, und sie hat verhandelt wie ein Kind. ›Ein paar Löffel. Ein, zwei Löffel.‹ Sie ist sogar wütend geworden. Sie hat Corinna angeschrien. ›Wie soll er dann wieder zu Kräften kommen, wenn er nichts isst?‹ Corinna und ich haben uns nur angeschaut. Und dann hat sie Mama in die Arme genommen und ihr gesagt, sie solle sich verabschieden. Mama hat sie abgewimmelt, und dann hat sie sich neben Onkel Paul ans Bett gesetzt.«

Sie hatte ihre Mutter gesehen, wie sie dagesessen und gewartet hatte. Wie sie gewartet und sich verwandelt hatte. Wie sie gewartet, sich verwandelt hat und knorrig geworden war. Knorrig und hart und kantig wie ein Baum, der gefällt wird, stürzt und vertrocknet.

Sie spürte, wie die Tränen hochkamen, und sogleich umarmte Tanja sie, schlang beide Arme um sie und klopfte ihr auf den Rücken, und da Tanja das selten tat und eigentlich auch gar nicht gerne, sie verabscheute von ganzem Herzen, was sie *Gefühlsgrabscherei* nannte, stellte sie sich dabei so unbeholfen, so scheu und ungelenkig an, dass sie unweigerlich lächeln musste. Das war das Geheimnis ihrer Jugendlichkeit, dachte Lisa, während sie ihre Schwester kurz in Augenschein nahm, sie war sich ihrer selbst kein bisschen bewusst.

Sie saßen eine Weile stumm da, und dann fragte Tanja: »Sie hat wirklich versucht, ihm die Suppe einzuflößen?«

Sie nickte. Dann runzelte sie die Stirn. Als die Pflegerin ihr gesagt hatte, sie würde seinen Puls nicht mehr spüren, hatte auch sie die ganze Tragweite dieser Aussage nicht erfasst. Dann hatte Onkel Paul eben einen schwachen Puls, hatte sie gedacht. Na und? Was war das schon? Eine winzige, kaum wahrnehmbare Veränderung seines Zustandes. Irgendetwas in ihrem Gehirn hatte auch sie bis zuletzt vor seinem Tod bewahrt. Die Pflegerin hatte es ihr schon deutlich sagen müssen. »Verstehen Sie denn nicht? Er stirbt.« Ungläubig hatte sie aufs Bett gestarrt, auf die Silhouette ihres Onkels, auf die Pflegerin. Er stirbt? Wegen eines schwachen Pulses? Sie hatte versucht, das zu verstehen. Wie konnte man wegen so einer Lappalie sterben? Sie war in Panik geraten, als ihre Mutter mit dem Schälchen Brei ins Zimmer gekommen war. Sie hatte die Pflegerin mit bettelndem Blick angeschaut, sie aufzuhalten versucht und am Handgelenk gepackt. »Müssen wir es ihr sagen?«, hatte sie ihr zugeraunt. »Sie will das nicht hören. Warum müssen wir …« »Damit sie sich verabschieden kann«, hatte die Pflegerin geantwortet, sich losgemacht und war zur Mutter gegangen. Sie hatte die Hand ihres Onkels gedrückt, während sie im Hintergrund gehört hatte, wie ihre Mutter zu feilschen versuchte, um Aufschub verhandelte, die Pflegerin anschrie. Dann war ihre Mutter ans Bett gehastet. »Paul«, hatte sie gesagt und sich zu ihm vorgebeugt, »Paul, hörst du, du musst dich jetzt anstrengen. Du musst mir jetzt helfen. Du musst jetzt all deine Kräfte sammeln, verstehst du? Ich weiß, dass du erschöpft bist, ich weiß, dass du Schmerzen hast, aber ich kann dich allein nicht durchkriegen.« Ihre Mutter hatte auf der Bettkante gesessen, mechanisch seine Hand gestreichelt und ihn beschworen, aber als Antwort auf all ihre Bitten und Forderungen hatte sie nur ein Röcheln bekommen.

»Ich kann das Ende nicht vergessen«, sagte Lisa und befreite Tanja von der Umarmung, und sogleich rückte Tanja auch schon etwas weg. »Wie Mama es begriffen hat und sich zu ihm ans Bett gesetzt hat. Ihren Blick, den kann ich nicht vergessen. Im ganzen Haus war kein Laut. Gewöhnlich ist das Haus doch um diese Zeit voller Geräusche. Sonst läuft doch immer das Radio oder Corinna redet am Telefon oder bespricht etwas mit Mama. Aber nun war es still.«

Sie hatte sich gefühlt wie im Auge des Zyklons, sie hatte einmal gelesen, dass dort ein windstiller, fast wolkenfreier Bereich sei. Sie hatte zwar wahrgenommen, wie sich alles überstürzte, immer schneller, immer heftiger zu rotieren begann. Aber sie war in diesem Auge verharrt, die Ruhe selbst, und hatte auf die Pflegerin geblickt und auf ihre Mutter. Sie war dort stehen geblieben, denn sie hatte nicht gewusst, was sie sonst noch tun könnte. Sie hatte die sicheren Gesten der Pflegerin verfolgt, die sich um ihre Mutter und ihren Onkel kümmerte. »Hier«, hatte die Pflegerin gesagt und ihrer Mutter einen Stuhl ans Kopfende des Bettes ihres Onkels herangeschoben. Und ihre Mutter hatte sich gesetzt und sogleich zu reden begonnen, hatte auf ihren Onkel eingeredet, und sie, Lisa, hatte dort gestanden. Was hatte sie sonst noch getan? Nichts. Sie hatte einfach nur gestanden, aus dem Fenster auf die fast reglose Kastanie geblickt, die im hellen Frühlingslicht schimmerte, und darüber auf fast reglose Wolken. Und hätte sich ihre Mutter nicht zu ihr umgedreht und sie gebeten, aus dem Zimmer zu gehen, sie würde sehr wahrscheinlich immer noch dort stehen.

»Und dann hat mich Mama angeschaut und mich gebeten rauszugehen.« Sie schaute Tanja an. »Verstehst du?«

Tanja schüttelte den Kopf.

»Ich bin in die Küche gegangen.«

»Du bist in die was?«

»In die Küche.«

»Aber wieso? Wieso bist du in die Küche?«

»Weil Mama mit Onkel Paul allein sein wollte.«

»Weil Mama was?«

Besser als im Büro auf seinen Tod warten, dachte Lisa.

»Und außerdem habe ich nicht dabei sein können.«

Sie hatte es nicht geschafft. Sie hätte das nun erklären können. Sie hätte nun von dem Bild schwafeln können, das sie sich beide von ihrem Onkel gemacht hatten, ein gewaltiger, unbezähmbarer Mensch, oft sogar tyrannisch, und am Ende so zart, so gebrechlich, so hilflos. Wäre nicht sie diejenige gewesen, von der hier nun die Rede war, sie hätte jede Menge psychologische Deutungen liefern können, ohne Punkt und Komma auseinanderzusetzen vermocht, warum sie geflüchtet war. Flucht? War das Wort nicht etwas zu extrem? Nein. Sie war desertiert, vor seinem Tod davongelaufen.

»Ich war richtig erleichtert, als die Pflegerin mich hinausgeführt hat.«

»Du musst dir keine Vorwürfe machen. Du warst doch

die ganze Zeit bei ihm. Die ganzen letzten Wochen warst du doch an seiner Seite.«

»Er war immer für uns da. Und ich … ich habe es nicht einmal geschafft …«

Sie hätte es geschafft, wenn sie ihm verziehen hätte, aber das konnte sie Tanja nicht sagen. Es hätte zu vieler Worte bedurft, zu vieler Umwege und Erklärungen und wäre von ihrer Schwester doch nur falsch verstanden worden. Was sie ihm am wenigsten verzieh? Seine Krankheit. Mitzukriegen, wie er systematisch ihre Mutter fertiggemacht hatte, das war schrecklich gewesen, aber nicht so schlimm, wie ihn dahinsiechen zu sehen. Ihr ganzes Leben hatte er sie alle glauben lassen, dass er die Zügel fest in den Händen hielt, dass alles nach Plan verlief. Familie, Beruf, Freunde, Ferien, immer schien er ganz genau gewusst zu haben, wie man sich zu verhalten hat. Wie konnte so jemand, der alles pingelig genau nahm, wie konnte sich so jemand derart vom Leben überrumpeln lassen und Krebs bekommen? Es war unfassbar. Auch ihr Onkel war, als er am Ende verstanden hatte, dass nichts dabei herausspringt, unbescholten durchs Leben zu stapfen, wütend geworden, aber eben auf seine wohlerzogene Art. »Warum bist du eigentlich so sauer auf ihn?«, hatte ihr Freund sie einmal gefragt. »Ich sauer auf ihn?« »Was wirfst du ihm vor? Dass er ihren Brei isst?« Was sie ihm vorwarf? Dass er ein gezähmter Mensch war. Ein anderer hätte mit dieser Empörung, mit dieser Rage eine Bombe gelegt, die Welt verändert, aber ein gezähmter Mensch schikanierte nur schlechtgelaunt seine Schwester, und dann Abgang. »Ich verstehe nicht, warum du *so* denkst«, hatte ihr Freund erwidert. »Warum ich *so* denke?« »Wer zwingt dich denn, *so* zu denken?« »So was?«, hatte sie hämisch lachend gefragt. »So gemein? So herzlos? So kränkend?« »Ach Lisa«, hatte er geantwortet, »warum gönnst du dir nicht mal eine Verschnaufpause?« Gute Frage. Vielleicht, weil sie mitgekriegt hatte, wie sich der Radius der Möglichkeiten ihres Onkels von Woche zu Woche verringerte. Er hatte nicht mehr ausreiten können. Nicht mehr verreisen. Er hatte auf seine Weine verzichten müssen und auf die Fressorgien beim Italiener. Als er nach Hause gekommen war, hatte er noch mit einem Stock durch sein Zimmer schreiten können, dann hatte er immer öfter das Gleichgewicht verloren, und das Gehgestell aus Aluminium wurde angeschafft. Und dann kam der Rollstuhl. Sie wusste, wie schwer es für ihn gewesen war, nicht autonom zu sein. Sie war dabei gewesen, als der Arzt ihm zu verstehen gegeben hatte, dass er nie wieder würde gehen können. Und sie war auch dabei gewesen, als er ihrer Mutter zuliebe zugestimmt hatte, dennoch zehn Schritte vor sich her zu trippeln. Fünf kleine Schritte vor und fünf kleine Schritte zurück. Obwohl er gar nicht mehr konnte. Obwohl er keine Kraft mehr in den Beinen hatte. Sie hatte auf der Bettkante gesessen und sich dieses Schauspiel angeschaut. Wie Corinna und ihre Mutter ihn hochgezogen und durch das Wohnzimmer geschleift hatten. Bei jedem Schritt war er eingeknickt wie eine welke Blume, und ihre Mutter hatte ihn angefeuert und gesagt: »Na siehst du, es geht doch! Na siehst du, du schaffst es.« Sie erinnerte sich auch an seinen Blick, wie er Lisa angeschaut hatte, so als wolle er sich für dieses ganze Theater entschuldigen. Er hatte mitgemacht, um ihre Mutter zu beruhigen.

Sie stand auf und fragte Tanja: »Willst du Tee?« Sie hätte am liebsten gesagt, jetzt reagiere doch endlich, jetzt sag doch etwas.

»Ja, gerne«, erwiderte Tanja.

Und sie ging und setzte Teewasser auf und wartete mit verschränkten Armen neben dem Wasserkocher am Fenster, das verzerrt ihr eigenes Antlitz reflektierte und im Hintergrund rechts die helle Silhouette ihrer Schwester, die wieder einmal woanders war, bei ihren Terminen, bei ihrer Tochter, ihrem Mann, aber nicht hier in dieser Küche. Höre mir gefälligst zu, wenn ich mit dir spreche. Konzentriere dich auf mich und das, was ich dir erzähle. Sie ging sich mit ihren Forderungen selber auf die Nerven. Seit Jahren schon die gleiche Geschichte. Sie und Tanjas Zurückhaltung, sie und Tanjas Abwesenheit, sie und ihre Kränkung darüber, nur noch die Nummer zwei, drei oder gar vier zu sein.

»Glaubst du eigentlich, dass man sich an alles gewöhnt?«

»Wie meinst du das jetzt?«

»Dass man sich in jeder Situation irgendwie häuslich einrichtet?«

Sie drehte sich zu Tanja um. Sie hatte also doch den Faden ihrer Gedanken aufgenommen. Na also. Es ging also doch.

»Du meinst jetzt wegen Onkel Paul? Nein, ich glaube nicht, dass man sich an alles gewöhnt. Ich glaube nicht, dass er sich damit abgefunden hat. Er war ganz schön wütend, und verzweifelt war er auch. Aber er hat sich seine kleinen Ablenkungen gesucht. Das schon. Er hat sich immer wieder seine kleinen Bekümmernisse gesucht. Dass er uns alle immer fertiggemacht hat, das war doch nur, um sich von der großen Katastrophe abzulenken.«

TANJA

»DIE MEISTEN LENKEN sich doch mit kleinen Kümmernissen ab. Mit Hirngespinsten. Mit irgendwelchen Phantasien«, sagte Lisa und lächelte.

Und sie, Tanja, wusste, was Lisa nun dachte. Sie dachte, alle außer natürlich du. Du bist die große Ausnahme. Du bist diejenige mit dem makellosen Leben. Die sich ihr Leben perfekt eingerichtet hat, die nichts überraschen, nichts in die Knie kriegen kann, die Vorsorge für alle Not- und Wechselfälle getroffen hat. Du bist seine Nachfolgerin. Sportlich, gebildet, eine gute Mutter. Du bist mit einem erfolgreichen Mann verheiratet, überziehst nie dein Bankkonto, hast nirgends Schulden, kommst nie zu spät, trinkst nie über den Durst. Du mit deinem wohlbehüteten Leben, in dem du vor dich rumpusselst, während ich … Während sie was? Wohl doch auch nur dies und das mehr oder weniger erfolgreich handhabte. Und selbst wenn ihr Leben so perfekt und langweilig gewesen wäre, wie Lisa behauptete, selbst wenn es das Ausmaß der Perfektion gewesen wäre, warum sollte sie, Tanja, nicht auch ihre kleinen Bekümmernisse haben dürfen? Schließlich hatte Lisa nicht das Vorrecht auf Kummer gepachtet. Was bei ihr schieflief? Das war eine komplizierte, vor allen Dingen aber eine gefährliche Frage. Weitaus leichter, unverfänglicher war es, sich darüber Gedanken zu machen, womit sie sich derzeit ablenkte. Sie hatte einen ganzen Haufen kleiner Kümmernisse parat. Die meisten, sie wusste es, rührten vom Groll des Zusammenlebens her. Sie hatte sich mit den Jahren in eine von *denen* verwandelt. In ihren Freund Philip, der seinem aufregenden Sexualleben nachtrauerte. In ihre Freundin Julia, die nun sieben Jahre verheiratet war, und bei der man, wenn man ihr zuhörte, glaubte, davon zehn Minuten glücklich. In ihren Arbeitskollegen Johannes, der im Parkhaus nur auf einen neuen, teuren Wagen zu schauen brauchte, den er sich nicht leisten konnte, um sich sogleich wie ein Versager vorzukommen. In ihre Freundin Karin, die sich regelmäßig darüber beklagte, dass ihr Mann, den sie vor ein paar Jahren auf einem Fest kennengelernt hatte, nicht mehr der tolle Typ war, der nachts Gedichte schrieb. Drei Jahre hatte Karin Dichterfrau gespielt und anstandslos sein Genie finanziert. Dann hatte sie sich mit seiner Mutter verbündet und ihn überredet, einen Job anzunehmen. Nun war er Werbetexter und verdiente ein kleines Vermögen, kam aber jeden Abend nach Hause und knallte sich auf die Designercouch, und plötzlich starrte Karin auf diesen Dichter hinunter, der sich nach der Arbeit lieber einen Spielfilm im Fernsehen anschaute, statt die Duineser

Elegien zu schreiben, und fand, sie hätte ihr Leben verpfuscht.

Auch Tanja verübelte ihrem Mann derart viel, dass Philip, ihr ältester und bester Freund, sie das letzte Mal gefragt hatte: »Warum hast du eigentlich keinen Liebhaber? Wegen deiner hohen moralischen Ansprüche? Glaub mir, ein kleiner Fehltritt würde dich nur menschlicher machen.« Na toll. Sie war also Mitglied im Klub der verheirateten Frauen geworden. Sie genoss das Privileg, sich über Männer, die nach dem Abendessen schläfrig wurden, zu beklagen. Aber konnte man einen Mann, der sich die Fußnägel am Toilettenrand schnitt, ihr mit seinen Problemen in den Ohren lag und schlürfende Geräusche machte, wenn er morgens seinen Kaffee trank, noch begehren? Aber was warf sie Denis denn wirklich vor? Doch nur ihre eigene Bequemlichkeit. Doch nur, dass er keine Lust mehr hatte, ihren ganz persönlichen Prinz auf dem weißen Pferd zu spielen. Er spielte lieber Tennis. Er spielte lieber Karten oder Golf oder mit ihrer Tochter im Sandkasten, und das sagte schon alles. Er dachte gar nicht daran, sie aus ihrem gemütlichen, aber ziemlich schlaffen Leben zu retten. Vor allen Dingen deshalb nicht, weil ihm dieses *schlaffe Leben* gefiel. Warum sie sich dann nicht scheiden ließ, hatte Philip nachgehakt. Aus einem ganz einfachen Grund. Weil sie Denis liebte. Sie liebte ihn, und sie liebte ihre Liebe, in die sie sich, wie

Lisa immer wieder behauptete, eingekerkert hatte wie in eine Festung. Sie liebte das Gefühl der Sicherheit, die Gewissheit, dass diese Liebe alles überstehen könne. Vielleicht war es eine Illusion, vielleicht stand sie ja schon vor dem Abgrund. Aber selbst vor dem Abgrund würde sie den Sprung zurück in ihren Alltag schaffen. Sie, Tanja, war nicht eine, die später einmal sagen würde, mein Leben hätte auch anders verlaufen können. Nicht Tanja Bergmann. Was waren denn all die kleinen Kümmernisse, die sie plagten, wenn nicht eine Ablenkung? An guten Tagen war sie richtig dankbar. An guten Tagen konnte sie sich sogar darüber begeistern, Füße zu haben, die sie dahin brachten, wo sie hinwollte. Und Hände, die packen konnten, und Augen, die sahen, und einen Mund. An guten Tagen ängstigte sie sich zum Beispiel nur darüber, dass ihre Tochter einen zu kleinen Kiefer hatte.

»Weißt du, womit *ich* mich momentan ablenke?«, sagte Tanja, während Lisa ihr eine Tasse reichte. »Mit Sarahs schiefen Zähnen. Sie hat einen zu kleinen Kiefer. Ich weiß, das haben viele Kinder im Vorschulalter. In ein paar Jahren wird sie halt eine Zahnspange tragen müssen.« Sie schüttelte über ihre eigene Dummheit den Kopf. »Denis sagt auch, ich spinne, mir solche Sorgen zu machen, dass es heute kein einziges Kind gibt, das nicht eine Zahnspange …«

»Denis hatte schon immer eine ganz besonders elitäre Vorstellung von der Welt. Ich bin nicht sicher, ob ein Kind im Sudan oder ein Straßenkind in Rio …«

Lisa hielt inne, runzelte die Stirn, und Tanja sah, wie sie versuchte, die Verärgerung über das »Ärgernis Denis« in den Griff zu kriegen. Lisa rackerte sich wahrlich ab. Fast schaffte sie es auch, aber während sie in ihrer Tasse rührte, rührte sie auch schon wieder die alte Wut auf.

»Er ist einfach großartig. Du kannst ihm eine Fotografie mit dem schlimmsten Gemetzel vor die Nase halten, und er nickt nur traurig, dann schaut er auf die Uhr und sagt dir ›Oh, tut mir leid, in einer viertel Stunde habe ich Tennis‹, steht auf und geht.«

Sie schloss die Augen und holte tief Luft. »Sei so gut, ja, mach mir eine Freude. Hör auf, auf Denis herumzuhacken. Nur für ein paar Tage. Gut? Was hältst du davon?«

»Er ist einfach nur …«

Einfach nur was? Einfach nur er. Na, dann war er eben einfach nur er. Die Welt konnte doch nicht nur mit sensiblen, politisierten Lisa-Seelen bevölkert sein. Es musste doch auch solche in ihr geben, die sich für ihre Tennisstunden interessierten. Was wollte Lisa mit all den Denis-Egoisten machen? Sie in eine Besserungsanstalt stecken? Sie an die schwarze Wand stellen? Sie umerziehen? Erschießen?

»Du kannst dir nicht vorstellen, wie mich das anödet.« Sie hob ihre Tasse, ohne zu trinken, noch unschlüssig, ob sie sich auf eine Diskussion einlassen sollte. Sie hätte Lisa gerne einmal die Meinung gesagt, aber ob sie nun auch Lust auf Lisas Meinung hatte, die sie ja nur zu Genüge kannte …

»Es tut mir leid.«

Tanja blickte auf.

»Es tut mir ehrlich leid«, sagte Lisa. »Ich weiß auch nicht, warum ich das mache. Er bringt mich einfach zur Weißglut. Ich weiß auch nicht, warum ich es nicht schaffe, ihn zu ignorieren.«

Sie schaffte es nicht einmal, seinen Namen auszusprechen, dachte Tanja.

»Das ist gar nicht so einfach. Vor allen Dingen, weil er sich einen Spaß daraus macht, dich zu provozieren.«

»Das macht er?«

Sie nickte. »Oh ja.«

»Aber warum, warum macht er das?«

»Weil es ihm Spaß macht.«

»Und das lässt du zu? Dass er mich *zum Spaß* provoziert, einfach so, weil es nichts Anständiges im Fernsehen gibt und er sich langweilt?« Sie schnaubte richtig.

Sie nickte wieder. »Ja, genau, das lass ich zu.«

»Und warum, wenn ich fragen darf, lässt du das zu?«

»Weil es dir allem Anschein nach ebenfalls *Spaß* zu machen scheint, mit ihm zu zanken.«

»Ist das dein Ernst?«

Es war schon sehr drollig, wie Lisa sie anschaute. Fräulein Empörung, wie sie leibt und lebt.

»Aber natürlich ist das mein Ernst. Er sagt etwas, und schon explodierst du. Oder du sagst etwas, und er explodiert. Ihr funktioniert wie ein perfekt aufeinander abgestimmtes Uhrwerk.«

»Und das findest du gut?«

Sie zuckte mit den Schultern. »Manchmal finde ich es richtig unheimlich. Manchmal frage ich mich, was zwischen meinem Mann und meiner Schwester falsch gelaufen ist.«

Manchmal dachte sie, dass dies so eine Art Familienfluch sei, den irgendein Prophet über sie gelegt habe. Manchmal dachte sie, dass sich dieser Familienzwist von Generation zu Generation weitervererben würde. Denn auch ihr Onkel und ihr Vater waren nicht gerade gut aufeinander zu sprechen gewesen. Und das war ein Euphemismus.

»Aber wie kommt es, dass du mir nie etwas gesagt hast?«

»Weil ich offenbar ein Problem habe, etwas zu sagen.«

»Wer behauptet das? Dein Mann?«

»Mein Psychologe.«

»Was?« Lisa schaute sie verdutzt an. »Du gehst zu einem Psychologen? Seit wann?«

»Seit Onkel Paul krank geworden ist. Seit sie die Metastasen entdeckt haben.«

»Aber warum? Warum gehst du zum Psychologen?«

Für eine Psychodramatherapeutin, dachte Tanja, war das eine ziemlich peinliche Frage.

»Weil Denis mir damals gesagt hat, dass er nur noch ein halbes Jahr zu leben hat.«

»Ah, Denis!«, sagte Lisa verächtlich.

»Er wollte, dass ich mich vorbereite.«

»Dass du dich was?«

»Auf Onkel Pauls Tod.«

»Dieser Mistkerl! Wie umsichtig von ihm! Und? Bist du jetzt vorbereitet?«

Sie wollte ins Bett. Sie wollte sich duschen. Sie wollte ihr Handy aufladen. Ihre Zähne putzen. Die Strumpfhose und den BH ausziehen und ein Glas Wasser trinken. Aber was sie bestimmt nicht wollte, war jetzt Lisa zuhören, die über Denis referierte. Sie waren also wieder einmal beim Thema »Denis« angelangt. Dabei ging es gar nicht um Denis, sondern nur um Lisa. Um Lisa und ihre Komplexe, Lisa und ihre Geldsorgen, Lisa und ihre Männergeschichten. Wenn sie doch endlich diesen Alexander verlassen würde.

Lisa redete und redete, schien über alle Schnitzer und Fehler von Denis genau Buch geführt zu haben, aber Tanja hörte gar nicht zu, sie dachte wieder an ihre Assistentin, eine junge, aschblonde, ziemlich unscheinbar aussehende Frau, die letzte Woche hatte aus dem vierten Stock springen wollen, weil sie ihr mit sehr viel schönen Worten erklärt hatte, dass ihr Arbeitsvertrag im Rahmen *massiver Umstrukturierungsmaßnahmen*, so hatte sie es genannt, nicht mehr verlängert werden würde. Ein Praktikant hatte sie gerade noch erwischen können. Sie hatte schon auf der Fensterbank gestanden. Sie war einfach nach der Besprechung raus. Hatte das Fenster neben der Kaffeemaschine aufgemacht, die Kaffeemaschine beiseitegeschoben, die Schuhe ausgezogen, sie ordentlich unter den Tisch gestellt. Dass man auf so etwas achtgab, nicht mit den Schuhen auf den Tisch zu klettern, wenn man aus dem Fenster springen wollte! Später hatte sie dann erfahren, dass die junge Frau eine ziemlich wilde Affäre mit einem Typ aus der Marketingabteilung gehabt hatte. Ein halbes Jahr lang hatten sie sich in den Mittagspausen in einem Hotelzimmer getroffen. Dann soll es angeblich ernst zwischen ihnen geworden sein. Sie verließ ihren Mann. Er verließ seine Frau. Beide mieteten sich eine Wohnung. Dann, als sie die Scheidung einreichte, bekam er Gewissensbisse und kehrte zu seiner Frau und den zwei Kindern zurück, und sie drehte durch. Der Rauswurf war nur der Tropfen, der das Fass zum Überlaufen brachte. Natürlich wusste sie das alles von Patrick, dem guten, lieben Patrick. Die arme Frau war noch nicht einmal zwei Stunden im Krankenhaus, da hatte er ihr schon alles brühwarm serviert.

Patrick war über alles informiert. Wie er das schaffte, das war ihr ein Rätsel. Es gab, hatte sie mittlerweile bemerkt, in jeder Firma, jedem Konzern, jeder Abteilung so einen Informanten. Und wie es sich gehörte, kam er auch immer mal kurz bei ihr vorbei und erzählte ihr, was sie als leitende Angestellte zu wissen hatte. Wer mit wem schlief. Wer mit wem Schluss gemacht hatte. Wer mit wem bald Schluss machen würde. Wer in der Ehe kaum noch Sex hatte. Wer im Mutterschutz vollkommen auf sich gestellt war. Wer einen zu kleinen, zu großen, Erektionsschwäche, Alkoholprobleme … Die Hölle sind, wie gesagt, die anderen.

»Woran denkst du jetzt?«

Ertappt! Sie lächelte, und Lisa lächelte zurück.

»Du hast mir gar nicht zugehört, was?«, fragte Lisa. »Also sag schon, woran denkst du?«

»An eine Assistentin«, sagte sie, »ich hab eine Assistentin, die aus dem Fenster hat springen wollen.« Sie winkte ab. »Keine Sorge, wir haben sie noch erwischt.«

»Du lieber Gott. Und was hast du gemacht?«

»Die Polizei angerufen, sie in ein geschlossenes Krankenhaus gesteckt, ihr einen Blumenstrauß für 50 Euro schicken lassen und ein Sorgentelefon eingerichtet.«

Da hatte sie es! Sie legte das Lisa wie eine Beute vor die Füße. Lisa konnte damit anfangen, was sie wollte.

Komm schon, Lisa, hätte sie hinzufügen können, wenn ich nicht wäre, wie ich wäre, würde ich nicht da sitzen, wo ich sitze – ganz oben. Aber Lisa biss nicht an. Nicht heute Nacht. Nicht, wenn es um sie, Tanja, ging. Das rote Tuch war Denis, aber nicht sie. Sie lächelte nur und sagte: »Du bist sie doch sicher auch besuchen gegangen?«

Sie nickte. »Sie sah eigentlich ziemlich kampflustig aus. Sie war sogar geschminkt. Sie hat mir von ihren Plänen erzählt. Sie wollte studieren. Sie hatte nur eine Ausbildung. Sie hat gesagt, sie hätte nie gelernt, über sich selbst hinauszudenken. Sie hat mir auch ihr Tagebuch gezeigt. Sie wollte mir unbedingt beweisen, wie lieblos ihre Jugend gewesen ist, und hat mir gezeigt, dass sie in ihrer ganzen Jugend nur fünf Mal so Dinge notiert hat wie ›Heute hat Mama uns einen Apfelkuchen mit Hefeteig gebacken‹. Sie hatte allen Ernstes geglaubt, es genüge zu sagen, ihre Mutter habe sie nicht in den Arm genommen, dass sie nicht genug Zuneigung und Liebe bekommen habe. Die ganze Abteilung war verstört, weil sie aus dem vierten Stock hat springen wollen, aber sie, sie war nur traurig, weil ihre Mutter keine Zeit gehabt hatte, mit ihr zu spielen. Sie hat überhaupt gar nicht über den Selbstmordversuch geredet, sondern nur über ihre Mutter, dass sie den ganzen Tag im Geschäft habe arbeiten und abends die Buchhaltung habe machen müssen. Komisch, oder«, sagte Tanja, »dass jemand genug Mut aufbringen kann, sich das Leben zu nehmen, aber nicht genug Mut besitzt, den Dingen auf den Grund zu gehen.«

Sie hatte dort beim zweiten Besuch die Frau des Typen aus der Marketingabteilung getroffen. Sie saßen zusammen, tranken Krankenhaustee und plauderten miteinander. Aber nicht über den Selbstmordversuch, die Liebesbeziehung, den Ehebruch, sondern über Libellen und Gewächse. Sie waren beide neben einem Bach groß geworden und sprachen über das Leben am Bach. Zuerst hatte sie, Tanja, den Eindruck gehabt, dass der Mann die ganze Zeit zwischen ihnen gestanden hatte, dass er allgegenwärtig gewesen war, gerade weil sie vermieden, ihn zu erwähnen. Aber dann war es ihr eher so vorgekommen, als säße sie neben zwei alten Bekannten, die gemeinsame Erinnerungen heraufbeschworen. Ihre Kindheit schien in totaler Übereinstimmung verlaufen zu sein. Es war so, als hätten beide Frauen beschlossen, zum Ausgangspunkt zurückzukehren. Sie saßen zusammen und tranken Tee und redeten übers Angeln und waren plötzlich wieder da, wo ihr Leben noch nicht in Unordnung geraten war.

»Was suchst du?« Sie schaute Lisa an, die aufgestanden war und mehrere Schubladen aufgerissen hatte.

»Was?« Lisa stellte sich auf die Zehenspitzen und suchte im Oberschrank. »Corinna versteckt ihr Süßzeug vor mir«, sagte sie, während sie in die Knie ging und den Unterschrank durchstöberte, »weil ich doch abnehmen will.«

Unter der Spüle hatte sie endlich gefunden, wonach sie lechzte. Zufrieden zog sie eine Rolle Oreo hervor, hielt sie Tanja triumphierend entgegen. »Corinnas Lieblingskekse.« Dann riss sie das Paket noch im Gehen auf, nahm einen Keks, spaltete ihn in zwei Hälften, schabte mit den Zähnen und der Zunge die Füllung weg, stopfte sich einen Keksteil in den Mund, setzte sich wieder, kaute, schluckte.

»Glaubst du eigentlich, ich hätte das Zeug, durchzudrehen?«, fragte Tanja, während Lisa auch die zweite Kekshälfte aufaß. »Weil ich eine Grüblerin bin«, fügte sie spitz hinzu, als Lisa mit vollen Backen auflachte.

Sie konnte wirklich stundenlang über Dinge nachgrübeln. Über die unwichtigsten Dinge, wider besseres Wissen. Man sah es ihr nicht an, aber genau so war es. Sie war eine Grüblerin, und um überhaupt eine Entscheidung treffen zu können, musste sie sich jedes Mal selber überrumpeln. Hätte einer an ihrer ach so soliden Oberfläche gekratzt, dann würde er sehen ... was? Ein fragiles kleines Ding? Nun, vielleicht nicht gerade das. Aber dass sie eine war, die es nötig hatte, sich zu überzeugen, es ginge sie nichts an, es stünde nichts für sie auf dem Spiel, dass sie sich jedes Mal von sich selber lösen musste, um überhaupt eine Entscheidung treffen zu können. Das war ihr Geheimnis, und es war nicht einmal wohlgehütet, es interessierte nur einfach keinen.

»Mich würden sie nicht einmal wegsperren wollen.« Sie war nun so müde, schon über die Grenzen der Erschöpfung hinaus, dass sie einfach reden *musste*. »Ich wäre eine Vertreterin des bescheidenen Typs. Ich wäre respektabel verrückt.«

Lisa hielt ihr die Keksrolle hin, aber sie schüttelte den Kopf und setzte fort: »Mir fehlt das Chromosom, verstehst du, um eines dieser hochgezüchteten, exzentrischen Dinger zu sein. Ich bin zu schlicht. Zu anspruchslos, viel zu einfach gestrickt.«

Lisa warf ihr einen ironischen Blick zu.

»Auf jeden Fall«, erwiderte sie, »würde ich selbst total durchgeknallt keine Umstände machen wollen. Ich wäre eine kleine, verrückte, nette gelbe Butterblume, irgendwo an einem Straßenrand. So niedlich, dass Onkel Paul mich neben ein paar Insekten auf einen Kuchenteller malen lassen würde.«

Wie sie ihn kannte, hätte er genau das versucht, ihren Wahnsinn als ästhetisches Experiment zu verharmlosen. Und wie sie sich kannte, hätte sie ihm dabei noch geholfen. Hätte sogar zugestimmt, als kleine, putzige Dekoration auf einem Teller in der Anrichte ihrer Mutter zu enden.

»Hm«, sagte Lisa. Sie hatte die Kekspackung auf den Tisch gelegt und schielte auf die Nährwerttabelle. Sie stützte einen Augenblick lang den Kopf in die Hände, und Tanja wusste, dass ihre Schwester nun rechnete, wie viele Kohlenhydrate sie bei einem Brennwert von 480 Kalorien für 100 Gramm mit einem dritten Keks zu sich nehmen würde.

»Worüber hast du eigentlich vorhin so lange mit der Pflegerin im Flur gesprochen?«, fragte Lisa und verdrückte nach sehr kurzem Zögern dann doch einen weiteren Keks.

»Über Sarah, sie macht seit drei Wochen jede Nacht ins Bett. Ich hab die Pflegerin gefragt, ob sie vielleicht etwas dagegen wüsste.«

»Wart ihr schon beim Arzt?« Sie schluckte.

»Na klar waren wir schon beim Arzt. Der hat uns ein Hormon verschrieben, das die Harnfunktion nachts drosselt.«

»Und dafür gibt es ein Hormon?« Lisa schaute sie verblüfft an.

»In Sprayform. Du sprayst das deinem Kind in die Nase.«

»Du willst mir doch nicht sagen, dass es in unserem Körper ein Hormon gibt, das nur dafür zuständig ist, unsere Harnfunktion nachts zu drosseln?«

Tanja zuckte mit den Schultern.

»Wenn ich das Hormon wäre, wäre ich aber ganz schön frustriert.«

»Wenn du das Hormon wärst«, sagte Tanja, »hättest

du schon längst gekündigt oder man hätte dich wegrationalisiert, weil du zu viel Ärger machst.«

»Wegrationalisieren, so nennt man also hinausschmeißen in euren Chefetagen.«

Tanja ging nicht darauf ein.

»Wieso gibt es eigentlich dafür ein Hormon in Sprayform? Ich meine, welcher Wissenschaftler entwickelt so einen Mist? Kannst du dir das vorstellen, zehn Jahre Studium, um was zu machen? Ein Hormon in Sprayform zu entwickeln. Hallo, was machen Sie? Ich bin Wissenschaftler, ich habe das Hormon entdeckt, das den Harndrang drosselt. Ich bin der Albert Einstein der Blasenentleerung.«

»Hör mal«, sagte Tanja, »ich bin Wirtschaftswissenschaftlerin. Ich habe in Stanford bei Milton Friedman studiert und bin mit seiner Frau Rose und seinem Sohn David befreundet. Ich habe meine Doktorarbeit über Preisstabilität und Vollbeschäftigung in einer globalen Wirtschaft geschrieben, und was mache ich? Ich richte ein Notruftelefon ein, weil eine Frau sich bei uns das Leben hat nehmen wollen.«

Sie hatten es in einer internen Sitzung beschlossen, und sie hatte sich unverzüglich darum gekümmert, einen Diplom-Psychologen aufzugabeln und eine Leitung einrichten zu lassen, obwohl sie ganz genau wusste, dass der Herr Psychologe am anderen Ende nichts daran würde ändern können, dass sie beauftragt worden war, die Abteilung abzuspecken, weil der Konzern auf den Börsenkurs fixiert war, Punkt. Oh ja, sie war sicher, dass der Psychologe eine Menge netter Ratschläge geben würde, wie man Stress abbauen könne. Und wenn er kein Zyniker war, was sie nicht hoffte und auch nicht annahm, so würde er von sich und seinen Redekünsten überzeugt sein. Aber seien wir doch einmal ehrlich, was nützte es, am Wochenende spazieren zu gehen oder im Büro öfter mal eine Pause einzulegen oder aus dem Fenster auf einen Baum zu blicken, wenn man Angst hatte, gefeuert zu werden? Eine ganze alternative Industrie lebte heute davon, dass Konzerne Stellen strichen. Und der größte Witz an der Sache war, dass diejenigen, die sie sich vor lauter Angst, ihre Arbeit zu verlieren, in die Hosen machten und Schlaf- oder Essstörungen hatten, den ganzen Mist auch noch brav ausprobierten, Bachblüten einnahmen, wohlriechende Duftölmischungen beschnupperten, ihre Energiebahnen im Körper stimulierten, sich entschlackten, entgifteten, in positive Gedanken versanken und zum Psychologen rannten, um sich über ihre lieblose Mutter zu beklagen und darüber, dass sie in ihrer Kindheit nicht genug Apfelkuchen gegessen hatten. Und sie, was machte sie, um sich nun so aufzuregen? War sie etwa besser? Ihre Tochter pinkelt seit drei Wochen jede Nacht ins Bett, weil sie mitbekommen hatte, dass ihr Großonkel krank war. Und was machte sie? Sie kaufte ihr ein Hormon in Sprayform, das nicht wirkt und das ein Biochemiker entwickelt hatte, damit sein Scheißkonzern ihm weitere sechs Monate sein Forschungslabor finanzierte, weil er mit dem Geld, das er vom Staat bekam, gerade mal seine Assistenten bezahlen konnte, wenn er überhaupt noch etwas damit zahlen konnte, und ob er überhaupt noch Forschung betreiben konnte, darüber wollte sie sich erst gar nicht Gedanken machen, weil die meisten führenden Wissenschaftler ihre Zeit damit verbrachten, Sponsoren zu suchen und Klinken putzen gingen und auf Schnorrerei umsattelten ... Und hier weinte sie wieder. Wie blöde, sie weinte also wieder. Und ihre Oreo kauende Schwester schaute sie mit großen Augen an. Und der Rotz kleckerte auch noch auf ihr teures Top, und sie würde es zur Reinigung bringen müssen. Und sie wusste gar nicht, wo sie anfangen sollte zu erzählen, wie sie das alles überhaupt in Sätze fassen sollte. Sie starrte ziemlich trübselig in ihren Tee und beschloss, es hatte keinen Sinn, überhaupt gar keinen Sinn. Aber dann hatte ihre Schwester sie wieder einmal überrumpelt, und sie erzählte ihr von ihrer Tochter und davon, dass sie um drei oder vier Uhr morgens Bettlaken wechselte und von dem Diplom-Psychologen und von dem Börsenkurs und dass sie nachts am Bett ihrer Tochter saß, bis diese eingeschlafen war, dann in die Küche schlich, um das stinkende Zeug in die Maschine zu stecken.

»Du machst nachts eine Maschine?«, wunderte sich Lisa.

Und sie antwortete: Ja, meistens, und dass sie danach mit einem Kräutertee vor der Glotze saß, vollkommen übermüdet und deprimiert, und sich Dokumentarfilme ansah über Ameisen, Algen, Dürre, die Hygienezustände in Restaurants, Vulkane, die blauen Ringe des Saturns und des Uranus … bis sie die Ängste ihrer Tochter vergaß. Sie erzählte Lisa auch von den Fragen. Es waren Sarahs Fragen, die ihr am meisten zusetzten.

»Sie will immer wissen, wie das ist, zu sterben. Das fragt sie mich schon seit Wochen. Wir dachten noch alle, ihm ginge es gut, und sie setzte sich schon mit seinem Tod auseinander.«

Ihre Tochter hatte es gespürt, hatte ihre tiefen Ängste gewittert.

»Und was hast du geantwortet?«

»Wenn man tot ist, dann schlägt das Herz nicht mehr, und man atmet nicht mehr, und der Körper wird kalt.«

Sie bemerkte Lisas skeptischen Blick. Aber was hätte sie ihrer fünfjährigen Tochter denn sagen sollen? Woher sollte sie denn wissen, wie das war, zu sterben.

»Sie hat mich gefragt, ob man, wenn man tot ist, noch reden kann. Und ich habe gesagt: Nein, man kann nicht reden. Weder reden, noch gehen. Sie hat gefragt, wie man dann wisse, was jemand, der tot sei, wolle. Sie hat schon verstanden, dass man nicht mehr atmet, dass das Herz nicht mehr schlägt, aber dass man sich nichts mehr wünschen kann …«

»Und was hast du ihr geantwortet?«

»Ich habe ihr dann halt erklärt, was ein Testament ist.«

»Meine schlaue Drückebergerin«, sagte Lisa bewundernd. »Zu allem hast du immer eine passende Antwort parat. He, Frau Drückebergerin, du bist wirklich genial.«

Sie hatte einfach nur gemacht, was der Psychologe ihr geraten hatte. Sie hatte alles brav befolgt. War bei den Tatsachen geblieben, hatte das Thema nicht tabuisiert, hatte Wörter wie »wahrscheinlich« oder »vielleicht« vermieden und dabei aber ihr Unwissen und ihre Ratlosigkeit gezeigt. Und dennoch hatte sie, während sie sich über das Herz verbreitet hatte, dieses muskuläre Hohlorgan, das mit rhythmischen Kontraktionen Blut durch den Körper pumpte, und mit ihrer Tochter darüber gesprochen hatte, was es bedeutete, zu sterben, »weißt du, Schatz, das Herz hört auf zu schlagen«, gedacht, dass sie ihrer Tochter das Eigentliche verschwieg. Aber wie hätte sie ihrer Tochter erklären sollen, dass etwas Kostbares, etwas Unersetzliches mit jedem Menschen verloren ging. Alles, was er gesehen hatte. Alles, was er gefühlt, gedacht, erlebt, gelernt und geglaubt hatte. Das war nun verschwunden. Er lag noch da, aber das war für immer verloren. Und auch alle Nebensächlichkeiten. Dass er zum Beispiel heftige Geräusche gehasst hatte und laute Stimmen. Dass er Sprühregen gemocht hatte und sich, wenn er nervös war, geräuspert hatte. Dass er im Zug immer mit den anderen Mitreisenden ins Gespräch gekommen war. Man konnte ihn doch keine Sekunde allein lassen. Er musste doch mit allen immer ins Gespräch gekommen. All diese kleinen Nebensächlichkeiten …

»Kannst du dich erinnern, wie er im Park immer Schach gespielt hat?«, fragte Tanja.

»Du meinst seine Manie, zwischen den Zügen immer auf und ab zu gehen?«

»Und an sein topographisches Gedächtnis?«

Sie mussten beide lachen, und sie wussten beide ganz genau, warum.

LISA

»HÖRST DU?«, fragte Tanja. »Hörst du nicht?«

Sie schüttelte den Kopf.

»Es hat aufgehört zu regnen. Die ganze Zeit hat es geregnet, und jetzt ist es still.«

»Aha.«

»Komm«, sagte Tanja, »komm, lass uns in den Garten gehen.«

»Ach, ich weiß nicht.«

Sie hatte keine Lust, hinauszugehen, und sie zeigte es. Sie machte ihr »Ich bin nicht gerade erfreut«-Gesicht, das sie immer aufsetzte, wenn jemand in der Therapie eine Schnapsidee hatte. Es gab auch das »Erzählen Sie nur weiter«-Gesicht und das »Das haben wir alle doch schon hundert Mal gehört«-Gesicht« und das »Sie sind mir ganz besonders wichtig«-Gesicht, das bei Männern jeder Altersgruppe ankam. Aber nun sah sie ihre Schwester mit dem »Das ist keine gute Idee«-Gesicht an und wusste schon im Voraus, dass Tanja nicht darauf eingehen würde. Schließlich war sie hier nicht Therapeutin, nicht Geliebte, nicht die starke, intelligente, gut aussehende Frau, die sie überall zu sein schien, sondern nur die kleine Schwester.

»Komm, komm schon. Das tut dir gut.«

»In den nassen Garten zu gehen?« Sie blickte Tanja an. »Ich wüsste ehrlich nicht, was mir daran guttun könnte, mich zu erkälten.«

Sie war so müde, so erschöpft, so ausgelaugt und abgewirtschaftet, dass ihr sogar das kleine Quäntchen Elan fehlte, um aufzustehen und sich schlafen zu legen. Das Einzige, was sie noch zuwege bringen könnte, wäre, hier sitzen bleiben, die Oreo-Packung aufessen und auf die kleinen Striche im Notizbuch ihrer Schwester blicken, die jedes einzelne furchtbare Wort, das sie notiert hatte, einleiteten. Strich Totenschein, Strich Postamt abmelden, Strich Sarg …

»Ich würde jetzt gerne einen Joint rauchen.«

Sie blickte zu Tanja herüber. »Du würdest was?«

»Ich würde jetzt gerne in den Garten gehen und mit dir einen Joint rauchen. Hast du was dabei?«

»Ich habe immer was dabei«, sagte Lisa. »Aber du einen Joint? Glaubst du, das ist eine gute Idee?«

»Warum soll ich keinen Joint rauchen dürfen?«

»Hab ich das gesagt?«

»Es gibt Leute, die ziehen sich nach der Arbeit einen Latexanzug an und lassen sich von ihrer Geliebten auspeitschen, und ich will einfach nur mit meiner Schwester …«

»Schon gut, schon gut«, sie winkte ab. »Ich mach uns einen Joint.«

Sie gingen nach oben ins *Kinderzimmer*. Sie waren zwar erwachsen – soweit man jemals erwachsen wird –, Tanja sogar schon verheiratet, aber immer noch nannte ihre Mutter das Zimmer am hinteren Ende des Flurs *Kinderzimmer*. Und es hatte nicht nur etwas damit zu tun, dass sie ihre Kinder waren, sondern auch damit, dass alles wieder so sein sollte wie *früher*. Nur welches *Früher* meinte ihre Mutter eigentlich ganz genau? Nicht ihres, nicht Tanjas, dessen war sie sich sicher. Sie blieben vor der Türe ihrer Mutter stehen, horchten, öffneten die Tür einen Spalt, steckten kurz die Köpfe in den dunklen überheizten Raum, rochen ganz vage den Geruch ihrer Mutter und lauschten ihrem ruhigen, gleichmäßigen Atem.

»Sie schläft«, flüsterte Lisa, lediglich aus dem Bedürfnis heraus, etwas zu sagen, um den Bann zu brechen.

Im Kinderzimmer holte sie ihre Jugendstil-Puderdose mit dem Gras.

»Kann ich den Joint drehen?«, fragte Tanja, die im Türrahmen stehen geblieben war.

»Was? Ach so, ja.« Sie legte Papier, Tabak und die Dose auf den Nachttisch. »Hier bitte, tu dir keinen Zwang an.«

Gedankenverloren schaute sie zu, wie sich Tanja abmühte. Ab und zu gab sie Ratschläge. »Du musst das Papier auf den Tisch legen, dann ist es leichter.«

»Mit dem Klebestreifen nach oben, damit du das nachher zukleben kannst.«

»Jetzt bröselst du gleichmäßig Tabak drauf.«

»Wie schön die Dose ist«, sagte Tanja, als sie vorsichtig das Gras herauszog.

Sie nickte.

Sie liebte ihre Puderdose wie auch den Tisch, auf dem die Dose lag, es war ein Biedermeier-Schachtisch aus Kirschholz, und die eingelegten Schachfelder waren aus Eiche und Birke mit einem umlaufenden Band aus Ahorn. Die Dose war aus Silber, nicht versilbert, sondern aus gutem, schwerem Silber. Innen vergoldet und mit einem Spiegel versehen. Auf den vier rankenden Rosen auf dem Deckel waren vier kleine Rubine angebracht.

Sie hatte die Dose zu ihrem sechzehnten Geburtstag von ihrem Onkel bekommen. Es war ein unsinniges Geschenk, vollkommen überflüssig, viel zu teuer und für ein junges Mädchen gar nicht angebracht. Und als ihr Onkel sie ihr überreicht hatte, hatte sie die Dose auch nicht zu schätzen gewusst. Sie hatte sich Geld gewünscht, eine Reise, Konzertkarten, ein Fahrrad, aber bestimmt keine Puderdose aus Silber. Die Dose hatte ihren Zauber mit den Jahren entwickelt. Sie musste erst einmal heranwachsen und sich täglich damit abmühen, nicht im Sumpf der Pragmatik zu ersticken, um wie ihr Onkel dem Zauber der Dinge zu erliegen, die nicht nur nützlich sind. Sie konnte sich noch ganz genau an das

Gesicht von Anne erinnern, als sie das Geburtstagsgeschenk beim Italiener aus dem Seidenpapier ausgewickelt hatte. Selbst ihre Mutter hatte überrascht geblickt. Nur Tanja hatte ihr das teure Geschenk gegönnt. Anne hingegen hatte ihr zwar gratuliert, aber dabei ein typisches Anne-Gesicht gemacht.

Wenn sie an Anne dachte, konnte Lisa mit Adjektiven gerade nur so um sich schmeißen. Kleinkariert, habsüchtig, berechnend, pingelig, engherzig. Aber sie war ungerecht. Sie waren alle ungerecht. Ihre Mutter war ungerecht, aber höflich. Ihre Schwester ungerecht und sachlich. Lisa war ungerecht und impulsiv. Ungerecht, noch so ein Wort, das mit Anne in Verbindung gebracht werden musste. Und Verbitterung. Denn sie war aus Verbitterung darüber, ungeliebt zu sein, geworden, was sie heute war. Keiner leugnete das, nicht einmal Onkel Paul. Aber war Verbitterung eine Entschuldigung? Selbst die Pflegerin hatte sich gewundert, dass so ein Mann wie ihr Onkel mit so einer Frau wie Anne verheiratet war. Immer wieder hatte sie Lisa über diese Ehe auszufragen versucht. Natürlich hatte sie keinen Pieps gesagt. Kaum kam jemand *von außen* und kritisierte ihre Familie, in die sie notgedrungen auch Anne einbezog, komprimierte sich ihre Wut, zog sich zusammen, wurde hart und nahm scharfe Umrisse an. Alle Außenstehenden prallten daran ab. Alle, ohne Ausnahme. Und ganz bestimmt eine Pflegerin, die mit Unschuldsmiene besorgt Fragen stellte. »Hat ihr Onkel eigentlich je mit seiner Frau zusammengelebt? Stimmt es, dass ihr Onkel ein Jugendfreund ihres Vaters gewesen ist? Dass er sie großgezogen hat? Dass er steril ist? Aber dann muss das doch schwer für seine Frau gewesen sein, dass er sie großgezogen hat, oder?«

Für wen hielt sich diese Pflegerin eigentlich? Glaubte sie wirklich, sie würde ihr Anne zum Fraß vorwerfen? Ihr die Geschichte ihrer Familie servieren? Aber auf eine komische Art und Weise taten sie alle nichts anderes, als ihren Onkel in Schutz zu nehmen. Stellte sich sogar diese Pflegerin schützend vor ihren Onkel wie ein Bauer vor seinen König. Nur dass eben die Pflegerin kein einheimischer Bauer war und sich daher nicht herausnehmen durfte, seine Ehe zu kritisieren. Das durfte nur sie.

Manchmal dachte sie sogar, dass ihr Onkel, hätte er sich scheiden lassen, nicht ... Nicht was? Krebs bekommen hätte? Dachte sie das allen Ernstes? Dass seine Krankheit eine Art Strafe für falsche Liebe gewesen war? Nun, vielleicht nicht so direkt, aber dass diese Krankheit die letzte, logische Konsequenz eines falschen Lebens darstellen könnte, das war ein ganz schön hartnäckiger Gedanke. Sie vertrieb ihn, aber er kam wieder zurück. Sie scheuchte ihn weg, aber der Gedanke sprang wie ein gut dressierter Hund auf, suchte, wühlte, scharrte und legte ihr ein gutes Argument, das beste Argument vor die Füße. Hatte er Anne geliebt? Nein. Na also!

»Und was mach ich jetzt?«, fragte Tanja.

»Jetzt bröselst du das Zeug drauf.«

Wer hätte das gedacht, dass sie ihre ältere Schwester in ihre Tütendrehtechnik einweihte.

Sie hatte auch mit ihrem Onkel geraucht. Er hatte ihr Gras so uneingeschränkt, mit solchen sachkundigen Argumenten gepriesen, dass sie vollkommen verdattert gewesen war. Nanu, ihr Onkel rauchte? Ein Mann in seinem Alter?

»Okay, jetzt kommt der schwierige Teil. Nimm den Joint vom Tisch. Pass auf, es darf nichts rausfallen.«

»Und was mach ich jetzt?«

»Jetzt drehst du.«

»Wie? Jetzt drehe ich?«

»Du drehst. Du rollst das zwischen ... ach, gib her.«

Sie nahm ihrer Schwester das Papier und das Gras ab und bat sie, eine Visitenkarte für den Filter zu holen. Die Idee, einen der zahlreichen Geschäftskontakte ihrer Schwester zu verrauchen, amüsierte sie. Flink, geübt, drehte sie den Joint, legte ihn auf den Nachttisch, zog ein Kissen unter der Tagesdecke hervor, klemmte es zwischen Kopf und Wand, wartete und dachte wieder an die Frau, eine Frau mit einer sommersprossigen, hellen Haut und sehr gepflegtem Haar, die vor ein paar Monaten zu ihr in die Gruppe gekommen war. Im Vorgespräch hatte sie ihr erzählt, dass sie nach der Geburt ihres ersten Sohnes Brustkrebs bekommen hatte, nun aber als geheilt galt. Sie war krank geworden, als ihr Sohn acht Monate alt gewesen war. Natürlich hatte sie mit dieser Frau über die Krankheit geredet und sie mit all den Fragen bombardiert, die sie ihrem Onkel nicht zu stellen wagte. Und natürlich hatte sie herausfinden wollen, ob ihre Ehe als glücklich erachtet werden konnte. Sie erinnerte sich, wie sie vorsichtig und voller Spannung ins Leben dieser Frau eingedrungen war, wie sie sie Frage um Frage *geöffnet* hatte, bis sie sie endlich so weit hatte, dass sie kopfschüttelnd und voller Empörung gestand, ihren *Mistkerl von Mann* noch während der Schwangerschaft beim Telefonsex erwischt zu haben. Sie hatte auf das Haar der Frau geblickt, langes, braunes, glänzendes Haar, das bei jedem Satz hin und her geschwungen war, und hatte triumphierend »Na also!« gedacht. »Ich habe ihn natürlich sofort rausgeschmissen«, hatte die Frau mit hochrotem Kopf gesagt. Ihn sofort rausgeschmissen? Ungläubig hatte sie diese Frau angestarrt. Obwohl sie hochschwanger gewesen war?

Ihre ganze Familie hätte zu intervenieren versucht, aber sie wäre nicht in der Lage gewesen, ihrem *Mistkerl von Mann* zu verzeihen. Lisa hatte es einfach nicht fassen können. Wie dumm kann man eigentlich sein? Nur weil der arme Kerl sich im Wohnzimmer einen heruntergeholt hatte? Welche Frau stürzte sich und ihr Kind wegen so einer Lappalie ins Unglück? Die Frau hatte geredet und geredet, aber sie, Lisa, hatte gar nicht mehr auf sie eingehen können, sie hatte sie nur angeblickt und gedacht, dass es bei so einer nicht weiter verwunderlich sei, wenn sie auch noch Krebs bekam. Aber warum sollte es eine Zusatzbestrafung für alle Dummköpfe geben? Für alle Versager, Verschmähten, Ungeliebten? Reichte es nicht, nicht geliebt zu werden? Muss man auch noch daran krepieren? Sie hatte tief Atem geholt. Sie hatte aus dem Fenster geblickt. Sie hatte sich ermahnt, eine kulante Psychodramatherapeutin zu sein. Wo war ihr Mitgefühl, ihre Aufgeschlossenheit, ihre Sensibilität, ihre Intelligenz geblieben? Aber als die arme Frau dann auch noch hinzugefügt hatte, die Krankheit hätte ihr geholfen, sich selbst zu finden, war ihr der Kragen geplatzt. Es hätte nicht viel gefehlt, und sie hätte die Frau rausgeschmissen. Jetzt war Krankwerden also eine Chance. Am Ende musste man sich sogar noch bedanken, wenn einem die Brust, die Nieren oder eine Lunge entfernt wurden. Sie hatte die Frau angefahren. Sie hatte sie regelrecht zusammengestaucht wie ein unartiges Kind. Und dann, als wäre das nicht schon genug, hatte sie sich in komplizierten Auslegungen verheddert. Sie wolle sich selber doch nur zu den Gewinnern zurückführen, hatte sie der Frau sehr umständlich zu erklären versucht. Sie wolle sagen können: Hört mal, Leute, ich wurde krank, aber es bleibt eine Geschichte mit Happy End. Ich habe mein Leben *verändert*. Ich habe mich *geläutert*. Ich habe *dazugelernt*, und nun bin ich gesund. »Sehen Sie denn nicht, was Sie hier machen?«, hatte Lisa die Frau gefragt. »Sehen Sie nicht, um was es hier geht? Es geht darum, dass man selbst aus einer Krankheit noch Profit schlagen muss, um nicht zu den Verlierern zu gehören. Dass in unserer Gesellschaft alles verwertbar gemacht wird, selbst eine verdammte Krankheit. Dass Sie glauben, aus ihrer Krankheit noch etwas Nützliches herausschlagen zu müssen, um nicht als Totalversager abgestempelt zu werden.« Später hatte sie natürlich verstanden, warum sie so wütend geworden war. Man hatte tags zuvor bei ihrem Onkel neue Metastasen entdeckt. Ein Arzt mit einer kleinen Fliege hatte sie zwischen Tür und Angel darüber informiert, dass die Überlebenschancen ihres Onkels gleich null waren. Sie hatte sich natürlich entschuldigt. Aber die Frau war aus ihrem Sprechzimmer hinausgelaufen, so schnell sie konnte.

»Also, wen nehme ich? Jamie Zahlen von J. P. Morgan. Einen Herrn Stein von Daimler. Noch einen von der Citigroup.« Ihre Schwester hielt ihr ein paar Visitenkarten entgegen.

»Du entscheidest, wen du nehmen willst«, antwortete sie. »Du entscheidest, wer das größte Arschloch ist.«

Sie standen vor dem Schrank, der »Rumpelkiste« mit den alten Klamotten, die ihre Mutter nicht wegschmeißen konnte, weil sie sich ja von nichts, was der Vergangenheit angehörte, zu trennen imstande war. Ihre

Schwester konnte unmöglich mit ihrem teuren Fetzen in den Garten hinaus. Sie würde erfrieren.

»Jetzt komm schon, sei nicht kindisch«, sagte sie und zog ein weiteres Kleidungsstück hervor.

»Ich habe keine Lust, dieses alte Zeug anzuziehen.«

»Jetzt komm schon, es ist viel zu kalt, um so in den Garten zu gehen. Also, was willst du? Willst du die Strickjacke oder die Weste?« Sie hielt beide Teile hoch, zuerst das eine, dann das andere, aber ihre Schwester verzog nur gequält das Gesicht.

Die neonfarbene Weste mit den breiten Schulterpolstern war ein Taxi in die Vergangenheit. Sie hatte sie sich mit ihrem ersten selbst verdienten Geld gekauft. Und hätte sie jetzt noch ein Paar weiße Tennissocken und Stulpen, ein Paar Plastikohrringe und Nietenarmbänder aufgegabelt, dann wäre die Sache rund gewesen.

»Das ganze Haus ist wie einbalsamiert. Das ganze Haus ist, wie wenn man einen Leichnam säubert und in Phenol taucht.«

»Mm«, sagte sie.

»Ich verstehe nicht, warum sie das nicht alles weggibt.«

»Mm.«

»Wer will das denn noch anziehen?«

Sie ließ sich nicht ablenken, bestimmt nicht vom Genörgel zu ihrer Rechten. Sie tauchte ganz in ihre Erinnerung ein. Das Kleid dort zum Beispiel, das ganz hinten am Kleiderbügel hing, hatte ihr ihre Mutter in einer Boutique am Strand gekauft, weil sie ihr kleines Schwarzes für Silvester zu Hause vergessen hatte. Sie hatte die Ferien in einer Familienpension in Belgien verbracht. Wer zum Teufel hatte eigentlich die Idee gehabt, den ersten Silvester ohne ihren Vater im Regen in einem Badeort in Belgien zu verbringen? Wohl nur ihre Mutter. Aber warum hatte Onkel Paul ihr diese *gute Idee* nicht auszureden versucht?

»Das sind doch nur Staubfänger. Was will sie mit dem ganzen Zeug denn anfangen? Ein Museum eröffnen?«

Sie konnte sich an das Festmenü erinnern. An jedes einzelne Gericht, und natürlich an das Glas Champagner. Ihr erstes Glas. Und an die Dekoration, die Lichtleuchten und Girlanden, die Luftschlangen und das Konfetti.

»Ich meine, ich hebe ja auch ein paar Sachen auf, aber doch nicht *alles*.«

Ihre Mutter hatte zwischen den Gängen mit einem Mann mit Brille getanzt. Er war an ihren Tisch getreten – einem Tisch in der Ecke – und hatte sich mit einem schüchternen Lächeln vor ihr verbeugt, und seine Halbglatze hatte unter dem Lichtkegel einer Lampe speckig geschimmert. Sie hatten den hintersten Tisch bekommen, weil sie die kleinste Gruppe bildeten, neben ihnen saßen natürlich nur Großfamilien. Überhaupt hatte sie damals das Gefühl gehabt, die Welt bestehe nur aus Großfamilien. Sie stieß einen Seufzer aus.

»Kannst du dich an Silvester in diesem kleinen Hotel in Belgien erinnern?«

Aber Tanja konnte nicht. An nichts. Das Einzige, was sie konnte, war sagen, dass das alles abgeholt und entsorgt gehört. Sofort, al più presto, on the spot.

»Auch nicht an den Jungen am Nebentisch? Du hattest was mit ihm. Ein paar Tage später habe ich euch am Strand beim Knutschen erwischt. Er hatte ganz blondes Haar und fast durchsichtige Wimpern. Kannst du dich wirklich nicht an ihn erinnern? Und wie du ihn überredet hast, mit mir zu tanzen?«

Er war um ihren Tisch gekreist, hatte sich schließlich einen Ruck gegeben, war schlaksig auf ihre Schwester zugetreten und hatte sie gefragt, ob sie mit ihm tanzen wolle, aber sie hatte ihm mit der Hand ein kleines Zeichen gemacht, zuerst mit ihr, Lisa, zu tanzen. Er hatte sie auch anstandslos aufgefordert, hatte sie angelächelt, und sie war nur allzu bereitwillig aufgestanden – nichts wäre ihr damals peinlicher gewesen, als allein am Tisch zu verweilen, während ihre Mutter und ältere Schwester auf der improvisierten Tanzfläche herumwirbelten –, aber dann hatte sie Tanjas Blick bemerkt.

»Wie blickte ich denn?«, fragte Tanja, nachdem sie ihr die Szene lang und breit geschildert hatte.

»Dankbar. Du hast ihm diesen dankbaren Blick zugeworfen. Als hätte er dir den größten Gefallen deines Lebens getan. Ich glaube, ich habe dich in der Minute wirklich gehasst. Oh, schau mal«, sagte sie und zog am Saum eines schwarzen Satinkleides, »das ist doch eins deiner Gute-Noten-Kleider, oder?«

»Warum denkt ihr alle immer, ich hätte für meine Guten Noten Kleider bekommen?«

»Weil du Kleider bekommen hast.«

»Das stimmt doch überhaupt nicht. Ich habe einfach nur Klamotten gefordert. Die guten Noten, das war doch nur eine faule Ausrede. Das war doch nur, damit Papa sich einreden konnte, unsere Erziehung interessiere ihn noch.«

»Du hattest aber gute Noten.«

»Glaub mir, ich habe nur einfach mehr verlangt. Du hättest genauso viel geschenkt bekommen können, wenn du sein schlechtes Gewissen ausgenutzt hättest. Ich habe einfach von der Scheidung profitiert. Ich habe gedacht, wenn er schon geht, dann will ich etwas davon haben. Ich hab gedacht, dann kriegt er von mir die dicke Rechnung.« Sie deutete auf die Strickjacke. »Ich nehme die da«, schnupperte daran, verzog das Gesicht. »Puh, sie riecht ganz schön nach Mottenkugeln.«

»Alles riecht hier ganz schön nach Mottenkugeln, Schätzchen«, erwiderte Lisa grinsend.

Sie gingen in den Garten. Nicht durch das Krankenzimmer – auch wenn Onkel Paul nichts dagegen einzuwenden gehabt hätte –, sondern außen herum. Mitten auf dem Schotterweg fiel es ihr plötzlich auf, dies war das erste Mal seit Wochen, dass sie das Gefühl hatte, zu leben, nicht halb lebendig zu sein, sondern glücklich. Davor hatte sie, wenn sie das Haus betrat – sogar schon in der Einfahrt, wenn ihr Wagen den Kiesweg hinaufrollte –, einen Schleier umgehängt. Einen Schleier aus Niedergeschlagenheit, Beklemmung, aus Notlügen und Ausflüchten, aber nun war sie beinahe ausgelassen. Sie konnte wieder auf die Dinge schauen, auf die Wassertropfen an den Gräsern und Blättern, die im Lichtkegel ihrer Taschenlampe aufblitzten und funkelten wie kleine silberne Perlen.

»Oh verflucht«, sagte Tanja, »ich bin in eine Pfütze getreten.«

»Zieh deine Schuhe aus.«

»Weißt du, wie viel die gekostet haben? Scheiße.«

Sie hatte eine Decke mitgebracht, und sie wickelten sich darin ein, kuschelten sich aneinander und schauten hinauf in einen verhangenen Himmel. Sie saßen stumm da. Teils, weil sie erschöpft waren, teils, weil sie es genossen. Aber dann, nach ungefähr einer viertel Stunde, kam Tanja wieder mit Johannes an, mit dem sie sie regelmäßig verkuppeln wollte. Sie sagte ihr, wie gut er zu ihr sein würde. Sie sagte, sie solle ihm eine Chance geben. Sie sagte, er würde immer noch nach ihr fragen. Besser als der Softie, den sie sich gerade angelacht habe, sei er allemal. Von allen Männern der Welt musste es ausgerechnet Johannes sein. Sie hatte sich einmal bei ihrem Onkel darüber beschwert, dass Tanja ihr einen Mann aufzuschwatzen versuchte, der sich auch noch Managing Director nannte.

»Managing Director, verstehst du?«, hatte sie gesagt.

»Auf welchem Planeten lebst du eigentlich, Lisa?«, hatte ihr Onkel geantwortet. »Kein Mensch sagt mehr Vermögensverwalter. Du sagst auch nicht mehr, ich bin Personalbetreuer, sondern Human Ressource Manager. Und du kümmerst dich auch nicht mehr um irgendwelche Mitarbeiterfragen, sondern um Best-Practice-Konzepte.« Er hatte die Worte ironisch hervorgehoben, und sie hatte gewusst, was sie beide über einen Mann dachten, der als Managing Director durchs Leben lief. Bei seinem letzten Krankenhausbesuch, hatte er ihr erzählt, hätte ihn ein Assistenzarzt vor einem Kind eines Patienten gewarnt, das seines Erachtens die Symptome von Parotitis epidemica aufweise. »Was glaubst du, was das ist?«, hatte er sie gefragt, und sie hatte nur mit den Schultern gezuckt. »Mumps. Manchmal frage ich mich, ob es überhaupt noch so etwas wie eine Allgemeinsprache gibt.« Und sie hatte es als Anfeuerung genommen, sich darüber zu entrüsten, dass Ärzte wie Ärzte sprachen, Rechtsanwälte wie Rechtsanwälte, Gärtner wie Gärtner, Lehrer wie Lehrer – sie wusste auch nicht, wie er das immer schaffte, sie genau das sagen zu lassen, was er hören wollte –, aber während sie sich in Rage geredet hatte, sie konnte das gut, sie schaltete auf Autopilot um, wenn sie sich über die Gesellschaft, die Verblödung der Gesellschaft, die Verrohung der Gesellschaft und alle anderen Lieblingsthemen ihres Onkels ausließ, hatte sie sich gefragt, ob sie in den Augen ihrer Schwester schon so heruntergekommen war, dass sie ihr einen Mann anzudrehen gedachte, der Best-Practice-Konzepte ausarbeitete. War sie so verzweifelt? So alt? Schon so reizlos und plump? Die Frage war kindisch, zugegeben. Aber wer in seiner Pubertät nicht einmal hässlich gewesen war, wer nicht am Tisch hatten versauern müssen, während die schöne, ältere Schwester zum Tanzen aufgefordert wurde, der wusste gar nicht, wovon sie sprach.

Natürlich hatten ihr Onkel und sie die Gelegenheit genutzt, sich ein wenig über Denis, den »Herrn Gemahl Investmentbanker«, zu mokieren. Es war ein harmloser, unschuldiger Spaß gewesen, der nichts kostete, und solange sie ihrer Schwester nichts davon erzählte, tat er auch keinem weh. Sie hatte sich dann von ihrem Onkel früher als gewohnt verabschiedet, sie hatte ins Theater gehen und sich davor noch die Haare waschen wollen. Wie denn ein Sterbender reden würde, hatte er sie mit einem ironischen Unterton gefragt, als sie sich zu ihm hinuntergebeugt hatte, um ihn zum Abschied zu küssen. Und sie hatte sich beeilt zu antworten: »Noch stirbst du nicht.« Sie hatte es mit heiterer Miene gesagt, aus Scheu, aus Befangenheit und weil sie sich die Haare hatte föhnen wollen. Heiter scherzend hatte sie dem Sterbenden das Maul gestopft.

Sie holte den Joint hervor. »Also, willst du ihn anrauchen oder soll ich?«

»Ich«, sagte Tanja und streckte gierig die Hand aus, doch während sie ihr den Joint reichte, klingelte Tanjas Handy.

Die dumme Nuss hatte doch tatsächlich ihr Handy mit in den Garten geschleppt. Sie konnte nicht anders, nun war sie eingeschnappt.

»Hallo. Nein, du weckst mich nicht. Was? Nein, sie schläft. Sie hat sich in den Schlaf geweint. Das ist Denis«, erklärte Tanja, dann wandte sie ihre Aufmerksamkeit wieder dem Gespräch zu. »Was? Nein, ich rede mit Lisa. Wir sitzen im Garten. Wir unterhalten uns. Er fragt, wie es dir geht.«

»Beschissen, danke für die Nachfrage.«

»Sie sagt, es geht ihr den Umständen entsprechend. Ja, ich weiß. Ja, ja, ich weiß. Aber was willst du, ich meine, ich kann da nicht viel machen, glaubst du nicht auch? Ja, Anne war auch kurz da. Ja, Lisa befürchtet auch das Schlimmste. Wer? Julia? Welche Julia? Julia Schnabel? Oh Gott, die habe ich total vergessen. Kannst du mir einen riesigen Gefallen tun? Weil ich werde es morgen auch vergessen. Sagst du ihr ab? Du bist ein Schatz. Sag ihr, ich rufe sie nächste Woche an.«

Lisa zündete den Joint an, zog, dann reichte sie ihn Tanja herüber. »Hier«, sagte sie, »du ziehst wie bei einer Zigarette.«

»Was? Natürlich rauche ich nicht. Du weißt doch, dass ich aufgehört habe. Warum soll ich dich anlügen? Ich lüge nicht. Du hast aber das Wort ›Zigarette‹ gehört? Na, dann hast du eben das Wort ›Zigarette‹ ...«

»Sag ihm, du rauchst keine Zigarette, sondern einen Joint.«

»Warum soll ich denn ... also hör mal, ich lüg dich nicht an. Wann ist Sarah heute eingeschlafen? Nein, ich wechsle nicht das Thema. Also hör jetzt auf. Weißt du, wo die Bettlaken sind? Sie sind in ihrem Zimmer. Du hast ein Ersatzbettlaken in der Kiste gleich neben ihrem Bett. Du hast da auch einen Schlafanzug. Denis, hör jetzt auf. Ja, ich verspreche dir ... Denis, glaubst du nicht, dass du ein bisschen übertreibst?«

Sie hörte, wie Tanjas Stimme zart wurde, und der Wechsel des Tonfalls, die Weichheit der Stimme, die sie so gar nicht kannte, nahm sie derart in Anspruch, dass sie sich nicht auf den Sinn der Worte konzentrieren konnte. Aber musste sie das? Ging der Sinn nicht schon allein aus der Stimme, dem Tonfall hervor? Sie liebte ihn also. Wie verwunderlich war nun das. Tanja liebte einen Mann, den sie bestenfalls gewöhnlich fand.

»Ich wusste gar nicht, dass du Julia noch siehst«, sagte Lisa, als Tanja das Gespräch beendet hatte. »Zum wievielten Mal ist sie jetzt verheiratet? Zum dritten? Oder ist das jetzt ihr vierter Mann?«

»Der dritte.«

Tanja hatte keine Lust, über Julia zu sprechen, das war eklatant. Und da es das war, sagte Lisa: »Ich habe gelesen, dass er ein ziemlich ramponierter Erbe einer Reederfamilie ist, Exjunkie, Exalkoholiker.«

»Wo hast du das gelesen?«

»In der Regenbogenpresse.«

»Seit wann liest du Boulevardzeitungen?«

Seit ich nachmittags im Sessel neben Onkel Pauls Bett sitze und die Zeitungen der Pflegerin vor mir habe, dachte sie und sagte: »Schon toll, dass sie sich immer die Männer findet, die ihren Lebensstil finanzieren.«

»Sie ist von Haus aus reich. Sie hat von ihren Eltern einen Haufen Geld geerbt. Die Eltern hatten diese Supermarktkette. Nachkriegserfolgsgeschichte. Sie sind bei einem Autounfall ums Leben gekommen. Sie ist schon mit neunzehn steinreich gewesen.«

»Und warum hat sie dann damals den alten Knacker geheiratet?«

»Weil sie ihre Erbschaft schon in einem Jahr mit ihrem ersten Mann verprasst hat. Wir alle haben ihr diese Heirat natürlich auszureden versucht. Aber sie war nicht davon abzuhalten. Sie war ganz scharf auf ihn. Sie hatte gerade ihre Eltern verloren und wohnte bei einer Tante, die sie nicht ausstehen konnte.«

Nun schwammen sie also endlich wieder mitten im Gespräch, und das Ufer flackerte in weiter Ferne, und sie, Lisa, ließ sich treiben, genoss die Stimme ihrer Schwester und die Stille um sie herum. Sie reichte Tanja den Joint.

»Und dann hat sie auf einer Fete diesen Typ kennengelernt. (Sie zog.) Und mit dem ganzen Geld, das sie geerbt hatte, (blies aus) haben sie sich dann eine Villa gekauft. Sie haben den ganzen Tag gekokst, (zog) sind gereist (hustete). Immer First Class. Immer in den besten Hotels, in den besten Restaurants. Und natürlich haben sie diese Riesenfeten geschmissen (zog). Eigentlich war es eine Liebesheirat. Aber kaum war das Geld weg, (blies aus) war es auch mit der Liebe vorbei. Hier nimm, ich will nicht mehr.« Sie reichte Lisa den Joint zurück. »Und dann fing sie mit dem Heiraten an. Aber jetzt, sagt sie, hat sie den Richtigen getroffen. Jedenfalls wünsche ich es ihr. Um die Wahrheit zu sagen, sehe ich sie kaum noch. Wenn es hochkommt, gehen wir vier Mal im Jahr essen.«

Na klar siehst du sie kaum noch, dachte Lisa. Du bist dir doch viel zu gut, um mit einer Edelnutte befreundet zu sein. Sie wusste, dass Tanja sich mit dieser Frau nur aus Loyalität traf, weil sie beide von Onkel Paul so erzogen worden waren, weil man ihnen eingebläut hatte, treu zu sein. Loyalität, noch so ein Wort, das in ihrem Familienwappen stand.

»Sie hat sich an ihren jetzigen Mann herangeschmissen, als er noch verheiratet war. Seine damalige Frau war im dritten Monat schwanger.«

Mit was für einer selbstgerechten Entrüstung Tanja auf ihre Jugendfreundin herabschaute.

»Sie hat mir erzählt, seine Frau hätte die ganze Zeit gekotzt und von Krampfadern und Verstopfung gefaselt. Da wäre es ein Leichtes gewesen, ihn herumzukriegen. Sie hat mir erzählt, wie sie ihr so«, Tanja schnippst mit dem Finger, »den Mann ausgespannt hat. Sie fand das alles sehr amüsant.«

»Du mit deiner anerzogenen Redlichkeit, deiner Rücksichtnahme und deiner Moral.«

»Sie hat getan, als ob er irgendein Wildschwein wäre, das sie erjagt hätte, und seine schwangere Frau eine arme Irre mit geschwollenen Füßen in Gesundheitslatschen.«

»Mir jedenfalls ist eine, die ihr Geld in Baden-Baden verprasst, lieber als all die reichen Schnepfen, die vor deinem Kindergarten vor ihren Range Rovers stehen.«

»Mir nicht.«

»Hast du nie bemerkt, wie herablassend die mich anschauen? Wie die mich durchchecken? Ob ich auch zur gleichen sozialen Klasse gehöre und all die schönen Dinge besitze, mit den sie auftrumpfen können?«

»Auf jeden Fall lacht sich keiner von denen einen reichen Erben an.«

»Du verzeihst ihr doch nur nicht, dass sie arm geworden ist.«

»Was? Du spinnst ja.«

»Das ist es doch. Sei ehrlich.«

»Sie war nie arm, Schätzchen, dazu ist sie zu gierig.«

»Ja aber …«

»Nix aber«, sagte Tanja, gähnte, streckte sich und kramte in ihrer Jackentasche nach dem Handy.

Und während Tanja ihre Mails durchging und auf ihrem Handy herumklimperte, dachte sie: Aber natürlich war das der wirkliche Grund. Und es war auch der Grund, warum Onkel Paul keinen ihrer Freunde je hatte akzeptieren können und warum ihre Großmutter damals ihrer Mutter die Heirat mit ihrem Vater hatte ausreden wollen. Sie hätten sie mit Handkuss an einen aus der besseren Gesellschaft verschachert, aber ihre Mutter hatte unbedingt einen aus einer Plattenbausiedlung heiraten müssen. Er war zwar gut genug gewesen, Onkel Pauls Jugendfreund zu sein, gut genug, um sonntagmittags bei ihnen zu essen und sich respektvoll das Gequatsche ihrer Großmutter über die großen Verdienste der Familie Bergmann anzuhören, aber als er es dann gewagt hatte, um die ach so distinguierte Hand einer Bergmann anzuhalten, da hatten sie alle »Betrüger, Betrüger, zu Hilfe« geschrien. Was war denn ihr Großvater gewesen? Ein Staatsbeamter. Ein Staatsbeamter und ein Opportunist. Wie sie die Lobreden und der Weihrauch, das ganze Getue anödeten. Ihr Großvater hatte eine Biographie wie viele Männer seiner Generation. Er war nur ein bisschen gerissener gewesen, hatte einfach nur schneller die richtigen Kontakte geknüpft. Er war der Sohn eines Lehrers und einer Bauerntochter, mein Gott. Was taten sie denn alle immer so? Nun gut, er hatte gelitten, war mit siebzehn in Kriegsgefangenschaft geraten, hatte nach seiner Entlassung als Bauhilfsarbeiter arbeiten müssen und erst viel später sein Abitur nachholen können, hatte Tuberkulose gekriegt und trotzdem Rechtswissenschaften studiert. Aber was war das denn alles angesichts der anderen Leiden. Und außerdem war ihr Großvater, als ihre Eltern auf und davon waren, schon zwei Jahre tot. Lisa hatte ein bisschen herumrecherchiert. Sie hatte mit ihrem Onkel über seinen Vater reden wollen. Über die Familie. Den Familiendünkel. Die Familienfehler. Den Familienmurks. Sie hatte auch ein paar Geschichtsbücher gelesen, sich informiert und ihren Onkel schließlich zur Frage gestellt.

»Weißt du, was dein Vater kurz vor seiner Pensionierung noch hat machen müssen?«, hatte sie ihm eines Nachmittags aus heiterem Himmel gesagt, als er wieder einmal ganz in sein Sudoku vertieft gewesen war.

»Nein. Was?«

Er hatte nicht mal flüchtig in ihre Richtung geblickt.

»Er hat ein paar Angehörige des öffentlichen Dienstes entlassen, weil sie Mitglieder der VVN waren.«

»Der VVN?«, hatte er wiederholt und mit einem spitzen Bleistift die Zahl drei in ein freies Feld geschrieben.

»Der Vereinigung der Verfolgten des Naziregimes. Dein lieber Vater hat ehemalige KZ-Häftlinge gefeuert, weil sie Kommunisten waren.«

»Woher weißt du das?« Endlich hatte er aufgeschaut und sie mit grauen Augen ungehalten angeblickt.

»Ich weiß es eben«, hatte sie trotzig erwidert, und ihr Onkel hatte nur traurig den Kopf geschüttelt.

»Lisa«, hatte er gesagt, »dein Großvater war kein Nazi, sondern Bundesvorsitzender, und er war eine der maßgebendsten Persönlichkeiten Nachkriegsdeutschlands. Warum willst du deine Familie permanent in den Dreck ziehen? Was bringt dir das? Was haben wir denn in deinen Augen verbrochen? Ich versteh dich nicht. Ich verstehe dich wirklich nicht mehr. Warum machst du das?«

Sie war sich nicht bewusst gewesen, irgendetwas zu machen, sie war sich nur ihrer Unfähigkeit bewusst. Ihr ganzes Leben hatte sie aus den Schranken auszubrechen versucht, in die sie ihr Onkel verwiesen hatte. Vergebens. Und nun war er tot.

»Woran denkst du jetzt?«

Sie blickte auf, sah Tanja lächeln und wusste, sie machte sich ein wenig über sie lustig, über diese Frage, mit der sie, Lisa, Tanja seit ihrer Kindheit beharrlich zu ergründen suchte. Also gut, sie würde es Tanja erzählen. Sie hatte es zwar nicht vorgehabt. Aber da sie nun mal in Stimmung war.

»Wenn ich ehrlich bin, bin ich all die Wochen nicht nur gekommen, um Mama zu helfen.«

»Wie? Was meinst du?«

»Du weißt doch, wie wütend Onkel Paul all die Jahre auf mich gewesen ist, und ich, ich war ja auch nicht gerade nett zu ihm, und als er dann krank geworden ist, nicht am Ende, aber kurz davor, da haben wir Frieden geschlossen. Weil, plötzlich brauchte er mich. Plötzlich war ich sein Kontakt zur Außenwelt.«

»Wie, sein Kontakt zur Außenwelt?«

Sie musste jetzt da durch.

»Er konnte doch nichts mehr machen. Nichts von dem, was er geliebt hat. Ich habe das halt für ihn gemacht.«

»Ich verstehe nicht, was genau hast du für ihn gemacht?«

»Oh, nichts Besonderes. Alles Mögliche, und dann habe ich es ihm halt geschildert.«

»Wie? Ich verstehe nicht.«

»Wenn ich ihm zum Beispiel gesagt habe, dass ich ins Restaurant gehe, habe ich ihm am nächsten Tag ganz genau erzählen müssen, was ich gegessen habe. Wie es geschmeckt hat. Wie das Lokal eingerichtet war. Verstehst du? Am Anfang hat ihn das alles natürlich überhaupt nicht interessiert, so apathisch war er, aber dann hat er angebissen und wollte alles bis ins kleinste Detail beschrieben haben. Wenn ich ihm zum Beispiel gesagt habe, dass ich auf einem Fest war und dort einen neuen Typen kennengelernt habe ...«

»Du willst mir doch nicht sagen, dass du ihm von deinen Affären erzählt hast?«

»Doch, genau das will ich sagen. Ich habe ihm von all meinen Affären erzählt.«

»Du hast was?«

»So viele sind es nun auch nicht gewesen. Jetzt sei doch nicht so schockiert. (Wie sie schon blickte.) Er hat nichts mehr beachtet. Sein ganzer Lebenselan war weg. Er hat sich für nichts mehr interessiert. Was hätte ihn, bitte schön, auch interessieren sollen? Mamas Angst um ihn? Seine Krankheit vielleicht? Hätte er sich für seinen Dünnschiss und seine Appetitlosigkeit interessieren sollen? Das reicht doch nicht, ein paarmal in der Woche in den Garten hinausgerollt zu werden. Du kennst ihn doch. Du weißt doch, wie aktiv er immer gewesen ist.«

»Er hat dich gebeten, ihm deine Affären zu erzählen?«

»Warst du schon mal im Krankenhaus? Hast du schon mal gesehen, wie sie einem eine Magensonde oder einen Blasenkatheter einführen? Hast du dich schon mal gefragt, wie das ist, wenn du dich vor dem gesamten Ärzteteam entblößen und untersuchen lassen musst? Warum sollen Schmerzen öffentlich sein und nicht Lust? Das ist doch nichts anderes als eine Konvention.«

»Also hör mal, in jeder Frauenzeitschrift gibt es mittlerweile eine Tussi, die dir Ratschläge gibt, wie du dein Liebesleben auffrischen kannst. Das ganze Internet ist voll davon.«

»Er hat gesagt, seine Schmerzen seien wie ein zweites Herz. Er hatte es satt, immer nur dazuliegen und zu leiden. Er hatte seine Schmerzen satt und seinen Körper und seine Krankheit. Er wusste, dass er gewisse Dinge nicht mehr erleben würde. Den Frühling, die ersten Erdbeeren, im Meer schwimmen, mit einer Frau schlafen. Ich habe ihm das alles beschrieben. Ich habe es erlebt, und dann habe ich es ihm beschrieben. Ich weiß wirklich nicht, was daran schockierend sein soll. Ich habe ihm auch erzählt, was ich gesehen habe. Er wollte wissen, wie der Himmel aussieht. Er wollte, dass ich für ihn Äpfel esse und Gänseleber. Und dass ich für ihn Wein trinke. Er konnte doch nichts mehr verdauen. Ich habe für ihn die besten Weine getrunken. Pomerol, einen Château Margaux.«

»Das kostet doch ein kleines Vermögen, all die Weine, das hat doch ein Vermögen gekostet.«

»Er hat mir das Geld gegeben. Du bist doch nicht etwa eifersüchtig?«

»Und wie lange hast du das gemacht?«

»Einen Monat. Dann hat er mich gebeten, damit aufzuhören. Komm, schau nicht so. Es war nur ein Spiel. Es war nur oberflächlich. Er wollte, dass ich ihn zum Lachen bringe.«

Sie hatte ihm das Gefühl gegeben, zu leben. Ein Gefühl von Fülle. Alles bei ihm war nur Krankheit.

»Er hat gesagt, er erinnere sich immer nur an das Verkehrte. Er hat gesagt, er sei bitter und erinnere sich nur an das, was er falsch gemacht hat. Nur an das Versäumte. Also, was sagst du?«

»Ich weiß nicht.«

»Aber du denkst doch was, ich sehe dir deine Missbilligung an.«

»Warum hat er dich gefragt? Ich meine, er hätte auch mich fragen können, wenn wir ehrlich sind, war ich ihm viel näher. Warum hat er also dich gefragt?«

»Er hat mich nicht gefragt, es war nicht so direkt. Zuerst hat er mir gesagt, ich solle ihm etwas aus meinem Alltag erzählen. Er hatte Schmerzen und wollte, dass ich ihn ablenke, und dann kam halt eins zum anderen. Sehr wahrscheinlich dachte er, dass mein Alltag, na, du weißt schon, du hast so viel Verantwortung und das Kind und deinen Mann. Er dachte vielleicht, du hättest keine Zeit, dir Wolken anzuschauen.«

Es war gar nicht um sie gegangen, aber das hätte sie Tanja nie sagen können, ihr Stolz verbot es ihr, sondern um ihren Blick. Er hatte sie wieder benutzt. Sie hatte ihn abgelenkt und amüsiert, hatte ihm ein bisschen Welt ins

Zimmer gebracht. Nur ein bisschen lüften. Das war, was er von ihr gewollt hatte. Am Ende hat er sie doch wieder dazu gekriegt, dass sie für ihn sein Leben lebte.

»Wie schade, er dachte wohl wirklich, ich sei belanglos.«

»Aber nein, was erzählst du da«, rief Lisa aus.

»Es lässt sich kaum anders deuten.«

»Aber nein, Tanja«, sagte sie und schüttelte den Kopf, »was für ein Unfug.«

TANJA

ES LIESS SICH kaum anders deuten, Lisa konnte sagen, was sie wollte, aber genau das musste er gesehen haben, eine belanglose Frau. Fade, sportlich, gut aussehend, erfolgreich und ... belanglos. Was hatte sie in seinen Augen zu dieser Frau gemacht, der man nicht einmal auftragen wollte, einen Apfel zu essen? Wann hatte er aufgehört, sie mit Bewunderung anzuschauen? Sie wusste es nicht. Die ganze Kindheit über hatten sie seine verschmitzt lächelnden Augen liebevoll gestreift, hatte sie sein wohlwollender Blick begleitet. Sein Staunen über sie, das war, was ihr lange Zeit Kraft gegeben hatte. Sie musste ihm nur etwas zeigen, einen Aufsatz, den sie geschrieben hatte, ein neues Kleid, ein paar neue Haarklammern, und schon ließ er, was er gerade tat, liegen und wendete sich ihr zu. Sie konnte ihn mit den langweiligsten Geschichten begeistern. Stundenlang hatte sie ihm erzählt, welche Kekse sie derzeit aß, welches Buch sie derzeit las, was sie machte ... kreuz und quer, was ihr gerade durch den Kopf gegangen war. Und er hatte sich gefreut, einfach nur, weil sie sprach, empfand und dachte und ihre Gedanken, so banal und kindisch sie auch waren, ihm mitzuteilen imstande gewesen war. Sie hatte ihn ergötzt, und sie hatte es genossen. Sie war sein kleiner Liebling gewesen, und sie hatte sich in seiner Begeisterung entfaltet, und nun war sie also hinuntergestürzt. Belanglos. Sie würde das nicht übergehen können. Er hatte sie bestraft und verbannt. Sie hatte es schon vor Monaten gespürt. Wie kalt er plötzlich zu ihr geworden war. Wie abwesend. Er hatte sie müde angeblickt, und dann hatte er ihr vor einer Woche ihre Briefe zurückgegeben. Er hatte irgendeine undeutliche Entschuldigung gestammelt, ohne große Überzeugung. »Das geht doch hier in diesem Saftladen verloren«, hatte er gesagt. »Besser, du nimmst sie wieder zurück.« Sie hatte ihre Briefe aus der Studienzeit stumm entgegengenommen und nicht einmal versucht, ihr Unverständnis und ihre Verletztheit zu überspielen, und sie in ihre Handtasche gesteckt. Ohne dass sie etwas daran hätte ändern können, waren neue Rollen zwischen ihnen vergeben worden. Selbst ihre Briefe waren nun also belanglos.

»Glaubst du nicht, wir sollten mal nach Mama schauen?«, fragte Lisa.

»Warum?«

»Vielleicht ist sie aufgewacht und sucht uns?«

»Sie hat doch eine Schlaftablette genommen.«

»Aber falls …«

»Ich habe dir doch gesagt, sie wacht nicht auf.«

Sie war zu schroff, sie wusste es, sie war viel zu schroff.

»Wie spät ist es eigentlich?« Lisa blickte auf ihre Armbanduhr. »Was meinst du, sollen wir rein?«

Sie rührten sich nicht vom Fleck. Sie saßen nur da, und jeder schmorte in seinem eigen Saft, sie in ihrer Verletzung und Lisa … Sie blickte zu Lisa herüber. Sie schien recht entspannt zu sein, blickte in einen sternlosen Himmel. Die Himmelstarrerin, die Wolkenbeschreiberin, die Apfelesserin. Sie hatte sich also mit diesem Quatsch seine Anerkennung ergattert. Wie kleinlich von ihr, das zu denken. Wie gehässig und doch ärgerte es Tanja. Sie war also wieder dabei, mit ihrer Schwester um seine Liebe zu konkurrieren. Aber er ist doch tot. Und dennoch war es noch lange nicht vorbei. Jahrelang hatte das alles geschlummert, und nun hatte er es einfach wieder entfacht. Hier kamen sie wieder, vollkommen unerwartet, aus dem Nichts, die Eifersüchteleien. Aber hatte er das denn vorsätzlich gemacht? Die Wahrheit war doch, dass er sich immer einfach nur genommen hatte, was ihm gefiel und was er zum Leben brauchte. Sie hatte ihm am Ende nichts mehr geben können, und er hatte sie, ohne eine Sekunde zu zögern, fallen lassen. Er hatte sie einfach fallen lassen. Nicht ihre Mutter, nicht Lisa. Nein, sie. Aber wie war das denn möglich? Wusste er denn nicht, dass sie unersetzlich war? Sie hatte es immer für restlos erwiesen gehalten, dass dem so sei. Daran zu zweifeln wäre ihr lachhaft erschienen. Doch genau so war es, er hatte nicht sie, sondern Lisa gebeten, ihm ihr Leben zu schildern. Aber hatte er denn wirklich all ihre Briefe vergessen? Wöchentlich hatte sie ihm Briefe aus den Staaten geschickt. Hatte ihm den Herbst dort beschrieben, den Ausblick aus ihrem Arbeitszimmer, die Seen und das Farmland, die Unibibliothek, die nach Kiefernholz roch. Zuerst war er natürlich dagegen gewesen, dass sie nach Amerika studieren ging, aber dann, als sie dieses sagenhafte Stipendium erhalten hatte, von dem sie dennoch nicht hätte leben können, ohne zu arbeiten, hatte er großzügig nachgeholfen. Wie gerissen Onkel Paul doch immer gewesen war. Als er gemerkt hatte, dass sie ihm entweichen könnte, hat er ihre Flucht finanziert, und schon war sie wieder von ihm abhängig. Sie hat sich oft gefragt, warum sie sein Geld angenommen hatte. Aber damals hatte sie ja nicht einmal gewusst, dass sie dabei war zu flüchten. Damals hatte sie geglaubt, eine begabte Studentin zu sein. Aber was hatte er ihr denn nicht verzeihen wollen? Denis geheiratet zu haben, war eins. In einer Bank zu arbeiten, war wohl auch etwas, was ihm zugesetzt haben musste. Er war immer viel ehrgeiziger für sie gewesen, als sie es selber für sich war. In seinen Augen hätte sie eine gefeierte Wirtschaftswissenschaftlerin werden können, wenn sie ihr Leben der akribischen Recherche gewidmet hätte, aber sie hatte nicht in einer Universität verstauben wollen und war in eine Bank gegangen. Sie war eine führende

Bankangestellte. War das denn nichts? Sie war eine der wenigen Frauen, die es ganz nach oben geschafft hatten. Sie traf Entscheidungen. Sie war Großverdiener. Sie war erfolgreich. Gefürchtet. Wurde respektiert.

Manchmal lag sie bis in die Morgenstunden wach, in letzter Zeit sogar ziemlich oft, und sah sich mit den Augen ihres Onkels. Nicht mit dem liebevollen Blick der Kindheit, sondern voller Enttäuschung. Versagerin, sagten ihr seine ironisch funkelnden Augen, die Bände sprachen. Du hast dein Leben vergeudet. Du hast dich zurückgezogen. In dieses schlaffe Leben verkrochen. Wo bleibt deine Kühnheit? Wo deine Träume, die Welt zu verändern? Wo der ganze Hokuspokus, an den du geglaubt hast? Die Armut beseitigen? Die Reichen schröpfen? Versagerin.

Was Onkel Paul ihr jedoch am allerwenigstens vergeben konnte, das war, von Michael verlassen worden zu sein. Michael war ihr Professor gewesen, und Onkel Paul hatte ihn in seiner ganzen tragischen und lächerlichen Größe in einem Kongress in Madrid erlebt, kurz bevor ihr Verhältnis in die Brüche gegangen war. Und soweit es möglich ist, dass sich ein heterosexueller verklemmter Deutscher in einen heterosexuellen jüdischen Wirtschaftswissenschaftler aus Stanford verlieben kann, einen mit russischer Abstammung und einer Vorliebe für Amphetamine und Schlaftabletten, soweit war Onkel Paul in ihren ersten Mann verliebt gewesen. Sie konnte sich ganz genau erinnern, was er ihr gesagt hatte, als sie aus Amerika zurückgekommen war. Sie hatte ihrer Mutter eine Woche zuvor angekündigt, dass sie beschlossen hatte heimzukehren. Sie hatte bis zuletzt mit dieser Ankündigung gewartet, denn sie hatte sich geschämt. Sie war triumphierend fortgegangen. Und was es auch war, was sie hatte schaffen wollen, geschafft hatte sie es nicht. Sie war sich vorgekommen wie eine, die ausgezogen war, um das Fürchten zu lernen und dann auch tatsächlich mit schlotternden Beinen zurückkehrte. Wie Napoleon nach dem Russlandfeldzug. Eigentlich wie König Pyrrhus nach der Schlacht bei Asculum. Wie Pyrrhus hatte sie gesiegt. Und wie Pyrrhus hätte sie ausrufen können: »Noch so ein Sieg, und wir sind verloren!« Ihr Onkel hatte in der Ausfahrt auf sie gewartet. Sie hatte seine Silhouette schon von Weitem erkannt und sich gefreut. Sie hatte sich den ganzen Flug über verloren gefühlt. Sich den Kopf darüber zergrübelt, was aus ihr werden sollte. Aber dann hatte sie ihn in seinem dunklen Mantel auf sie warten sehen, und ein Gefühl der Geborgenheit, wie ein schwacher elektrischer Strom, der am Rückgrat entlangprickelte, hatte sie übermannt. Sie war auf diese Silhouette zugefahren, in Sicherheit. Es war ein kalter Tag gewesen. Der erste wirkliche Herbsttag des Jahres. Die Sonne war gerade aufgegangen und hatte den Nebel verscheucht und den Himmel über den Baumwipfeln rot verfärbt. Sie hatte dem Taxifahrer bedeutet, vor ihrem Onkel zu halten, hatte die Fahrt bezahlt und war ausgestiegen und in die Arme ihres Onkels gefallen. Der Fahrer hatte den Kofferraum aufgemacht und ihre zwei Koffer hervorgeholt und eine große Plastiktüte aus dem Duty Free und hatte sie auf den Bürgersteig gestellt. Ihr Onkel hatte sie in den Armen gehalten und auf ihre Habseligkeiten geblickt. »Zwei Koffer und eine Plastiktüte, Ende der großen Liebe.« Sie hatte nichts erwidert, hatte sich vom Taxifahrer das Wechselgeld herausgegeben lassen und versucht, ruhig zu werden. So war er auch, so arrogant und unbarmherzig. Als ob es nicht schon schlimm genug gewesen wäre, ins *Kinderzimmer* zurückzukehren. Deshalb hatte sie doch so schnell einen Job angenommen, nur deshalb. Natürlich hatte sie durch das Fegefeuer seiner Fragen gehen müssen. »Aber warum hast du ihn verlassen?« »Ich habe ihn doch nicht verlassen. Er hat mich verlassen.« Er hatte ihr natürlich nicht glauben wollen. Eine Bergmann verlässt man nicht. Alle verlässt man, nur keine Bergmann. Ach ja, und was war mit ihrer Mutter? Hatte ihr Vater etwa nicht ihre Mutter verlassen? Vielleicht lag auf den Bergmannfrauen ein Fluch. Und vielleicht hieß der Fluch Paul? »Aber du musst doch etwas gemacht haben?« »Was soll ich denn gemacht haben?« »Ich weiß nicht, aber man verlässt nicht einfach so seine Frau.« »Ich bin kurz ausgezogen.« »Na siehst du, da haben wir es.« Er hatte es ihr verübelt. Nur wegen ihrer Schusseligkeit, weil sie kurz ausgezogen war, war der Familie auf fahrlässige Weise einer durch die Lappen gegangen, der ihnen internationale Anerkennung und, wer weiß, vielleicht sogar auch einen Nobelpreis hätte einbringen können.

Sie war nach Madrid weg, um ein wenig zur Ruhe zu kommen. Kurz nach dem Kongress, auf dem er sich wieder einmal mit der ganzen akademischen Welt verfeindet hatte. Und wie immer war sie es gewesen, die es danach hatte zurechtbiegen müssen. Sie hatte telefoniert, Briefe und Mails geschrieben, verhandelt, gekatzbuckelt, gelächelt, vor allen Dingen aber hatte sie logische Erklärungen für einen unlogischen Mann geliefert. Das war, was sie bei Michael am meisten verwundert hatte, so klar sein Denken auch gewesen war, wenn er sich an einen Text gesetzt hatte, so sehr ließ er sich, einmal vom Schreibtisch aufgestanden, von seiner Eitelkeit, seinem Jähzorn, seinem Ehrgeiz, seiner Eifersucht, seiner Wehleidigkeit, seinem Neid, seinem Egoismus und seiner unglaublichen Kraft hinters Licht führen. Aber sie war wie üblich seine letzte geheime Waffe gewesen, und sie hatte es geschafft, dass man ihm seine Kapricen verzieh. Warum sie so gut war? Weil sie nichts über sich selber wusste, weil sie blind war für eigene Bedürfnisse. Sie hatte das ihrem Onkel damals zu erklären versucht. »Weißt du, warum ich im Ausland studiert habe? Ich bin vor euch geflüchtet, ich bin abgehauen, ich hab mich an den ersten Mann herangeschmissen, der ein wenig anständig war. Das hat mir Michael damals im Scherz immer vorgeworfen, dass ich ihn geheiratet habe, um von euch allen wegzukommen. Er war zu eitel, um sich einzugestehen, dass er recht hatte. Er hat es im Scherz gesagt. Aber er hatte recht. Ich habe ihn geheiratet, um auch einmal jung und leichtsinnig und sorgenfrei sein zu können. Weißt du eigentlich, wer Mamas Steuererklärung ausfüllt? Ich. Weißt du, wann ich damit angefangen habe? Mit sechzehn. Ich bin geflüchtet und habe meinen Professor geheiratet und ein Akademikerleben geführt.«

Ein Akademikerhausfrauenleben auf einem verdammten amerikanischen Campus. Zwei Jahre lang hatte sie Michaels Texte abgetippt, war für ihn zur Bibliothek gerannt und hatte sich jeden seiner Vorträge angehört. Immer hatte sie in der ersten Reihe gesessen, hatte aufmunternd genickt und zustimmend geklatscht und bei jeder seiner Pointen brav gelächelt.

»Ich habe dafür gesorgt, dass keiner ihn stört, weil man ja nicht nachdenken kann, wenn die Nachbarskinder im Garten spielen, und habe mich mit den Nachbarn angelegt und dem Postboten und dem Gärtner, dessen Rasenmäher zu laut brummt. Ich habe mir Michaels Klagen über die geistige Beschränktheit der Studenten angehört und seine Klagen über die geistige Beschränktheit der Akademiemitglieder und seine Klagen über die geistige Beschränktheit der Verwaltungsbehörde und der Sekretärin und der Kollegen und der Nachbarn und seiner Mutter und seines Bruders und seiner Schwägerin und habe ihm zwei Jahre das Händchen gehalten, wenn irgendein Rezensent ihm in irgendeinem Artikel in irgendeiner Fachzeitschrift Theorielastigkeit vorgeworfen hat, ihm, dem großen Pragmatiker.« »Und das hast du alles gemacht, um dich nicht mehr um die Steuererklärung deiner Mutter kümmern zu müssen?«, hatte er gefragt. Lach nur, hatte sie gedacht, da siehst du, wie abgerichtet ich bin. Wie willig, wie gefügig. Und deshalb hatte sie Michael verlassen. Das war ihr erster Schritt in die Freiheit, den sie noch etwas wacklig, noch etwas ängstlich gemacht hatte. Wäre sie etwas älter gewesen, hätte sie sich Michaels Forderungen zu widersetzen gewusst und sich nicht trennen müssen. Aber damals hatte sie noch nicht die nötige Kraft besessen und genug Geduld und Ironie, um mit dem *Problem Michael* umzugehen. Vielleicht war es ja auch nur das nötige Maß an Selbsttäuschung gewesen, das ihr gefehlt hatte, denn nie hatte sie sich einzureden versucht, wie schön es sei, die Frau an der Seite eines großen Mannes sein zu können. Er hatte natürlich sofort Ersatz für sie gefunden. Drei Wochen nachdem sie ausgezogen war, war eine junge russische Forscherin bei ihm aufgekreuzt. Sie hatte noch nicht einmal alle ihre Sachen abgeholt, da hatte die andere sich schon häuslich bei ihm niedergelassen, und natürlich wurde sie auch sogleich schwanger. Er hatte sie einfach gegen eine slawische Version ausgetauscht. Genauso brillant, blond, jung. Es hatte sie krank gemacht, zu sehen, wie schnell das bei ihm ging. Sie war Anfang zwanzig und er Ende vierzig. Er wollte Kinder, sie noch nicht. Aber dennoch. Sie hätte sich nicht träumen lassen, dass er sie mit dieser Schonungslosigkeit, ohne sie um ihre Meinung zu fragen oder sie auch nur darauf vorzubereiten, *beurlauben* würde. Drei Wochen zuvor war sie, Tanja, noch die Frau seines Lebens gewesen, hatte er täglich bei ihr angerufen und sie zu überreden versucht, zurückzukommen, hatte er sich geweigert, sie aufzugeben, und ihr die Serenade der ewigen Liebe vorgesungen, und dann hatte er sich ihrer entledigt und sich mit einer anderen Frau vergnügt. Sie hatte diese Russin zuvor schon um ihn herumstreunen sehen, aber dass sie einfach bei ihm einziehen würde.

Sie konnte sich erinnern, wie sie ihnen einmal von der Straße aus zugeschaut hatte. Sie kam vom Supermarkt hoch und war am Haus vorbeigefahren und hatte, einem selbstzerstörerischen Impuls folgend, das Auto geparkt und war ausgestiegen. Eigentlich hatte sie Michael die Meinung sagen wollen, aber dann war sie einfach nur vor dem Haus stehen geblieben und hatte ihnen zugeschaut. Sie waren gerade dabei gewesen, den Tisch zu decken. Die Russin, sie hieß Elena, hatte ihm einen Teller gereicht, und sie hatten ein bisschen herumgealbert. Sie hatten fröhlich gewirkt. Die Frau hatte sich mit einer Natürlichkeit in *ihrer* Küche bewegt, dass man hätte meinen können, sie hätte dort schon seit Jahren das Abendbrot zubereitet. Im Nachbarhaus war das Radio gelaufen oder der Fernseher. Sie konnte sich ganz genau an die leutselige Stimme eines Sprechers erinnern und an das Gekicher eines ganz jungen Paars, das auf der Veranda des Nachbarhauses gesessen hatte. Es war schon warm gewesen, und einige Fenster hatten schon offen gestanden, und einmal hatte ein Telefon ganz lange geklingelt. Sie hatte sie beobachtet, wie sie eine Flasche Rotwein geöffnet, getrunken, gegessen, geredet und sich geküsst hatten. So einfach ist das, zu verschwinden, hatte sie gedacht. Sie hatte bei Michael nach Spuren der Reue gesucht, der Traurigkeit, des Bedauerns, aber sie hatte nichts finden können, kein einziges Staubkorn, keinen Krümel, nichts, nicht einmal etwas, was an sie hätte erinnern können, so als hätte es sie nie gegeben. Sie war im Nichts verschwunden, in dem Moment, in dem die Russin daraus aufgetaucht war. Sie hatte dort gestanden, und irgendwann einmal war die Leuchtschrift des Drugstores am anderen Ende der Straße ausgegangen. Und gleich danach hatten beide mitten in der Küche zu tanzen begonnen. Sie hatte gesehen, wie er lächelnd den Arm um ihre Schulter gelegt und sie um den Tisch, an der Geschirrspülmaschine vorbei, bis hin zum Wäschetrockner geführt hatte und wieder zurück. Sie hatten fröhlich ausgesehen, so ausgelassen wie Kinder. Er war entzückt gewesen und ja, es ließ sich nicht leugnen, verliebt. Und sein Verliebtsein hatte alles, selbst die unbedeutendsten Dinge, mit diesem ganz besonderen Schein überzogen. Er war also verliebt. Aber nicht in sie. Er war verliebt und hatte sie ob dieses Gefühls, dieses Rausches vergessen. Sie hatte ihnen lange beim Tanzen zugeschaut und diesen Schein gesehen und gedacht, wäre sie Michael, sie würde nun auch keinen Gedanken an sie verschwenden. Hatte sie wirklich das Wort *verschwenden* gedacht? Nein. Doch. Ja.

Im Prinzip war es eine ziemlich alltägliche Geschichte. Die ganze Literatur war voll davon. Ein Mann verlässt eine Frau oder eine Frau verlässt einen Mann. Er betrügt sie oder sie betrügt ihn. Es hatte dennoch einige Zeit gedauert, bis sie wieder zu sich zurückgefunden hatte. Eine Weile hatte sie die Verzweiflung oder die Wut, ach, sie wusste selber nicht so genau, welche Gefühle sie gebeutelt hatten, so in Anspruch genommen, dass ihr Organismus dabei zusammengebrochen war und sie an Schlaflosigkeit gelitten hatte. Aber heute war sie nicht einmal mehr böse auf Michael. Und sie stellte seit geraumer Zeit auch keine Mutmaßungen mehr an, wie ihr Leben verlaufen wäre, hätte sie eines Nachmittags nicht beschlossen, sich bei Barneys ein Zimmer zu mieten. Er hatte nun übrigens drei Kinder. Zwei Töchter und einen Sohn und eine nette russische Frau, die ihm wie seine

Mama Borschtsch kochte und Kulebjak. Sie hatte gehört, dass seine Frau, wenn sie zu viel getrunken hatte, mit allem möglichen antisemitischen Quatsch herausrückte. Aber das war ja, Gott sei Dank, nicht ihr Problem.

Sie hatte ein paar der besten antisemitischen Bemerkungen in Madrid mitbekommen, und das hatte ihr gereicht. Sie hatte nie zuvor erlebt, wie ein König entthront wird, wie das ist, wenn ganz plötzlich etwas umschlägt und aus dem Freund ein Feind wird. Diese Flutwelle von Animosität, von keifendem Hass, die Michael überrollt hatte, der er sich ausgesetzt hatte, um dort unerschütterlich zu stehen, fast hätte sie gesagt, sich mit dem gleichen Genuss davon überfluten zu lassen wie zuvor von dem Applaus, das mitzubekommen war ganz schön gewaltig gewesen. Damals hatte Onkel Paul neben ihr gesessen und ihre Hand genommen und sie gedrückt.

Er war am Wochenende nach Madrid geflogen und hatte sie dort getroffen. Er hatte die Gelegenheit genutzt, dass sie sich endlich einmal wieder in Europa aufhielt, und war sie sehen gekommen, und sie hatten drei wunderbare Tage in der Stadt verbracht, während Michael in seinem Hotelzimmer am Vortrag herumgefeilt hatte. Sie waren in alle Lokale gegangen, in denen Hemingway angeblich getrunken haben soll, hatten sich einen Weg durch die Kakophonie der Stimmen gebahnt, verzweifelt auf die an der Decke angebrachten surrenden Ventilatoren geblickt und an der Theke an einem fast schwarzem Rotwein genippt. Sie hatten gegessen, getrunken, hatten Souvenirs und Briefmarken gekauft, geredet, gelacht, und dann kam Michaels Konferenz. Das ganze Auditorium war voll von seiner Fangemeinde, Globalisierungsgegner, Umweltschützer, Gewerkschaftler, Anarchisten, Aktivisten, die ganze Palette von professionellen Schwarzsehern hatte sich dort eingefunden und mit hingerissener Aufmerksamkeit zu ihm aufgeblickt. Wie glückliche, aufgeregte Kinder im Kasperletheater hatten sie seinen Vortrag erwartet. Im Taxi hatte sie ihrem Onkel zu erklären versucht, worum es ging. »Michael hat ein Testverfahren entwickelt, um die Effizienz von Mikrokrediten zu erforschen. Ganz ähnlich wie die Testverfahren, die in der Pharmaindustrie für Medikamente angewendet werden. Weißt du eigentlich, was Mikrokredite sind?«, hatte sie ihren Onkel gefragt und war darüber erschrocken, dass sie vielleicht etwas wissen könnte, worüber er keine Ahnung hatte. »Das sind Kredite, die an Arme vergeben werden, die sonst keinen Zugang zu Banken ...«

»Ich *weiß*, was Mikrokredite sind«, hatte ihr Onkel pikiert erwidert. »Er redet also wieder über Entwicklungshilfe, ja?« »Ja, genau«, hatte sie gesagt.

Nur, dass Michael diesmal nicht die gewohnte Nummer abgezogen hatte. Er konnte das gut. Er war ein Meister darin, wortgewandt und sehr fundiert die bösen Reichen zu denunzieren, die Regierung anzuklagen, multinationale Konzerne zu verteufeln … Aber diesmal sollte er ihnen nicht sagen, was zu vernehmen, ja regelrecht bis zum letzten Wörtchen aufzusaugen sie alle gekommen waren. Diesmal tischte er ihnen in seiner PowerPoint-Präsentation nicht die gewohnten Bilder und Tabellen auf, sondern bewies, dass die Vergabe von Kleinkrediten Armut nicht bekämpfte. Weil die Analphabetenquote, ein rotes Diagramm, nicht sank, die Kindersterblichkeit, ein blaues, ebenfalls nicht. Vor allen Dingen würden Frauen, grün, nicht gerechter behandelt werden.

»Aber warum regen die sich denn so auf?«, hatte ihr Onkel ihr ihm Saal zugeflüstert.

Und sie hatte nur mit den Schultern gezuckt. »Keine Ahnung.« Was war daran so schockierend, zu behaupten, dass sich Menschen, die um ihr Überleben kämpften, nicht einfach in aufgeklärte Kleinunternehmer verwandelten, nur weil man ihnen ein paar Dollar in die Hand drückte? Sie wusste es nicht. Sie hatte die Empörung wirklich nicht nachvollziehen können, bis ein Professor aus Berkeley, ein scheinheiliger Spießer in Fair-Trade-Klamotten, aufgestanden war, um Michael des Rassismus zu bezichtigen. »Wenn ich ihn richtig verstehe«, hatte ihr Onkel ihr zugeraunt, »dann ist dein lieber Mann gerade dabei, diesem Typ zu erklären, dass man, wenn man wie Bill Gates in einer Garage einen multinationalen Konzern zu gründen gedenkt, wie Bill Gates der liberalen Mittelschicht angehören muss und calvinistisch erzogen sein sollte. Und ›white‹ oder ›caucasian‹ zu sein, würde auch nicht schaden.« »Was?« Sie hatte auf ihren Onkel geblickt, auf Michael und auf den Professor aus Berkeley, der seinen Hass verspritzt hatte, und plötzlich hatte es geklickt. »Nein«, hatte sie geantwortet, »nein, das ist es nicht. Sie sind nur einfach nicht gewillt zu hören, dass ihr ach so verpöntes Geld nichts Strukturelles im Leben einer Familie verändert. Deshalb geifert der Antikapitalistenverein. Weil sie alle noch ein bisschen länger den *amerikanischen Traum* träumen wollen, du weißt doch, durch harte Arbeit vom Tellerwäscher zum Millionär.« Und tatsächlich hatte Michael den Saal mit dem Pathos, zu dem nur er fähig war, angehalten, das goldene Kalb vom Sockel zu stürzen, aber stattdessen hatten sie lieber Michael gestürzt und zerfetzt. Sie glaubte, ihr Onkel hatte sich dort in Michael vernarrt, diesen Helden mit mythologischer Statur, der ihn sicherlich an seinen eigenen Vater erinnert haben musste. An den Vater oder an die Idee, die er sich von seinem eigenen Vater gemacht hatte. Denn jedes Mal, wenn sie ihrem Onkel später die ganze Misere ihres Alltags an der Seite eines beeindruckenden Wirtschaftsforschers hatte vor Augen führen wollen, wenn sie ein bisschen hatte erzählen wollen, hatte er abgeblockt. Kein schlechtes Wort über Michael. Man hätte meinen können, sie verunglimpfte das Andenken eines Heiligen.

Wenn sie nur anfing, hatte er sie mit einer ironischen Bemerkung zum Verstummen gebracht. Und sofort war sie sich wie ein Jammerlappen vorgekommen, wie eine Verräterin, Versagerin ... Aber dann musste sie nur an die Monotonie ihres Lebens dort denken, und schon hatte sie die richtige Perspektive gefunden, war alles wieder zurückgerückt. Sie war damals so jung gewesen, und Michael hatte acht Stunden am Tag am Schreibtisch gesessen, um dann abends zu lesen und zu korrigieren, was er morgens geschrieben hatte. Und selbst wenn er dann ins Bett gekommen war, wie oft lagen sie zu dritt dort, er, sie und der Absatz, den er schon zwanzigmal umgeschrieben hatte. Oft lagen auch noch ein paar seiner Verfechter mit im Bett, denen er mit seiner Arbeit ihre Unzulänglichkeit zu beweisen gedachte.

Ja, natürlich war er ein brillanter, erfolgreicher Wissenschaftler, aber gleichzeitig war er auch wehleidig und egozentrisch und geltungsbedürftig. »Also wirklich, war es denn so schlimm mit ihm?«, hatte ihr Onkel sie einmal ungläubig gefragt. Nein, schlimm war es nicht gewesen. Aber eben nicht so wie in ihrer Vorstellung. Onkel Paul hatte sich sein Bild des großen Mannes nicht von *Realitäten* beschmutzen lassen wollen. Aber ihr hat Michael nun mal einen Blick hinter die Kulissen gewährt. Sie hatte miterleben dürfen, warum Michael immer wieder neue Erkenntnisse lieferte. Jedes Jahr musste ein neues Buch her. Es hätte schon gereicht, auf

Kongressen die alten Texte aufzuwärmen und mit ein paar netten Anekdoten zu würzen. Aber Michael hatte eben kein Selbstdarsteller sein wollen, sondern ein Genie. Sie hatte am eigenen Leib miterleben dürfen, was Michael verheizte, um für diesen Kraftakt die nötigen Energien aufzutanken. Er hatte natürlich Feinde gebraucht. Feinde waren ein Heizmittel sondergleichen. Schlaftabletten, Sex und Alkohol waren weitere. Am nötigsten aber hatte er eine Frau gehabt, die ihn verehrte, umsorgte und in gewisser Weise mit ihrer Sorge beherrschte und ihm letztendlich in diesem Spiel unterlag. Sie hatte am Anfang mitgespielt. War sie nicht geschmeichelt gewesen? Hatte sie nicht alles gemacht, was die Frau eines Genies machen muss? Sie war seine Studentin gewesen, und er hatte sie mit seinem Wissen geblendet. Er war ihr intellektuell haushoch überlegen gewesen, und sie hatte ihn angehimmelt, und damals in Madrid, als er da oben auf der Tribüne gestanden hatte, verletzt, ein wenig lädiert, aber standfest, und ihnen allen Paroli geboten hatte, da hätte sie wie ihr Onkel aufspringen und sich vor ihn stellen können, um ihn vor all den Schaumschlägern zu verteidigen. Sie hatte mit ihrem Onkel in der ersten Reihe gesessen und wie er zu ihm aufgeblickt und ihn bewundert. Sie war stolz auf Michael gewesen, und wie ihr Onkel hatte sie sich geehrt gefühlt und in gewisser Weise auch in Deckung, unter der Obhut dieses Mannes zu sein. Je lauter, gemeiner und stürmischer sein Vortrag angegriffen worden war, desto deutlicher war auf paradoxe Weise der Nimbus zu sehen gewesen, der Michael umgab. Ein Nimbus aus Autorität und Unbescholtenheit.

Ihr Onkel hatte Michael am nächsten Tag beim Frühstück ein Faksimile des Stundenbuchs der Jeanne d'Evreux geschenkt. Es war ein hochwertiger Druckband mit Granolithographien, den er bei einem Antiquitätenhändler neben dem Place Mayor erstöbert hatte. Sie hatte gewusst, wie sehr der Fund ihren Onkel begeistert hatte und wie sehr er Michael schätzen musste, um sich nun von diesem Buch zu trennen. Ihr Onkel hatte ihm das Buch kurz vor seiner Abreise gereicht, und Michael hatte von seiner Zeitung aufgeschaut und zerstreut in dem Band geblättert ... Sie waren gerade mit dem Frühstück fertig. Ihr Onkel hatte sich zu Michael hinübergebeugt und ihn auf die Randfiguren aufmerksam gemacht, die das Gebetbuch illuminierten. Es gab ungefähr siebenhundert davon, und sie waren alle dem Hofmaler Jean Pucelle zugeschrieben. Ihr Onkel hatte geredet, auch noch, als ein freundlich lächelnder Kellner mit sehr weißen Zähnen das Frühstückstablett aus dem Zimmer getragen hatte. Und geredet, als das Zimmermädchen etwas später ein paar zusätzliche Servietten gebracht hatte. Geredet und geredet. Über die Grisaille-Technik, die Pucelle mit diesem Werk in die Buchmalerei eingeführt hatte, über Schönheit, Perspektive und Symmetrie, über Könige, Religion und Frankreich im späten 14. Jahrhundert. Aber natürlich war es ihm nicht gelungen, Michael zu interessieren, geschweige denn mit sich fortzureißen. Sie hatte natürlich sofort kapiert, was Michael fesselte, an was er genau dachte, denn während ihr Onkel auf einzelne Illustrationen hingewiesen und sich wieder einmal an seinem eigenen Entzücken entzündet hatte, hatte Michael ihre Brüste inspiziert, die, sie spürte es an seinem Blick, durch den Seidenstoff ihres tief ausgeschnittenen Oberteils schimmerten. Sie hatte es genossen, dass sie etwas besaß, was die Kultur, die Finesse, die Bildung ihres Onkels übertrumpfte. Und natürlich war sie auch perplex gewesen. Einen kurzen verwirrenden Augenblick hatte sie ihn mit Michaels Augen gesehen, einen alten Schwätzer, der sich mit Trödel umgab. Sie hatte sich auf eine Seite schlagen müssen. Und sie hatte nicht einmal den Bruchteil einer Sekunde benötigt, um zu wissen, wem sie sich überantworten und wen sie, ohne mit der Wimper zu zucken, preisgeben würde. Michael hatte sie angeblickt. Schaff ihn mir vom Hals, hatte dieser Blick gesagt. Bring dein Labermaul von Onkel an die Tür und komm ins Bett. Sie war so erregt gewesen, wie man nur sein kann, und hatte ihren Onkel gewarnt, er müsse sich nun wirklich sputen. Wenn er seinen Flug nicht verpassen wolle, dann aber raus mit ihm.

Sie versuchte, ihren Fuß zu bewegen, sie spürte tausend Nadelstiche. Ihre Schwester war doch tatsächlich neben ihr eingenickt, und sie hörte sie schnarchen. Ihr war kalt, und der Kopf ihrer Schwester lastete schwer auf ihrer Schulter, aber sie wollte nicht aufstehen, wollte Lisa noch nicht wecken, denn war Lisa einmal wach, so mussten sie ins Haus zu ihrer Mutter und ihrem Onkel zurück. Sie blickte ins Geäst der Kastanie und darüber hinaus auf eine dunstverschleierte Mondsichel und dachte an die letzten Wochen kurz vor ihrer Trennung. Sie waren vielleicht die schönsten überhaupt gewesen. Sie hatten sich so gut wie nie zuvor verstanden. Sie wusste heute natürlich ganz genau, warum. Auf eine sehr angenehme Weise war ihr Michael damals schon gleichgültig geworden. Seine Bedenken, seine Beunruhigung, seinen Ärger, sie hatte das alles nur noch am Rande wahrgenommen. Plötzlich war sie Zuschauerin geworden, und das Schauspiel hieß »Michael und sein Vortrag« oder »Michael hat Hunger« oder »Michael streitet sich mit dem Nachbarn« oder »Michael korrigiert Seminararbeiten«. Nur wenn sie das Stück »Michael begehrt Tanja« spielten, wenn Michael ihr auf völlig überraschende und unverschämte Weise an die Brüste fasste oder an die Scham, wenn er sie einfach bei der Hand nahm und ins Schlafzimmer führte oder dahin, wo er sie hinlegen und vögeln konnte, war sie auf eine herrlich berauschende Art so anwesend wie nie zuvor. Es waren wirklich schöne Tage. Tage der Leichtigkeit.

»Was«, rief Lisa aus, die etwas aus ihrem Schlaf geweckt hatte. »Was sagst du?«

»Ich habe nur eben an meine Zeit mit Michael gedacht.«

Sie war sofort wach, sofort bei der Sache, blickte sie an, streckte sich, dann fragte sie, ganz so als würde sie das Gespräch einfach fortsetzen.

»Vermisst du dein Leben dort eigentlich nicht?«

Vermissen? Nach so vielen Jahren? Natürlich vermisste sie es nicht.

»Nein. Überhaupt nicht. Aber es war schon befremdlich, wieder zurückzukommen und zu sehen, dass sich bei euch nichts verändert hatte. Mein eigenes Leben hatte sich total verändert, und zu Hause schimpft Mama immer noch auf dich, weil du deine Klamotten auf dem Boden herumliegen lässt.«

Zu Hause war alles wie eingefroren. Die Machtverhältnisse, das Gerangel zwischen ihrer Mutter und Anne um die Aufmerksamkeit ihres Onkels. Die kleinen Sticheleien, die Hiebe, das Kräftemessen zwischen ihnen. Dieses ganze komplizierte, sie alle einengende, erstickende Beziehungsgeflecht. Und natürlich war da auch die Erschöpfung ihrer Mutter, ihr Trumpf, mit dem sie sich im Kampf um die Fürsorge ihres Onkels sofort Vorsprung verschaffte. Die ersten Anzeichen von Lebensüberdruss mussten nur ihr Köpfchen hinausstrecken, da ließ ihr Onkel auch schon alles liegen und eilte ihrer Mutter zu Hilfe. Und Lisa mit ihrer Sehnsucht nach ... Wie sollte sie es ausdrücken? Sie besaß die Fähigkeit, ihr mit ihrer Liebe, ihrer Bewunderung auf die Nerven zu gehen. Lisa, die immer so bereit war, ihr, Tanja, den Ehrenplatz einzuräumen.

»Aber etwas musst du doch vermisst haben.«

»Ach weißt du, ich habe viel vermisst.«

»Aber was, was genau?«

»Die Bäume im Herbst. Und mein Fenster. Den Ausblick von meinem Arbeitszimmer. Und das Farmland. Und den offenen Horizont.« Sie überlegte. »Und natürlich die Delis. Die Delis hab ich am meisten vermisst.«

»Die Delis?«

Sie zählte auf: Langer's in Los Angeles und Katz in New York und Zingerman's und Shapiro's in Indianapolis und Zaftig's in Boston und Attman's in ...

»Sag mal, hast du dich durch ganz Amerika durchgefressen?«

»Michael war doch immer auf der Suche nach dem perfekten Hot Pastrami on Rye, und ich bin ein Matze-Ball-Soup-Fan.«

»Du bist eine was?«

Eine Schickse, dachte sie. Für Michael, seine Freunde, seine Mutter und Schwester war sie immer nur eine

Schickse gewesen, wenn auch eine sisse Schickse mit einem ausgesprochen yiddischm kopp.

Und wieder sagte ihr Lisa, was sie gar nicht hören wollte, dass sie ihr Vorbild gewesen sei, weil sie weggegangen war, Karriere gemacht hatte, und das noch in Amerika. Amerika, Amerika, Amerika, sie konnte es nicht mehr hören.

»Und dann hast du auch noch gegen den Willen der gesamten Familie diesen jüdischen Wissenschaftler geheiratet ...«

»Er ist kein jüdischer, sondern ein amerikanischer Wissenschaftler. Er ist Jude und Vegetarier und Demokrat und Marathonläufer, aber er ist ein amerikanischer Wissenschaftler, verdammt noch mal, ein amerikanischer ...«

»Ja, aber ich meine, du verstehst schon, was ich meine, dass er sich geweigert hat, nach Deutschland zu kommen, und nie Papa und Mama besuchen wollte, irgendwie hat mir das imponiert.«

»Du mit deinem Selbsthass. Er hatte einfach keine Lust auf Papa und Mama.«

Er hatte keine Lust auf sie gehabt, weil sie ihm die Lust auf ihren Vater und seine »Sommerzeit ist Grillzeit« und ihre Mutter mit ihren unterschwelligen Depressionen gründlich verdorben hatte.

»Ich habe ihm ein bisschen zu viel von unserer Schlüsselkind-Kindheit erzählt. Von den Blicken in der

Schule. Von den Fragen der Klassenkameradinnen, wo denn mein Papa geblieben sei. Von den Geldsorgen. Von den Ferien in den schicken Skiorten mit der lieben Stiefmutter. Von der Rückfahrt in Papas Luxusschlitten. Von Mama, die schon auf uns wartet und hinter der Gardine vom Wohnzimmerfenster hinausspäht. Von ihrer ewigen Fragerei, wie es denn gewesen wäre und was wir alles gemacht hätten. Von den teuren Geschenken zu Weihnachten.«

»Ich habe mich immer gefreut, etwas Teures geschenkt zu bekommen.«

Lisa hatte mit ihren Geschenken angegeben. Und sie hatte sich tatsächlich darüber gefreut, dass keiner zu Hause auf sie wartete. Aber wie konnte das sein? Woher nahm Lisa diese Stärke? Lisa hätte das doch viel ärger als sie erleben müssen. Wie alt war Lisa, als ihr Vater weg war? Elf? Zwölf? Und als Oliver zur Welt kam, da war sie höchstens dreizehn.

»Was glaubst du wohl, wie neidisch meine Freundinnen auf mich waren, weil ich meine Nachmittage auf mich gestellt war.«

»Ich habe Michael das jedenfalls so erzählt, wie ich es erlebt habe, und er konnte es einfach nicht fassen. Schon allein das Wort ›Schlüsselkind‹ hat ihn wütend gemacht. Er kam aus einer dieser russischen Emigrantenfamilien in New York. Er hat seine Kindheit in der Bronx verbracht. Er wollte mir nicht glauben, dass ein Kind nach Hause kommt und allein ist. Dass da niemand ist, der ihm ein Glas Milch auf den Küchentisch stellt und es fragt, wie der Tag gewesen sei. Keine Nachbarin, keine Verwandte, keine Bekannte, nichts. Er fand das verrückt. Bei ihm zu Hause saßen immer irgendwelche entfernten Verwandten in der Küche und tranken Tee.«

Wenn man seinen Geschichten Glauben schenkte, dann war da immer der Mann der Cousine von Tante Olga zu Besuch. Oder die Nichte von der Nachbarin von Onkel Oleg oder die Enkelin der Schwester seiner Großmutter oder die Tante der Cousine seiner Schwägerin ...

»Er war in seiner ganzen Kindheit kein einziges Mal allein. Er fand, dass Kinder nicht allein zu sein haben. Dass die Kindheit schon so eine verdammt einsame Angelegenheit ist.«

Michael dachte, dass es schon genüge, sich ab und zu inmitten seiner Familie einsam und unverstanden zu fühlen, dass man nicht auch noch allein in der Küche zu sitzen habe.

»Er sagte immer, dass das, was bei uns Norm sei, unmenschlich sei. Er fand unsere Nachbarn unmenschlich und unsere Bekannten und Verwandten unmenschlich, und die Mütter meiner Freundinnen fand er am unmenschlichsten.«

»Fand er auch mich unmenschlich?«, fragte Lisa.

»Nein, dich fand er süß. Dich nannte er meine kleine Mikrobe.«

»Meine kleine Mikrobe«?

»Er sagte immer, man hätte uns großgezogen, als ob wir keine lern- und liebesbedürftigen Menschen, sondern kleine, autonome, voll funktionsfähige Mikroben gewesen seien. Dass wir in der Illusion aufgewachsen seien, nichts und niemanden zu brauchen.«

»Nur weil uns keiner Milch auf den Küchentisch gestellt hat?«

»Er meinte halt, der Mensch sei genetisch nicht dazu programmiert, sich allein Milch auf den Küchentisch zu stellen.«

»Weißt du, woran ich mich ganz genau erinnern kann?«, sagte Lisa nach einer Weile. »Als ich dich mit sechzehn besuchen kam, wie dich alle behandelt haben. Du warst so stark und selbstsicher. Die Leute haben dich wirklich gemocht. Du hast dich nie einschüchtern lassen, auch nicht von Michael. Du hast immer diesen ironischen Ton angeschlagen, wenn du ihm geantwortet hast und er ärgerlich wurde. Ich dachte wirklich, dass ihr euch, trotz des Altersunterschiedes, dass da eine Art gegenseitige Achtung ... Und ich dachte immer, du wärest total in ihn verliebt gewesen.«

»Ich hab ihn gewollt, das ja, und ich habe mich um ihn bemüht, das kannst du mir glauben. Er hat mich am Anfang gar nicht wahrgenommen. Auf jeden Fall dachte ich das, und außerdem war ich nicht die Einzige, die hinter ihm her war.«

»Und wie hast du ihn rumgekriegt?«

Eigentlich hatte sie ihn gar nicht rumkriegen müssen, eigentlich war er schon ziemlich von ihr angetan gewesen, wenn er sie aber trotzdem hatte ein bisschen rackern lassen.

»Ich habe halt gemacht, was man so macht. Raffiniertes Outfit, ein bisschen entblößte Haut, dezente Betonung von Augen und Lippen, und ich habe mir mit hochhackigen Schuhen ordentlich den Rücken ramponiert. Aber dann hat doch Kolmogoroff geholfen. Um genauer zu sein, seine mathematische Behandlung von Wahrscheinlichkeiten.«

»Seine was?«

»Das Axiom von Kolmogoroff, das die mathematischen Eigenschaften von Wahrscheinlichkeiten festlegt.«

»Du hast ihm doch nicht etwa vorgerechnet, wie wahrscheinlich es sei, dass du ihn heiratest?«

»Nicht heiraten. Ich habe ihm ausgerechnet, wie wahrscheinlich es sei, ihn noch heute Abend in die Kiste zu kriegen. Die Wahrscheinlichkeit eines Ereignisses ist nämlich eine eindeutig bestimmte, nicht negative, reelle Zahl.«

»Und wie wahrscheinlich war es?«

Angesicht der Tatsache, dass sie ein sehr verführerisches Kleid mit einem riesigen Dekolleté getragen hatte, und das auch noch ohne BH, und er ihr den ganzen Abend auf den Busen gestarrt hatte …

»Sehr, sehr wahrscheinlich«, sagte sie.

LISA

IHR ONKEL LAG da. Und sie redeten worüber? Darüber, ob Tanja in Michael verliebt gewesen war. Darüber, ob sie, Lisa, Männer verführen konnte. Darüber, ob Tanja in Amerika hätte bleiben sollen. Darüber, ob sie, Lisa, sich nicht manchmal ungemein linkisch anstellte, wenn ihr ein Mann gefiel. Darüber, ob Tanja damals, wie Onkel Paul behauptet hatte, alles abgewischt und neu angefangen hatte. Mit einer ganz neuen, sauberen Schiefertafel.

»Das hat er behauptet?«

Lisa nickte.

»Er hat das wirklich geglaubt?«

»Ja. Und er hat es dir gegönnt. Wir haben es dir alle gegönnt.«

Läge Onkel Paul nun nicht dort, er würde ihr versichern, dass alles in bester Ordnung sei. Er würde Tanja mit einem nachsichtigen Lächeln bedenken und ihr, Lisa, sagen, lass sie doch, wenn sie sich noch nicht damit auseinandersetzen kann, dass ich dort liege, dann lass sie doch mit dir darüber diskutieren, ob sie in Amerika hätte glücklich werden können.

Er hatte sich nichts sehnlicher gewünscht, als dass

sich Tanja endlich öffnete, endlich atmete, endlich aus ihrem Schneckenhaus herauskroch und von alldem befreite. Abschütteln sollte sie vor allen Dingen diesen einen Samstagnachmittag im August, jenen Samstag, an dem Tanja ihre Mutter im Schlafzimmer entdeckt hatte, das Gesicht in Erbrochenem. Sie hatte den Notarzt gerufen, dann Onkel Paul benachrichtigt, und als Lisa kurze Zeit später von einer Sportveranstaltung zurückgekommen war, hatte sie auch noch die Kraft aufgetrieben, sie zu trösten. Ihre Mutter war labil gewesen, vom Leben überfordert, eine Zeitlang, kurz nach der Scheidung, wirklich auf der Kippe. Am schlimmsten war ihr Schweigen gewesen. Es gibt eine Sorte Schweigen, die man befangen zu überhören versucht. An manchen Abenden schwieg ihre Mutter, während sie gemeinsam in der Küche aßen, die ganze Mahlzeit über. Sie schwieg immer lauter, während sie sich stumm Butter, Salz, den Salatteller, die Käseplatte reichten. Sie schwieg so unerträglich lange, bis Tanja schließlich nachgab und fragte, was los sei. Sie wussten beide, dass ihre Mutter nur darauf brannte, mit ihrer Litanei zu beginnen. »Was ich habe? Hast du dir mal dein Zimmer angesehen, diesen Saustall? Was ich habe? Weißt du, wann du gestern Abend nach Hause gekommen bist? Hast du dir mal Gedanken gemacht, wie ich deine Klassenfahrt bezahlen soll, jetzt wo dein Vater mir die Alimente kürzt? Was ich habe? Wann hast du das letzte Mal in den schmutzigen

Wäschekorb geguckt? Kannst du dir überhaupt vorstellen, wie das ist, alleine zum Elternabend zu gehen? Was ich habe? Und du wagst auch noch zu fragen, was ich habe?« Sie hatten sich ans Kinderzimmeraufräumen gemacht, sie hatten sich alleine Hefte, Schulranzen, Schreibwaren und Turnschuhe gekauft, sie hatten Schulbücher mit selbstklebender Folie eingewickelt, sie hatte Wäsche gewaschen, sogar Kleider gebügelt. Aber was sie und Tanja auch alles gemeistert hatten, um diesem Schweigen zu entgehen, nie war es genug gewesen. Mitunter, wenn sie nachts das leise Schluchzen ihrer Mutter vernommen hatte, wenn sie wach gelegen und zu Tanja hinübergeblickt hatte, die sie mit ebenso wachen, aufmerksamen Augen anschaute, wenn sie etwas später zu ihr ins Bett gekrochen war, dann hatte sie sich gewünscht, dem allem zu entfliehen. Oft hatten sie beide einfach versucht, über die Anzeichen einer sich in Auflösung befindenden Familie hinwegzusehen, über die Unordnung, die Geldsorgen, die Kopflosigkeit ihrer Mutter. Sie verdankten ihrem Onkel das Zauberwort, das ihnen dabei half, *Zirkus*. »Macht sie also wieder ihren *Zirkus*?«, hatte Onkel Paul sie jedes Mal gefragt, wenn sie ihm davon berichteten, wie sie sich an nichts hochschaukelte, an ein paar Turnschuhen, über die sie im Flur gestolpert war, an einem Wäschestapel, an einem Teller, den sie oder Tanja nicht sofort in die Spüle gestellt hatten. Manchmal dachte sie, könnte sie doch in ihre Kindheit zurückkehren mit dem Wissen, der Erfahrung von heute, dann würde sie alles reparieren. Aber dann sah sie den Alltag von damals wieder, und allein die Vorstellung, das alles noch einmal erleben zu müssen, dahin zurückzukehren, war höllisch. Damals hatte sie gedacht, sie würde darüber einmal lachen können, alles eine Frage des Abstandes. Wenn sie sich erst einmal Zutritt in die Welt der Erwachsenen verschafft hatte, würde sie auf den Murks hinunterblicken und darüber schmunzeln. Und hatte sie sich nicht beigebracht, ganz beiläufig über ihre Kindheit zu plaudern? Hatte sie nicht ihren ganzen Bekanntenkreis mit dem *Zirkus* ihrer Mutter erheitert? Wem hatte sie nicht schon eine Anekdote aufgetischt? Sie hatte ihre Mutter und ihren Vater und ab und zu auch Onkel Paul dem Gelächter preisgegeben. Aber warum auch nicht? Warum sollte sie sich nicht über diejenigen mokieren dürfen, die ihre Jugend verhunzt hatten? Witze über die Familie reißen war ein gutes Mittel, hatte sie Onkel Paul einmal in einem Schuhgeschäft erklärt, als sie seine ersten Gesundheitsschuhe kaufen gegangen waren. Sie hatte auf einer Bank gesessen und auf die Verkäuferin gewartet, die ins Lager geschlurft war. Es wäre ihm zu Ohren gekommen, dass sie allerlei *Nettes* über die Familie Bergmann verbreiten würde, hatte er gesagt und sich darüber beschwert. Und sie hatte geantwortet, dass sie sich so lange über ihre Familie *verbreiten* würde, bis ihr das alles unwirklich vorkommen würde und auch der Schmerz abstrakt geworden war. Die Verkäuferin war gekommen. »Superleicht und superbequem«, hatte sie gesagt und die Schuhe, »trendige Funktionsschuhe in pflegeleichtem Glattlederimitat«, aus dem Karton geholt. Konsterniert hatte ihr Onkel auf die Schuhe gestarrt. Und außerdem, hatte sie aufgetrumpft, während die Verkäuferin ihm die Dinger auch noch angezogen hatte, könne er ihr überhaupt keine Vorwürfe machen, weil er nicht wüsste, wie das sei, ihre Eltern als Eltern zu haben. »Mit gemäßigter Abrollfunktion, und die Decksohle ist abwaschbar«, hatte die Verkäuferin hinzugefügt. »Aha, so, so«, hatte er erwidert, auf seine Füße geblickt und ihr ein ziemlich schiefes Lächeln geschenkt.

Irgendwann hatte sich ihre Mutter dann *beruhigt*. Beruhigen, noch so ein Wort aus der Zauberkiste ihres Onkels. Irgendwann hatte sich ihre Mutter in ihr Leben gefügt. Sie war friedlich geworden, versöhnlich oder einfach nur des Aufbegehrens müde. Sie war sogar nett geworden, eine hilfsbereite, nette Person. Fast hätte sie den ganzen *Zirkus* vergessen, und wenn nicht ihre Angst um ihre Mutter geblieben wäre, das Misstrauen …

»Du wirst morgen zurückfahren, nicht wahr?« Sie schaute Tanja an. Tanja nickte.

»Aber warum, warum wirst du zurückfahren?«

»Weil ich zurückfahren werde.«

»Aber warum?«

»Du weißt das doch.«

Nein, sie wusste es nicht. Sie wusste wirklich nicht, warum sie Tanja gestatten sollte, sich wieder einmal davonzumachen. Damals, als sie Michael geheiratet hatte, da hatte Lisa sich gesagt, sie ist fortgegangen, um glücklich zu werden. Tanja hatte ihr Ziel erreicht. Sie war glücklich, verheiratet und in Amerika. Sie war sicher gewesen, dass Tanja dort bleiben würde. Und als sie dann zurückgekommen war, und auch noch einen Typen aus Kronberg geheiratet hatte. Aus Kronberg!

»Ist es wegen Denis? Willst du wegen Denis zurückfahren?«

»Nein, natürlich nicht«, sagte Tanja, stand auf und ging in Richtung Haus.

»Wieso willst du dann sofort zurückfahren?« Sie nahm die Decke und folgte ihrer Schwester.

»Ach komm, bitte«, sagte Tanja und drehte sich zu Lisa um, »fang jetzt nicht schon wieder an. Lass uns lieber etwas Warmes trinken, ja?«

Sie sagte es versöhnlich, aber Lisa ließ nicht locker.

»Nein, ich will wissen, warum du zurückfahren wirst.«

»Weil ich arbeiten muss.«

»Ich auch. Ich muss auch arbeiten, und ich bleibe.«

Sie gingen flüsternd durch den Flur.

»Nur, dass ich eben ...«

»Weil deine Arbeit wichtiger ist?« Lisa versuchte ihren Ärger gar nicht zu verhehlen. »Ist es das, was du meinst? Dass eine Arbeit in der Bank wichtiger ist?«

»Mein Gott, Lisa, ich habe eine führende Position. Aber nein, das ist nicht, was ich meine.«

»Also, warum fährst du zurück?«

»Weil …«, sagte Tanja, bückte sich und hob ein Foto auf, das in der Diele gleich neben dem Eingang auf den Boden gefallen war, ging damit in die Küche, hielt es unter den Lichtkegel der Stehlampe und betrachtete es lächelnd.

Wortlos hielt ihr Tanja das Foto hin, und sie betrachtete es eingehend, obwohl sie vorgehabt hatte, sich zu beschweren. Aber hier stand er, von Tauben umgurrt, und blickte amüsiert auf jemanden, der ihn außerhalb des Bildausschnitts zum Lachen zu bringen versuchte. Hier stand er, jung, vor Gesundheit strotzend und so ausgelassen und glücklich, dass es ihr auf einmal absurd vorkam, in jeder Hinsicht grotesk, dass er dort im Nebenzimmer lag. Sie fing an zu weinen.

Sie holten die Fotoalben aus dem Wohnzimmer und trugen sie in die Küche. Es waren sieben, und sie beschlossen, sie sich alle anzusehen. Sie schoben die Alben zwischen sich und dem, was sie Tanja zu sagen beabsichtigt hatte. Sie schlugen das erste Album mit einem roten Kunstledereinband auf, und sogleich blickten ihnen die jungen Gesichter ihrer Eltern entgegen. Ihre Eltern auf einer Decke unter Palmen, ihr Vater noch unrasiert, ohne Jacke und Krawatte, ihre Mutter in einem hellblauen Hemdkleid. Ihre Eltern im Flughafen vor einem Rollband, auf dem Gepäck verladen wurde. Ihre Eltern in einem Café. Ihr Vater rauchend vor einem Hochhaus. Ihre Mutter, wie sie die Schleife eines Geschenkes aufschnürte und in die Kamera lächelte. Ihre Eltern im Schwimmbad. Ihr Vater auf dem Rücken liegend, wie er mit den Beinen in der Luft Fahrradübungen machte. Ihre Eltern in Spanien. Ihre Eltern in Frankreich. Ihre Eltern im Taxi. Ihre Eltern in einer Schlange vor einem Museum. Ihre Eltern im Wohnzimmer ihrer Großmutter, mit kleinen Likörgläsern in der Hand. Ihre Eltern mit Tanja im Arm. Ihre Eltern mit ihnen beiden. Sie und Tanja in Faschingsverkleidung, sie als Clown, ihre Schwester in weißer Kochuniform mit einer Kochmütze, die sie gute fünfzig Zentimeter wachsen ließ. Sie und Tanja im Zoo. Sie und Tanja in einem Tretboot auf einem See (Schweiz? Österreich?). Sie mit ihrem linken eingegipsten Arm. Sie und Tanja, wie sie Rad fahren. Ihr Vater vor seinem neuen Auto, ein brauner Mercedes der S-Klasse. Ihr Vater in einer grünen Grillschürze vor der Küchentür. Die Hochzeit einer Cousine. Ihre Mutter, wie sie in einer Zeitschrift blätterte. Sie, ihre Mutter und Tanja um einen Tisch, auf dessen Mitte eine Torte mit acht Kerzen brannte. Ihr Vater und ihre Mutter in einem Schlafwagenabteil. Weihnachten. Ostern im Garten. Schnappschüsse aller Art.

»Dass Papa überall das Datum druntergeschrieben hat, ist wieder einmal so typisch für ihn.«

Sie gab keine Antwort.

»Sie sind ganz schön viel gereist. Wenn man sich anschaut, wo sie alles waren.«

Keine Antwort.

»Sie sehen glücklich aus. Findest du nicht?«

Sie erforschte das kleine, helle Gesicht ihrer Mutter, ihre lächelnden Augen, die aufmerksam das Objektiv des Apparates fixierten, und zuckte mit den Schultern. »Ich finde eher, es sieht so aus, als hätten Papa und Mama alle Länder abhaken wollen. Irgendwie hat das doch etwas … Es ist so systematisch. Ich meine, wer reist denn so viel?«

»Was ist los mit dir?«, fragte Tanja.

»Mit mir? Nichts.«

»Du witterst überall immer etwas, du denkst immer, alles sei suspekt.«

»Das ist mein Job.«

»Was? Alles suspekt zu finden?«

»Zu wittern. Das ist mein Job, etwas zu wittern.«

»Man kann Leute auch einfach mal in Ferien fahren lassen, weißt du. Sie waren auch mal glücklich.«

Sie dachte, dass Tanja das nötig hatte, das Glück. Und warum auch nicht? Warum sollte es in der Geschichte ihrer Eltern nicht auch glückliche Tage gegeben haben? Sie konnte es sich eben nur nicht vorstellen. Sie sah ihre nun ach so opferbereite Mutter, und es fiel ihr schwer, sie verliebt zu sehen oder auch nur ein ganz klein bisschen glücklich. Doch das war dumm, denn natürlich hatte es glückliche Tage gegeben, schließlich hatten ihre Eltern begonnen, die Alben anzulegen und ihr gutbürgerliches kleines Glück zu protokollieren. Aber für wen? Für sie? Für Tanja? Die Nachwelt? Wofür waren die Fotos denn ein Indikator? Für gar nichts. Ganz bestimmt nicht dafür, dass sie glücklich gewesen waren. Wenn überhaupt, dann waren sie nur der Beweis dafür, dass ihre Eltern sich an den Ritus gehalten hatten, der damit begann, dass man etwas erlebte, was man aufnehmen konnte, dass man es erfasste, registrierte und seiner berauschenden Essenz beraubte und in ein Album mit rotem Kunstledereinband klebte, um es wegzuräumen und für alle Ewigkeiten zu vergessen. Ihr Onkel hatte Lisa das einmal erklärt. Sie war ihn im Krankenhaus besuchen gegangen. Sie hatte neben seinem Bett gesessen und war eingeschlummert. Eigentlich hatte sie an einen Mann gedacht, von dem sie sich gerade getrennt hatte, weil er sie schon nach zwei Wochen nach Strich und Faden betrog. Sie hatte sich schnellstens aus dieser Geschichte herausgerissen. Sie hatte Schluss gemacht, als sie bemerkt hatte, dass sie genauso verängstigt um diesen Typ zu kreisen begann wie ihre Mutter um Onkel

Paul. Sie hatte mit der gleichen Furcht und der gleichen Lust – es gab eine gewisse qualvolle Lust im Aufdecken von Katastrophen – nach Zeichen seiner Untreue gesucht, hatte Hosentaschen, sein Handy, Rechnungen und sein Laptop durchstöbert, so wie ihre Mutter den Körper ihres Bruders täglich nach neuen Symptomen der Krankheit inspizierte. Aber dann hatte sie sich dieses schwindelerregende Spiel verboten. Drei Wochen war sie mit diesem notorischen Lügner zusammen gewesen, hatte ihn überführt, beschimpft, bezichtigt und sogar geweint, bis sie dann endlich dahintergekommen war, warum so einer so gerne betrog. Für eine liebende Frau wäre er nie so wichtig gewesen wie für eine Frau, die ihn belauerte, für die alles, was er machte, von Bedeutung war, weil es eben suspekt sein konnte.

Sie war also genau an dem Tag, an dem sie sich *offiziell* von diesem Mistkerl getrennt hatte, zu Onkel Paul ins Krankenhaus gekommen. Sie hatte im Sessel neben ihm geschlummert, während er ein Buch gelesen hatte. »Die Putzfrau kommt, du musst jetzt raus«, hatte er gesagt, als er Schritte vor der Tür vernommen hatte, und sie aus ihren Träumereien gerissen. Woher er das denn so genau wisse, hatte sie ihn gefragt, und er hatte erwidert, dass er sie an ihren Gummisohlen erkenne. »Das Geheimnis, wie man es hier aushält«, hatte er ihr gesagt und damit nicht so sehr seine Krankheit, als seinen Krankenhausaufenthalt gemeint, »ist, dass du das alles einteilst. Sie teilen die Zeit natürlich für dich ein, aber der Trick besteht darin, dass du dir ihre Organisation zu eigen machst.« Er hatte morgens immer auf das Geräusch des Rollwagens gelauscht. Noch bevor die Tür aufgegangen und das Pflegepersonal mit seinem Frühstückstablett ins Zimmer getreten war, hatte er sich schon im Bett aufgesetzt. Die Geräusche vor seiner Tür, das war sein Kompass in der Wüste gewesen. In andere Zimmer konnten sie eindringen wie Diebe, aber er, er hatte sich nie überraschen lassen. Er hatte gelernt, wer wann vor seiner Tür hielt, ob sie ihn wecken, waschen, das Bett machen, Blut abnehmen oder untersuchen wollten. Wann der Tross der weißen Kittel zur Visite kam. »Wenn du das alles nicht nur ertragen willst, musst du das sortieren und in kleine Quadrate stecken, nur so kannst du hier gewinnen.« So sinnlos ihr dieser Kampf angesichts seiner Krankheit auch erschienen war, so musste sie doch zugeben, auf seine Art hatte er die Bestie Krankenhaus domestiziert.

»Ich finde trotzdem, sie hat ein glückliches Lächeln«, sagte Tanja. »Ich finde, das ist, was alle Fotos miteinander verbindet.« Sie deutete auf ein Foto. Auf dem ihre Mutter mit einem lächerlich kleinen Hütchen vor einer Kirche stand. »Wie glücklich sie da aussieht. Schon allein, wie sie dasteht. Ich habe sie nie wieder so dastehen sehen. So selbstsicher, meine ich.« Tanja blickte kurz auf. »Willst du eigentlich nicht deine Jacke ausziehen?«

»Warum?«, fragte sie.

Und Tanja antwortete: »Sie riecht nach Mottenkugeln.«

Folgsam zog sie ihre Jacke aus.

»Sie muss hier weg.«

»Was?«

»Wenn ich die Fotos sehe … dieses Haus hier, das hat sie doch nur …«

Sie hätte fast gelacht. Hier kam Tanja also wieder mit dem Haus an.

»Wenn ich entscheiden könnte, ich würde das alles verkaufen.«

Na also. Hier hatten wir es, ohne Übergang!

»Ich würde es sogar verscherbeln. Sie muss hier raus. Ich finde, sie sollte wieder reisen.«

»Mama reisen?« Diesmal lachte sie. »Wohin soll sie denn allein reisen?«

»Sie muss ja nicht allein verreisen«, sagte Tanja beleidigt. »Ich weiß nicht, wohin. Irgendwo in Europa.«

So, so, in Europa.

»Sie kann ja eine Kur machen oder, keine Ahnung wohin. Eine Kreuzfahrt, sie kann ja eine Kreuzfahrt machen.«

Am amüsantesten fand sie, dass Tanja nicht aufgeben wollte.

»Schau dir ihr Haus doch an. Schau dir doch an, was sie aus dem Haus gemacht hat. Eine Rumpelkammer.«

Und wieder waren wir nach dem kurzen Abstecher in Europa und einer ziemlich kurzen Kreuzfahrt beim Haus angelangt. Tanja mit ihrem unübertrefflichen Realitätssinn.

»Komm schon, du sagst das doch auch. Tu nicht so. Du sagst doch das Gleiche.«

Sie, das Gleiche sagen? Wohl kaum!

»Wenn ich mir das hier alles schon anschaue. Die Tabletten, die Tuben, die Fläschchen und der Rollstuhl. Andere Frauen kaufen sich ich weiß nicht was. Und Mama, was hat sie mit ihrem Geld gemacht? Einen verdammten Rollstuhl gemietet und ein Pflegebett mit verstellbarem Lattenrost. Alles, was es auf dem Markt an Hoffnung und Beschiss zu kaufen gibt, hat sie gekauft. Und wozu? Wenn wir ehrlich sind, dann doch nur …«

Und was hätte ihre Mutter Tanjas Meinung nach tun sollen? Hätte sie ihn im Krankenhaus krepieren lassen sollen? Hätte sie ihm sagen sollen, mein lieber Paul, die Computertomographie hat wieder Tumore gezeigt, deine Medikamente schlagen nicht mehr an. Tja, Pech gehabt. Ich für meinen Teil mach jetzt eine Kur. Jetzt kann man ganz billig in den Süden. Morgen hole ich mir ein paar Prospekte. Vielleicht fliege ich auch nach Marokko oder mache eine Karibikkreuzfahrt, weil Tanja findet, dass ich mit meinem Strohhut so glücklich ausgesehen habe.

»Und was hätte sie deiner Meinung nach tun sollen, eine Karibikkreuzfahrt?«

»Ich rede von etwas ganz anderem, und du weißt das ganz genau. Es geht um etwas ganz anderes. Und du weißt ganz genau, worum es geht.«

»Ach ja, und worum geht es bitte? Denn wenn es darum geht, dass du willst, dass ich dir helfe, das Haus zu verscherbeln, (jetzt war sie wütend) weil du allergisch bist ...«

»Ich, allergisch?«

»Und es nicht einmal ertragen kannst, auch nur einen Tag hierzubleiben.«

»Siehst du denn nicht, worum es hier geht?«

»Klär mich auf. Ja. Weil, ich sehe nur ...«

Sie stand auf und holte ihre Zigaretten, zündete sich mit zittrigen Händen eine an.

»Siehst du denn nicht, dass sie hier erstickt? Dass sie hier ihr Leben lang gelitten hat, siehst du das denn nicht? Wie ängstlich sie geworden ist. Seit Jahren schon verschanzt sie sich hier im Haus. Und spielt die gute Seele.«

Sie musste alle Kraft zusammennehmen, um ihre Schwester ausreden zu lassen.

»Ein halbes Jahr hat sie ihrem Bruder den Arsch abgewischt. Und weißt du, warum? Damit sie nicht rausmuss. Dieses Haus, das ist doch nichts anderes als Angst. Und ihre Liebe, das ist doch nur Ängstlichkeit, die sich als Aufopferung verkleidet. Und du und ich und Onkel Paul, wir haben das alle sehr gut ausgenutzt.«

»Und das sagst du?«, fragte sie verwundert. »Ausgerechnet *du*?«

»Wenn es jetzt das Geld ist«, sagte Tanja.

Ah, sieh mal einer an, Tanja dachte also an das Geld.

Sie drehte sich zu Tanja um. »Es ist nicht das Geld.«

»Wenn du mir jetzt zum Vorwurf machst, dass ich mir Geld von Mama ausgeliehen habe.«

Sie war plötzlich müde, so unsagbar müde. »Ich sage doch, es ist nicht das Geld.«

»Ich habe bei ihr ein Darlehen mit einem Zinssatz zu 3,5 Prozent aufgenommen. Ich weiß nicht, warum du mir das zum Vorwurf machst.«

»Ich mach dir das nicht zum Vorwurf.«

Sie zog ein letztes Mal und drückte dann ihre Zigarette im Aschenbecher aus.

»Ich habe alles zurückgezahlt.«

Sie spürte, wie sie wütend wurde.

»Sie hat sich aber ein Auto kaufen wollen.«

»Na siehst du, es geht also doch ums Geld.«

»Nein, es geht nicht ums Geld, sondern darum …«

Worum ging es genau? Sie wusste es nicht so recht, sie hatte sich nie wirklich Gedanken darüber gemacht. Sie hatte es von sich weggeschoben, weil Geld in ihrer Familie kein Thema war. Weil eine Bergmann sich mit einer Bergmann schließlich nicht über Geld stritt.

Sie sagte: »Es geht darum, dass du dir gerade dann das Geld hast borgen müssen, als sie sich ein neues Auto hat kaufen wollen.«

Ging es wirklich darum?

»Weil ich gerade dann das Geld gebraucht habe.«

»Bei mir reicht es nie aus, aber ich habe Mama noch nie um Geld angepumpt.«

Ging es darum, wer in der Familie alles einforderte und alles bekam und wer immer mit leeren Händen dastand? Ging es darum, ewig die jüngere Schwester zu sein?

»Was wirfst du mir eigentlich vor?«, sagte Tanja. »Ich habe das Geld vier Monate später zurückgezahlt.«

Was sie ihr vorwarf? Rücksichtslosigkeit. Dass sie und ihr liebenswerter Gatte auf ihre kleinen, belanglosen Ziele zustapften, ohne nach rechts und links zu schauen. Freilich, ihre Mutter hätte sich das Auto auch vier Monate später kaufen können, nachdem Tanja alles zurückgezahlt hatte. Nur hatte ihre Mutter das Auto vier Monate später nicht mehr gewollt oder zu wollen gewagt, was aufs Gleiche herauskam.

»Ich hab das Geld gebraucht.«

»Wozu?«, fragte sie. »Um dein perfektes Haus zu renovieren?«

»Genau«, erwiderte Tanja. »Um mein perfektes Haus zu renovieren. Ich habe mein perfektes Haus renoviert, und vier Monate später, als ich den Bonus bekommen habe, habe ich ihr die ganze Summe plus Zinsen zurückgezahlt. Und dass sie ihr Auto nicht gekauft hat …«

War typisch für sie.

»Und dass sie sich ihr Auto nicht, und dass sie sich ihr Auto nicht, und dass sie es nicht gekauft hat, ist nicht mein Problem, sondern ihres.«

Sie hätte die Sache auf sich beruhen lassen können. Aber stattdessen machte sie haargenau das, was Tanja auf die Palme brachte. Sie schwieg. Sie stand auf und ging ans Fenster und blickte hinaus. Ihr Herz pochte ihr in der Kehle, aber sie schwieg.

»Was?«, fragte Tanja.

Und sie schwieg.

»Woran denkst du jetzt?«

»An nichts.« Sie schaute auf die Hecken und den Baum, der sich schwarz von der grauen Leinwand der Nacht abhob.

»An etwas musst du doch denken.«

Sie schwieg.

»Willst du mich für dumm verkaufen?«

Und schwieg. Langsam kam die Maschinerie in Gang.

»Ich weiß ganz genau, was du denkst.«

Ah, ja? Umso besser!

»Du denkst, dass Mama nie etwas anderes gemacht hat, als gute Gründe zu finden, um sich alle Lust zu versagen.«

Was? Daran hatte sie bestimmt nicht gedacht.

»Du denkst, dass Mama sich für mich aufgeopfert hat.«

Sie schwieg.

»Mama, das liebe Opfer. Das denkst du doch, nicht wahr?« Tanja war nun auch aufgestanden und ging in der Küche auf und ab.

Sie stutzte. Schaute Tanja an, an der Art wie Tanja dastand, ein klein wenig vorgebeugt, erkannte sie, dass Tanja etwas loswerden wollte. »Du willst mir doch was sagen, oder?«

»Nein«, log Tanja.

»Komm, ich kenn dich, du willst mir was sagen.«

»Vergiss es.«

»Nein, jetzt sag es.«

Tanja schüttelte den Kopf.

»Komm, jetzt musst du es sagen.«

»Mama ist gar nicht, wie du denkst.«

Das wollte sie ihr sagen? Das war ihr großes Geheimnis?

»Keiner ist, wie man denkt, Tanja.«

»Ich meine, sie ist nicht nur Aufopferung.«

»Mhm.«

»Sie hat auch ganz andere Seiten.«

»Also, was willst du mir sagen?«

Tanja holte tief Luft. »Ich habe Mama vor zwanzig Jahren mit einem Mann erwischt.«

»Was?«

»Und das war, glaube ich, weder ihr erster noch ihr letzter Liebhaber.«

Ungläubig hörte sie Tanja zu. Sie konnte es nicht fassen. Ihre Mutter hatte einen Geliebten gehabt. *Ihre* Mutter. Einen *Liebhaber*. Und nach Tanja sogar mehrere. Mehrere Liebhaber. Nicht einen, nicht zwei, mehrere. Ihre Mutter hatte mehrere Geliebte gehabt. Und mit einem davon hatte Tanja sie also erwischt. Sie hatte mit Julia die Schule geschwänzt und war ins Café gegangen, und da saß ihre Mutter seelenruhig, im Café neben der Schule.

»Und was hat sie gesagt?«

»Nichts.«

»Wie nichts?«

»Nichts.«

Sie schüttelte den Kopf. »Okay. Okay. Sie sieht dich, und nichts? Ich versteh das nicht.«

»Was gibt es denn da nicht zu verstehen?«

»Wie, sie saß da? Sie saß einfach so da und hat mit einem wildfremden Mann herumgeknutscht? In dem Café gleich neben unserer Schule? Ich versteh das nicht.«

Sie konnte das einfach nicht fassen.

»Aber was hast du gemacht? Du musst doch irgendetwas gemacht haben.«

»Zuerst habe ich gar nicht begriffen, was das bedeutet. Ich dachte nur: Oh Gott, gleich dreht sie sich um und sieht Julia und mich, dass wir schwänzen, meine ich. Sie hat auch nicht sofort mit ihm herumgemacht. Sie redeten. Mama hat sich immer wieder zu dem Mann hinübergebeugt, so als höre sie ihm aufmerksam zu, aber du hast schon gespürt, dass sie dazu viel zu nervös war. Und dann hat der Typ halt Mamas Brüste berührt.«

»Was? Er hatte ihre Brüste berührt? Im Café?«

»Es war nur eine ganz kurze Berührung. Er hat sie nicht befummelt oder so. Es hätte auch so aussehen können, als streife er ganz zufällig über ihre Brüste. Wenn sie nicht so geschaut hätte, hätte es auch wie ein Zufall aussehen können.«

»Und wie hat sie geschaut?«

»Erregt.«

»Erregt?«

»Sie war total erregt. Und dann hat der Mann ihr etwas ins Ohr geflüstert, und sie hat gelacht. So ein … Du weißt doch, wenn man nervös ist und wegen jedem Dreck lacht. Ja, und dann hat sie sich zu ihm herübergebeugt, und dann haben sie sich geküsst.«

»Aber warum hast du mir das nie erzählt?«

»Ich erzähle es dir doch jetzt.«

»Aber damals, warum hast du mir damals nichts erzählt?«

»Weil du sofort zu Papa gerannt wärst.«

Ja, das war logisch, das war der erste logische Satz seit sie erfahren hatte, dass *ihre* Mutter …

»Und als sie dich dann gesehen hat.«

»Julia hat versucht, mich am Arm nach draußen zu zerren, aber ich konnte einfach nicht aufhören hinzuschauen. Ich meine, man sieht nicht alle Tage, wie ein wildfremder Mann die eigene Mutter in einem Café küsst.«

Irgendwie freute sie das. Irgendwie freute es sie, dass ihre Mutter ihren Vater betrogen hatte. Irgendwie machte das ihr richtig gute Laune.

»Und dann fing die Kellnerin an, laut zu schimpfen, weil ich im Weg stand, und alle haben sich zu uns umgedreht, um zu schauen, was los ist. Und irgendwann hat sich eben auch Mama umgedreht und mich bemerkt.«

»Und dann?«

»Ja, und dann haben wir uns eben ein paar Sekunden angesehen. Und dann nichts.«

»Wie nichts?«

»Nichts. Wir haben uns angeblickt, dann habe ich mich umgedreht und bin gegangen.«

»Wie? Du bist einfach gegangen? Und Mama. Ist Mama dir nicht hinterher?«

»Nein.«

»Wie? Du überraschst sie mit einem fremden Mann, sie sieht dich, und nichts?«

Tanja nickte.

TANJA

SIE HATTEN TAGELANG nicht darüber gesprochen. Tagelang kein einziges Wort. Und dann hatte sie ihre Mutter einfach kurz vor dem Mittagessen zur Rede gestellt.

»Weißt du, was ich sie gefragt habe? Ich habe sie gefragt, warum sie sich ausgerechnet in dieses Café gesetzt hat. Ich meine, das war ganz schön riskant. Weil selbst wenn ich nicht die Schule geschwänzt hätte, hätte sie doch irgendjemand von meinen Freundinnen sehen können. Ich konnte ihr das nicht verzeihen. Ist das nicht verrückt? Sie betrügt Papa, und ich frage sie: Warum setzt du dich in dieses Café?«

Gewisse Fragen stellte eine wohlerzogene Tochter eben einfach nicht. Wie zum Beispiel: Warum betrügst du meinen Vater? Das wäre solch eine Frage gewesen, die ihr Leben hätte verändern können. Aber die traurige Wahrheit war, dass sie die Frage nicht nur nicht zu stellen gewagt hatte, sie hatte sie nicht einmal gedacht. Es schien ihr heute aberwitzig, aber genau so war es gewesen, keine einzige Minute hatte sie sich darüber den Kopf zerbrochen, warum ihre Mutter ihren Vater betrog. Um ehrlich zu sein, war ihr das damals auch vollkommen egal gewesen. Die schmutzige Welt der Erwachsenen, mit ihren Problemen, Verwicklungen und Rätseln, was ging sie das an. Sie war damit fertiggeworden, wie sie seitdem mit allem fertigwird. Sie hatte es von sich geschoben.

»Ich wollte mir von ihr und ihrer Knutscherei nicht meine Ferien verderben lassen. Ich dachte gar nicht daran, dass sie Papa betrügt. Ich dachte nur daran, dass sie mir, wenn das jetzt alles auffliegt, nicht die Reitschule zahlen würden. Und ich wollte unbedingt in diese Reitschule, das kannst du mir glauben.«

Irgendwie hatte es ihre Mutter fertiggebracht, dass sie sogar Mitleid mit ihr hatte. Wie sie dasaß, sehr gerade und doch zusammengekauert, wie vom Leben gebeugt, den Kopf zur Seite geneigt und den Blick auf irgendetwas Vages gerichtet. Tanja musste sich erst selbst verliebt haben, um zu begreifen, dass der Blick ihrer Mutter nicht traurig, sondern verträumt gewesen war. Sie hatte ausgesehen, als sei sie dazu verdammt zu warten, während alle um sie herum lebten, sich amüsierten, genossen. Sie hatte ihre Mutter nur ansehen müssen, um selber flüchten zu wollen, um die gleiche Empörung darüber zu verspüren, dass sich jenseits der Wohnung, dieses gut eingerichteten Gefängnisses, eine Welt erstreckte, die aufregend war, die von Menschen und von Dingen wimmelte, von Ideen, Vorhaben und Zielen. Tanja wollte in die Reitschule, ihr Vater war dabei, sich abzurackern und Geld zu scheffeln, und selbst ihre Schwester mit all ihren Kleinmädchenwünschen … Irgendwie hatte ihre Mutter es geschafft, die Rollen zu vertauschen. Sie war das Opfer ihrer Gefühle und ihr Vater ein gefühlloser Bösewicht.

»Weißt du, was sie mir auf meine Frage geantwortet hat? ›Damit ich euch das Mittagessen pünktlich auf den Tisch stellen kann.‹ Sie ist in dieses Café gegangen, weil sie nicht zu spät zum Mittagessen kommen wollte. Kannst du dir das vorstellen? Sie betrügt ihren Mann, aber das Mittagessen muss pünktlich auf den Tisch. Weißt du, was mich heute im Nachhinein am meisten umhaut? Dass mir ihre Antwort damals logisch erschien. Wie kommt es, dass ich nicht gesehen habe, dass das die Antwort einer vollkommen verstörten Frau war? Das ist, was ich einfach nicht verstehen kann. Dass ich nicht gesehen habe, dass dies das Denken einer vollkommen verstörten Frau war. Logisch, aber verstört. Und auch meine Frage. Vollkommen verrückt. Ich glaube, wir alle waren drauf und dran, fröhlich durchzuknallen. Wenn ich nur an Papas Grillpartys denke. Wenn ich bloß daran denke, wie er immer dagestanden hat. Mit seiner Grillschürze und seinem Grillset aus rostfreiem Edelstahl. Und all seine alkoholisierten Geschäftsfreunde um ihn herum. Kannst du dich erinnern, wie sie über Geschäfte geredet und uns auf den Hintern und Busen geglotzt haben? Und seine langen Vorträge, wie man das perfekte

Steak grillt. Auf beiden Seiten würzen und dann ruhen lassen. Jeden Sommer der gleiche Vortrag.«

Aber es hatte etwas Tröstliches gehabt, etwas Beruhigendes. Die Welt konnte aus den Fugen gehen, aber sie, sie grillten gemütlich. Alles um sie herum hätte einstürzen können, und doch hätte es nicht an den Fundamenten ihrer Familie gerüttelt. Ihr Vater hätte weiterhin den Traum von sommerlichem Glück geträumt, Freunde eingeladen, jede Menge Binsenweisheiten von sich gegeben, sich mit allen äußerlichen Attributen seines stetig wachsenden Wohlstandes umringt, seinem neuen Auto, seiner Schweizer Uhr, seinem elektronischen Schnickschnack, und sich mit seinen zwei süßen Töchtern und seiner hübschen Frau aus gutem Haus drapiert. Und auch Onkel Paul hätte angesichts so viel Gewöhnlichkeit und Prollgebarens seine wohlerzogene Nase gerümpft und vielsagende Blicke mit seiner Anne gewechselt, sobald ihr Vater sich darüber ausgebreitet hätte, »wie man das perfekte Steak grillt«. Die Welt konnte untergehen, aber sie, sie hielten an all ihren Gewohnheiten und Absurditäten fest. Trotz aller sozialen Unterschiede waren ihr Vater und ihr Onkel aus dem gleichen Holz geschnitzt. Und hätte jemand auch nur versucht, all dies in Frage zu stellen oder diesem Mief zu entfliehen, sie hätten ihn schon zu nehmen gewusst und diese Burg, ihr Heim, verteidigt. Das war ihre heile Welt gewesen, aus der ihre Mutter ausgebrochen war. Sie war verliebt gewesen. Nicht in ihren Vater. Sondern in einen Mann, der mit dieser Welt und ihren stillschweigenden Regeln, ihrem Anstand, ihren Animositäten und Reibereien nichts gemein gehabt hatte. Wenn sie an ihre Mutter dachte, wie sie damals gewesen war, so abwesend, so zerstreut, so verliebt, dann konnte sie ihr ihre Verliebtheit auch heute noch nicht verzeihen. Diese Verliebtheit, die ihr die Kraft gegeben hatte, einfach alles wegzufegen, Bedenken, Familie, Unterwerfung, Regeln, Anstand, einfach alles, auch ihre zwei Töchter. Sie hatte ihre Töchter sitzen lassen. Sie war entkommen, hatte sich davongemacht und sie diesem Mief ausgeliefert. Denn in dem geheimen freien Raum, den sich ihre Mutter mit diesem Mann geschaffen hatte, hatte es für sie und Lisa keinen Platz gegeben. Woher sie das so genau wusste? Weil auch sie verliebt war, weil auch sie noch von der letzten Berührung bebte, während sie am Wannenrand saß und Tierstimmen imitierte. Sogar nun, während sie sich mit ihrer Schwester unterhielt, überlegte sie sich, ob sie morgen Nachmittag nicht, statt sofort nach Hause zu fahren … Schuldbewusst schob sie den Gedanken beiseite.

»Und ich renne all die Jahre wie ein gutgläubiges Dummchen herum und bemerke nichts. Dass ich all die Jahre nichts gemerkt habe. Wieso habe ich nichts gemerkt?«

Sie zuckte mit den Schultern. Sie hörte nicht zu. Sie antwortete zwar, aber all die Auslegungen ihrer Schwester, dass es ihr Leben verändert hätte, dass es ihr den Mumm gegeben hätte, alles in Frage zu stellen, dass sie nicht so, sondern so geworden wäre, nicht den, sondern den kennengelernt hätte, nicht das, sondern das gemacht hätte, dass das Wissen um den Betrug ihr Leben hätte auf den Kopf stellen können, all die Hypothesen, wie es hätte sein können, hätte sie es gewusst, all das drang gar nicht bis zu ihr vor. Denn sie dachte an ihren Geliebten. Und dass sie ihn dachte und denken konnte, und was sie überhaupt gerade alles mit ihm erlebte, das hatte nichts damit zu tun, dass ihre Mutter ihren Vater betrogen hatte, sondern damit, dass sie ihren Mann betrog. Ohne einen Funken Schuld zu verspüren. Oder, um ehrlich zu sein, mit genau der richtigen Prise Schuld, genau der richtigen Prise Gleichgültigkeit gewürzt. Am liebsten hätte sie es herausposaunt. Am liebsten hätte sie Philip, der sie gefragt hatte »Warum hast du eigentlich keinen Liebhaber?«, geantwortet, ich bin nicht nur Mitglied im Klub der verheirateten Frauen, sondern seit Kurzem auch Ehrenmitglied im Klub der ehebrecherischen. Ich genieße das Privileg, einen Mann zu lieben und einen anderen zu begehren. Dass sie Denis nicht mehr begehrte, war ihr so klar wie der Umstand, dass sie den anderen nicht liebte. Sie konnte ja nicht einmal seinen Namen aussprechen. Sie tat es nur, wenn sie mit ihm schlief. Sie liebte ihn nicht, weil er ein Mann war, der sich immer nahm, was er wollte, der sich nicht einmal die Mühe machte, sein Verlangen zu verbergen, der sich nie wie Denis hinter seinen Moralvorstellungen, seiner Tugend, seiner Anständigkeit verkroch. Und sie liebte ihn nicht, weil er ihr schon beim ersten Treffen mit einer entwaffnenden Ehrlichkeit erklärt hatte, wer er war. Er hatte seine Frau nach Strich und Faden betrogen, bis sie ihn wohl einmal zu viel erwischt und hinausgeschmissen hatte. »Ich gehöre seit einem halben Jahr der Spezies geschiedener Mann an«, hatte er ihr gesagt und ihr sogleich zwischen Vitello Tonnato und einem gemischten Fischteller erklärt, was für eine Gattung Mann das sei. »Einer, der in einer ziemlich kleinen und preiswerten Dachgeschosswohnung wohnt. Schlafstörungen und Magenprobleme hat. Sich bei jeder Gelegenheit über seine Exfrau und die hohen Unterhaltskosten beklagt und ganz furchtbar seine Kinder vermisst.« Er hatte ihr gesagt, dass er seine Wohnung mit Möbelstücken zum Weiterbasteln eingerichtet habe und seine Wochenenden damit verbringen würde, Kommoden, Schränke und Regale zusammenzubauen, und dass er herausgefunden hätte, dass er das Zusammenbauen von Möbeln liebe. Er hatte ihr gesagt, dass sie ihm, solle sie sich endlich entschließen, seine Einladung anzunehmen, keine Blumen mitzubringen brauche. Er habe keine Vase, dafür aber ein funkelnagelneues, aufklappbares

Bettsofa. Hier war Denis, mit all seinen Zielen, so gewissenhaft, so rigoros, so wachsam. Hier war Denis, mit all seinen rührenden Eigenschaften, seiner Ehrlichkeit, seiner Fürsorge, schon allein, wenn er sie anschaute, fühlte sie sich geborgen. Und dort war ein Mann, der ihr vorschlug, sein aufklappbares Bettsofa auszuprobieren.

Sie hatte ihre kleine Bettsofa-Romanze zwei Wochen hinausgezögert. Zwei Wochen hatte sie sich mit ihren Bedenken herumgeschlagen, war mit ihnen eingeschlafen und wieder aufgewacht, hatte mit ihnen bei der Arbeit gehockt und im Kino, und dann hatte sie ihn angerufen und ihn um seine Adresse gebeten, und er hatte sie ihr gegeben, ohne eine Frage zu stellen und sie hatte kein weiteres Wort verloren und war hingefahren. Um dann dort natürlich erst einmal im Treppenhaus zu verharren. Wie angewurzelt war sie zwischen dem ersten und zweiten Stock stehen geblieben und hatte auf Zeit gespielt. Schon allein dem Taxifahrer seine Adresse anzugeben, hatte sie in Panik versetzt. Kritisch hatte sie das Treppenhaus beäugt. Der Boden war mit grünem Linoleum ausgelegt. Der Handlauf der Treppe war aus grauem Kunststoff. Und auch die Fenster zeugten von mittelmäßiger Qualität. Dass sie selbst im Zustand äußerster Erregung noch fähig war, ein Objekt nach seinem Marktwert zu sondieren! Eine ziemlich dicke Frau war schnaufend die Treppen hinuntergegangen, um sich mit ihrer Last, einer Plastiktüte, bald schon wieder schnaufend hinaufzuschleppen. »Mahlzeit«, hatte sie gesagt und sie misstrauisch beäugt, während sie sich im Geiste immer nur zwei Sätze hatte aufsagen können: Du gehst jetzt weg, du gehst jetzt hoch, du gehst jetzt weg, du gehst jetzt hoch ... Ihr war schwindelig geworden und sie hatte sich am Handlauf festhalten müssen. Und dann hatte sie allen Mut zusammengerafft, den letzten Stock im Laufschritt genommen, atemlos hatte sie bei ihm geklingelt.

Sie war so aufgeregt gewesen, dass sie an ihm vorbei durch den relativ langen Flur sofort auf sein Bettsofa zugegangen war. Der Flur war ihr wie ein Tunnel vorgekommen, und das lichtdurchflutete Zimmer, in das er mündete, hatte sie durch seine Größe überrascht. Sie hatte seine Schritte auf der Diele vernommen und pflichtbewusst mit dem Ausziehen begonnen. Lass mich noch eine Weile ausruhen, hätte sie betteln können, aber ihre Finger hatten schon einen anderen Takt angegeben, hatten sich schon zitternd an den Knöpfen zu schaffen gemacht. Ihre Unbeholfenheit hatte sie verlegen gemacht, aber ihn hatte sie damit entzückt. Auch beim zweiten Mal hatte sie sich nicht viel besser angestellt. Und wieder hatte sie sich darüber gewundert, vor ihrer Bluse und ihrem BH die Hüllen der selbstsicheren Frau abgestreift zu haben. Zwei Monate betrog sie nun ihren Mann, und hätte ihre Schwester sie nun gefragt, wie ihre Mutter damals gewesen war, so hätte sie ihr ohne zu Zögern geantwortet: raffiniert. So makellos, wohlerzogen, freundlich wie eine Frau mit Kinderstube nur sein konnte, und dazu noch raffiniert, hinterlistig und schlau. Niemals war ihr Vater ihrer Mutter gewachsen gewesen. Auf jedem anderen Feld hatte er sich großartig geschlagen, hatte ihn ein unsagbares Glück, gekoppelt mit Ehrgeiz und Unverfrorenheit, zu einem wohlhabenden Mann gemacht. Das Leben ihres Vaters war eine dieser Aufsteigergeschichten, die man sich gerne erzählte, nur mit seiner Frau, seiner Jugendliebe, hatte er Pech gehabt. Ihr Vater hatte ihre Mutter verehrt, bewundert, beschützt und verwöhnt und schließlich unsagbar gelangweilt. Sie wusste heute, wie viel ihr Vater darangesetzt hatte, um in den kleinen vornehmen Kreis der Familie Bergmann aufgenommen zu werden, in den Kreis, in den sie hineingeboren war. Wenn sie sich all die Szenen ins Gedächtnis rief, wie sehr er sich bemüht hatte, einer von ihnen zu werden, war sie auch heute noch beschämt. Er hatte Geld verdient. Viel Geld. Ein Haus gekauft, Kinder gezeugt und war Vereinen beigetreten, hatte sich sogar einige ihrer Familienmanierismen zugelegt, aber je mehr er sich bemüht hatte, seinem Milieu zu entlaufen, desto mehr war er in ihm versackt. Nie war ihr Vater so sehr der Junge aus dem Plattenbau gewesen wie an der Seite ihrer Mutter. Was ihm vor allen Dingen gefehlt hatte? Nonchalance. Aber seien wir ehrlich, wie hätte ihr Vater verstehen können, wie reizlos einer in Wohlstand aufgewachsenen Frau der Wohlstand scheint? Wie hätte er auch nur eine Sekunde ahnen können, wie bereitwillig so eine glaubte, darauf verzichten zu können. Für solche Spitzfindigkeiten war ihr Vater in seiner Jugend zu arm gewesen. Er hatte zu hart arbeitet müssen, um da hinzukommen, wo er sich befand, um den Kitzel, den ihre Mutter bei dem Gedanken verspürt haben musste, für ein kleines Abenteuer alles aufs Spiel zu setzen, nachzuvollziehen. Ihre Mutter hatte natürlich die Armut zu fürchten gelernt. Aber hierfür musste sie erst arm werden.

»Dass ich nichts gemerkt habe.« Lisa war aufgestanden, kramte in einer Schublade nach einem Stift, schrieb etwas auf einen Block, drehte sich dann zu Tanja um und verschränkte die Arme. »Dass ich all die Jahre nichts gemerkt habe. Wieso habe ich nichts gemerkt?«

»Weil du eine nicht zu sättigende Romantikerin bist.«

Sie lachte, aber genauso war es. Lisa hätte sich gar nicht vorstellen können, dass man einen Mann begehren konnte, den man eigentlich nicht schätzte, dass man ihn desto mehr begehrte, je geringer man ihn achtete, dass man ihn gerade deshalb begehrte, weil er all die wunderbaren Charaktereigenschaften, die aus einem Mann einen starken, untadeligen Mann machten, nicht besaß. Dass man ihn begehrte, weil man an seiner Seite genauso klein, genauso schwach, genauso gewöhnlich sein konnte wie er selber. Und genauso im Unrecht! Dass man es genoss, dass er keine Beziehung aufbauen wollte, einen nicht liebte, nicht umsorgte, nicht an Morgen dachte und an eine gemeinsame Zukunft. Dass der einzige Grund, sich mit diesem Mann zu treffen, eine lange Liste von Neins war und ein paar Stunden, die man miteinander verbrachte.

»Und wo ist sie mit dem hin, glaubst du, die sind in einem dieser Stundenhotels abgestiegen?«, fragte Lisa.

»Woher soll ich denn wissen, wo sie mit ihm hin ist.«

Und vor allen Dingen konnte sich Lisa nicht vorstellen, dass eine Frau ihren Mann einfach nur aus Langeweile betrog, womöglich in einem Stundenhotel.

»Bei dir muss es immer gleich die große Liebe sein, was?«

Immer war ihre Schwester unterwegs, immer auf der Suche nach etwas, einer besseren Welt, dem Goldenen Zeitalter, der großen Liebe … Sie sah Lisa zärtlich an. Wie naiv sie war, wie gut, wie schutzlos.

»Du aber auch mit deinen sagenhaften, unerreichbaren Zielen!«

»Du bist doch genauso.«

»Ich?« Sie lachte.

»Du hältst es doch auch nirgends lange aus. Was du erreicht hast, musst du doch auch sofort übertreffen.«

»Nein, nein, nein. Such dir andere Verbündete. Ich

brauche keine unerreichbaren Ziele. Ich finde es da, wo ich bin, recht gemütlich.«

Da, wo sie sich aufhielt, gab es neuerdings auch Platz für eine, die sich aufs Lügen verstand, die sich wie ihre Mutter mit kleinen Spielchen vergnügte. Welche Spielchen sie außer Ehebruch derzeit noch spielte? Die altbekannten. Wenn sie sich auch in einigen zu einer wahren Meisterin entwickelt hatte. Auf ein Spiel hatte sie Onkel Paul vor ein paar Wochen aufmerksam gemacht. Und was er ihr gesagt hatte, hatte sich wie immer festgesetzt. Sie war ihn besuchen gekommen, und Denis hatte angerufen, und sie hatte sich kurz mit ihm unterhalten. »Wenn du nicht aufpasst«, hatte er sie gewarnt, nachdem sie das Gespräch beendet hatte, und über sein Buch hinweg ironisch angesehen, »dann wird das ›Schuldgefühle-Machen-Spiel‹ bei dir noch zur Berufung.« Auf ihre Frage, was er damit genau meine, hatte er sie nachgeäfft. »Könntest du vielleicht«, »Es wäre verdammt nett«, »Wie wäre es, wenn …« »Manchmal denke ich, dass sie den Konjunktiv nur für dich erfunden haben, damit du deinem Mann auf subtile Weise Vorwürfe machen kannst.« Nun, so subtil wohl doch wieder nicht! Obwohl ihr natürlich gar nicht bewusst gewesen war, wie raffiniert sie ihren Mann unter Druck setzte. Sie hatte ihren Onkel angeblickt. Er hatte sich wieder seiner Lektüre zugewandt, aber man konnte richtig sehen, wie sehr er seinen Sieg genoss. Er hatte ihre Verblüffung mit einem kleinen, verschmitzten Lächeln quittiert, das ihm noch in den Mundwinkeln hing. Er hätte noch gerne etwas hinzugefügt, aber ihre Mutter war mit ihrem Schälchen ins Zimmer gekommen, und während sie dem täglichen Wortgefecht über ob er genug Suppe essen würde oder nicht gelauscht hatte, hatte sie begriffen, wozu der Konjunktiv bei ihr diente. Andere bekamen Kopfschmerzen, Muskelverspannungen oder Atemnot. Sie hingegen begnügte sich damit, gereizt auf ihren Mann zu reagieren. Man musste keine Psychodramatherapeutin sein, um zu verstehen, dass sie damit ihr schlechtes Gewissen auf ihren Mann abzuwälzen versuchte. Manchmal kam sie sich wie Dorothy vor, die aus ihrem Dorf in Kansas in das Zaubertal Oz geweht worden war. Manchmal dachte sie, sie müsse sich wie Dorothy auf die Suche nach dem Zauberer machen, der ihr die Rückkehr in ihr Leben ermöglichen würde. Ihr Onkel war krank geworden und konnte nicht zurück. Und sie, wollte sie denn wirklich in ihr alltägliches Leben zurück?

»Ich bin also Meisterin im Schuldgefühle-Machen-Spiel, ja?«, hatte sie ihren Onkel gefragt, nachdem ihre Mutter unverrichteter Dinge mit ihrem vollen Schälchen wieder in die Küche gegangen war. »Und du? Was bist du?« Er hatte ausweichend geantwortet.

»Deine Schwester spielt seit ihrer Jugend ›Akkumulation und Flucht‹. Müsste ich jemandem das Leben deiner Schwester beschreiben, würde ich einfach nur aufzählen. Hundert Männer, sechs Jobs, zehn große Lieben, vier Wohnungen, drei Autos, zwanzig schwarze Kleider, alle aus dem Sommerschlussverkauf ...«

So unverschämt war er, so sarkastisch und beißend, oder besser ausgedrückt, so viel Unverschämtheit und Sarkasmus hatte er nötig gehabt, um ihr und vielleicht auch sich selber vorzumachen, dass er nicht an ihnen hing.

»Und dein Gatte«, hatte er fortgesetzt, »spielt ›Alles ganz wunderbar‹, deshalb liebst du ihn übrigens auch, weil alles immer ganz wunderbar ist. Eure Mutter ist eine trotzige kleine Maus, und ich bin ein harmloser kastrierter Hauskater, der eure kleine Maus von Mutter ab und zu ins Visier nimmt.«

»Und welches Spiel spielst du jetzt?«, hatte sie ihn gefragt, und er hatte geschmunzelt und geantwortet: »Wie wäre es mit einer Partie Canasta?«

Canasta? Wie lange hatte sie das nicht mehr gespielt. Sie hatten Karten geholt, einen Block und einen Stift, gemischt, verteilt und ihm geholfen, sich im Bett aufzusetzen, dann hatten sie lange und hartnäckig gespielt, jeder auf seinen Gewinn bedacht. Öfter hatte ihre Mutter den Kopf zur Tür hineingesteckt, angeblich um nach dem Rechten zu sehen. »Ihr spielt also?«, hatte sie beiläufig gefragt. Sie war dort im Türrahmen stehend, gegen das untergehende, ins Zimmer flutende Licht ein Schattenriss geblieben, aber sie, Tanja, hatte ihr Lächeln aus der Stimme herausgehört. Sie solle ihn gefälligst ihn Ruhe gewinnen lassen, hatte Onkel Paul sie jedes Mal angefaucht, aber auch seine Stimme hatte heiter geklungen. Überhaupt hatte auf der ganzen Szene etwas Unbeschwertes, Ausgelassenes gelegen, hatte sie das Kartenspiel unweigerlich an ihre Kindheit erinnert, aber damals war sie sich des Augenblicks gar nicht bewusst gewesen, hatte sie sich einfach übermütig dem Spiel hingegeben, hatte sie geschummelt, gezankt, gelacht und wie immer verloren. Sie hatte auch diesmal verloren, hatte ihr Portemonnaie geholt und ihm seinen Gewinn ausgezahlt. Sie hatte versucht, den Augenblick in die Länge zu ziehen, noch ein paar glückliche Momente herauszupressen und das Wechselgeld, zwanzig Cents, eingefordert, aber als er ihr die Münze gereicht hatte, war ihrer beider Stimmung schon umgeschlagen und der Zauber verflogen.

Sie hatte ihm von ihrem neusten Spiel erzählen wollen, Ehebruch. Hatte mehrmals dazu angesetzt, sich dann aber doch nicht überwinden können. Wegen seinem Spott, seiner Ironie. Denn als ihre Mutter im Türrahmen gestanden und ihnen zugesehen hatte, hatte Onkel Paul nicht einmal zu ihr aufgeschaut, hatte eine Karte gezogen und wie nebenbei erwähnt: »Ich habe heute Mittag fünf Löffel von dem Brei für sie gegessen. Fünf Löffel, schöne Zusammenfassung von Liebe.« Sie hatte Angst vor diesem Blick gehabt. Und dennoch bereute sie es nun, denn er hätte etwas gefunden, hätte es für sie auf den Punkt gebracht. Verliebt sein, hätte er ihr gesagt, was ist das schon, verliebt sein! Wegen einem kleinen, unbeständigen Gefühl willst du dein schönes Haus aufgeben? Er hätte gespöttelt, er hätte sie belächelt, er hätte sich gesorgt … Ach, sie wusste nicht, was, und sie würde es auch nie erfahren.

»Wie lange hältst du es in einem Job aus? Drei Jahre? Vier Jahre?«

Sie blickte Lisa ins kleine, nachdenkliche Gesicht und strich ihr eine Haarsträhne aus den Augen. Lisa hörte tatsächlich nur, worauf sie aus war. Aber war sie, Tanja, nicht auch so? Achtete sie nicht auch nur auf das, was sie gerade gebrauchen konnte? Und dennoch, wie schnell hatte sich Lisa der Frage entledigt, warum ihre Mutter ihren Vater betrogen hatte. Der Umstand, dass sie nichts gemerkt hatte, schien sie weitaus mehr zu verblüffen als die Tatsache, dass ihr Vater von ihrer Mutter nach Strich und Faden betrogen worden war.

»Ich hab Karriere gemacht. Heute wechselt man eben öfter seinen Job. Das nennt man Karriere machen, weißt du?«

»Alle drei Jahre seinen Job wechseln nennt man also Karriere machen? Komm schon. Du weißt ganz genau, dass du es nirgends lange aushältst.«

Also gut, Lisa, die große Psychodramatherapeutin, wollte sie überführen, und sie, Tanja, würde ihr törichtes Spiel mitspielen und nicht nachgeben und sich der Wahrheit verschließen, so wie es ihre Schwester nun von ihr einforderte.

»Ich finde einfach immer besser bezahlte Jobs.«

»Was du erreicht hast, musst du sofort übertreffen.«

»Ich habe in den letzten zehn Jahren mein Gehalt vervierfacht.«

»Und dein Haus?«

»Was ist mit meinem Haus?«

»Ist das etwa nicht perfekt? Willst du mir weismachen, dass das nicht perfekt ist?«

»Ich bin einfach nur jemand, der viel Geld verdient.«

»Bei dir ist doch alles bis zur Klobrille kompromisslos durchgestylt.«

»Ich bin halt einer dieser gesellschaftlich etablierten Philister. Eine, die mit einem Steuersparratgeber-für-Reiche-Ehemann verheiratet ist. Was?« Sie musste lächeln. »Glaubst du etwa, ich weiß nicht, was ihr alle über mich sagt?«

»Was wir über dich sagen?«

»Tu doch nicht so scheinheilig. Ich weiß ganz genau, dass Onkel Paul sich bei dir darüber beschwert hat, dass ich mit einem Spießer verheiratet bin.«

Sie wusste ebenfalls, dass ihr Onkel sich lange und ausführlich darüber ausgelassen hatte, dass sie derzeit Menschen an die Luft setzte. Sie, die Enkelin eines Blablabla, die Nichte ihres Onkels, die Exfrau eines Genies, das sich für Entwicklungshilfe einsetzte. Dass sie, eine Bergmann, neuerdings auch noch in der Lage war, Menschen dazu zu bringen, die Schuhe unter den Tisch zu stellen, die Kaffeemaschine beiseitezuschieben, um aus dem Fenster zu springen, das hatte er allerdings nie erfahren. Also gut. Nicht nur, dass sie sich mit etwas so Banalem wie ihrem Mann begnügte, nun hatte sie sich auch auf die Seite der Großkonzerne, Großkapitalisten, Großverbrecher geschlagen. Aber welches Recht nahmen sie sich alle heraus, über sie zu urteilen? Was taten sie denn, außer sich aufzuregen? Nicht einmal ihre Kritik an der Gesellschaft waren sie imstande, bis zur äußersten Konsequenz zu Ende zu denken. Mehr als Entrüstung war da nicht. Aber dennoch, dass ihr Onkel bis zuletzt wütend geblieben war und angriffslustig ... Oder eher, dass er sie bis zuletzt so hat irritieren können, dass sie ihn wütend und angriffslustig in einem Schwall von Worten ertränkt hatte. Sie hätte ihm auch sagen können, ich bin gar nicht, wie du mich siehst. Ich bin eine ganz andere. Ich habe mich völlig unerwartet verliebt. Wenn du mich sehen würdest, wie ich mich neben diesem fremden Mann anstelle, du würdest dich vor Lachen krümmen. Aber dann hatte sie sich von seinen ironischen Bemerkungen über ihre Arbeit dazu verleiten lassen, sich mit ihm über etwas zu streiten, was sie beide, seien wir ehrlich, nur peripher berührte.

»Und was ist mit deinen Hausschuhen?«, hatte sie ihn gefragt, nachdem er sich nur so, ohne ihr nahetreten zu wollen, erkundigt hatte, wie man denn schlafen würde, wenn man Menschen wegrationalisiert. »Hast du da schon einmal hineingeschaut? Wo die hergestellt wurden? Bei einem lokalen Schuster etwa?« Sie hatte sich unter das Bett gebeugt und einen seiner Gesundheitsschlappen hochgehoben. »Na, so was! In einem Billiglohnland! Weißt du, wie viel du für diesen Schuhe zahlen müsstest ...«, sie hatte den Schuh in der erhobenen rechten Hand gehalten, wie die Jungfrau von Orléans ihre Fahnenstange, »wenn sie jeden einzelnen Schritt der Produktionskette in Europa durchlaufen würden? Mindestens 500 Euro. Wärst du bereit, das zu zahlen, damit böse Großkapitalisten ihre Produktion nicht in Schwellenländer verlagern? Weil wenn du nicht bereit bist, viel mehr zu zahlen und dafür weniger zu haben ...« Und so war es weiter- und weiter- und weitergegangen, die ganze Volkswirtschaftslehre abtrottend. »Was hast du denn heute?«, hatte ihr Geliebter sie gefragt, als sie ein wenig später bei ihm eingetroffen war, und sie hatte nur wütend den Kopf geschüttelt und sich wütend ausziehen und vögeln lassen und sich dann wütend geduscht. Erst als sie das nasse Handtuch hatte wieder aufhängen wollen und den Halter fast aus der Wand gerissen hatte, war ihre Wut verflogen. Den ganzen Tag über war sie beschäftigt gewesen, hatte sie sich mit so viel Dingen auseinandersetzen müssen, und nun hatte sie nicht mehr gewollt.

»Ich will das einfach nicht«, hatte sie gerufen und auf grüne Badezimmerkacheln geblickt.

»Was willst du nicht?«, hatte ihr Geliebter vom Bett aus mit träger Stimme gefragt.

»Ich versteh nicht, was das soll. Warum er krank geworden ist. Ich will das einfach nicht.«

Er hatte ihr etwas Tröstliches geantwortet. Aber auch das hatte sie nicht gewollt. Sie wollte nichts. Nichts davon. Nicht seine Krankheit. Nicht seinen Anblick. Nicht seine Traurigkeit. Und vor allen Dingen wollte sie nicht, dass er starb. Weder morgen, noch übermorgen, noch in einem Monat oder einem Jahr. Sie wollte nichts von alldem. Nicht dass sich irgendetwas in ihrem Leben veränderte. Und da wir schon einmal dabei waren, wollte sie auch nicht nach Hause fahren und zum Elternabend gehen müssen. Nicht zur Arbeit … Sie hatte keine Geduld mehr, sich mit all den Menschen auseinanderzusetzen, die sie tagtäglich sah. Sie wollte auf keinen eingehen, mit keinem reden, mit keinem scherzen, diskutieren und verhandeln müssen. Und natürlich wollte sie auch nicht, dass sie weinte. Nicht die tröstlichen Worte ihres Geliebten und nicht aus diesem kleinen Badezimmer hinaus. Und hätte sie gekonnt, sie wäre dort sitzen geblieben.

»Wovon, zum Teufel, redest du?«, fragte Lisa.

Sie blickte auf. »Was?«

»Wovon redest du überhaupt? Wer hat was über dich gesagt? Ich? Mama? Wer?«

»Tu doch nicht so scheinheilig«, sagte sie. »Anne hat mir alles erzählt.«

»Was?« Lisa verzog ungläubig das Gesicht. »Was hat Anne dir erzählt?«

»Was Onkel Paul über mich sagt.«

»Was Onkel Paul über dich sagt? Aber er sagt nichts über dich. Nichts.«

LISA

»HAT SIE DICH angerufen, um sich bei dir auszuheulen?«

Tanja schüttelte den Kopf.

»Logisch hat dich Anne angerufen. Sie hat dich angerufen und dir was vorgejammert.«

Sie wusste nicht, was Anne Tanja genau erzählt hatte, aber warum sie es ihr erzählte hatte, darüber bestand kein Zweifel.

»Sie wollte verstehen, warum Onkel Paul zu Mama gekommen ist.«

Sie hätte fast aufgelacht. »Ach ja, und deshalb hat sie dir auch gleich gesagt, dass wir dich alle verachten?«

»Nein. Wir haben zusammen Mittag gegessen ...«

»Du hast sie auch noch zum Mittagessen eingeladen?« Sie blickte Tanja ungläubig an.

»Sie war ein bisschen durcheinander und wollte mit jemandem reden, und dann haben wir ein paar Gläser Wein getrunken, und dann kam halt eins zum anderen.«

»Ich kann dir sagen, was sie wollte, sie wollte dich gegen uns aufhetzen. Das ist, was sie wollte.«

Okay, sie gab es gerne zu, sie war, was Anne betraf, zu

keiner abgewogenen Meinung fähig. Sie glaubte Anne nicht. Ihre Skepsis war sicherlich übertrieben. Aber genau so war es. Sie glaubte ihr kein Wort. Sie musste nur »Anne« sagen und schon fielen ihr zum Beispiel all die süßsauren Bemerkungen ein, die Anne auf dem Umweg über sie oder Tanja an ihre Mutter gerichtet hatte, weil die ach so liebe Schwägerin wieder einmal von ihrem Bruder Geld ausgeliehen hatte, das sie sichtlich nicht gewillt war zurückzuzahlen. Sie, Lisa, war so daran gewöhnt, Anne zu entziffern – die kleinste Kleinigkeit machte sie hellwach –, dass sie vollkommen misstrauisch gegenüber dieser Frau geworden war. Aber war das nicht irgendwie begründet? Hatte Anne je etwas gesagt, ohne etwas anderes zu meinen? Hatte es bei ihr je einen Satz ohne Begleitmusik gegeben? Deshalb hatte sie alle Versöhnungsangebote Annes der letzten Jahre höflich, aber bestimmt abgelehnt. Sie ging, ganz im Gegensatz zu Tanja, nie mit ihr essen. Wozu auch? Um ihr dabei zuzuhören, wie sie sich über Dinge aufregte, die im Grunde ganz belanglos waren? Vielleicht tat sie Anne Unrecht. Manchmal war sie von der Heftigkeit ihrer Reaktion auf diese Frau selber überrascht. Aber unter der dünnen Oberfläche der Gegenwart lagen noch so nah unzählige Szenen ihrer Kindheit. Man musste nur ein bisschen an der Oberfläche kratzen, sie musste nur hören, dass Anne Tanja zum Essen eingeladen hatte, um sie vollzulabern, und schon kamen augenblicklich die

Erinnerungen wieder hoch, und mit ihr ihre Aversion gegen Anne, die Rivalin.

»Sie hat nicht verstanden, warum Onkel Paul zu Mama gekommen ist.«

»Das hat sie dir gesagt? Dass sie verstehen wollte, warum Onkel Paul zu Mama gekommen ist?«

»Es hat sie verletzt. Sie wollte, dass ich mit ihm spreche.«

Eins musste man Anne lassen, sie war ganz schön raffiniert.

»Und?«, fragte sie und legte so viel Ironie wie möglich in die Worte, »hast du mit Onkel Paul gesprochen?«

»Natürlich nicht …«

»Weil wenn du mit ihm gesprochen hättest, dann hätte er dir nämlich gesagt, dass sie ganz genau weiß, warum er zu Mama gekommen ist.«

Woher sie das wusste? Weil sie an der Tür gestanden und gelauscht hatte, als ihr Onkel es seiner Frau erklärt hatte. Sie hatte die beiden leise, aber eindringlich diskutieren hören und der Versuchung nicht widerstehen können.

»Hat sie wieder geweint?«

»Wie bitte?«

»Ob sie geflennt hat.«

»Ach Lisa«, sagte Tanja.

Sie fiel sich ja selber auf die Nerven damit, und trotzdem fügte sie giftig hinzu: »Ich frag ja nur, weil Tränen schon immer ihre stärkste Waffe gewesen sind.«

Sie wusste, sie musste aufhören.

»Was ist los mit dir?«, fragte Tanja und bedachte sie mit einem flüchtigen, müden Blick.

Das war eine gute Frage. Was war los mit ihr?

»Wäre das für dich etwa nicht schwer, wenn dein Mann seine letzten Monate lieber bei seiner Schwester verbringen wollte?«

Sie hatte keinen Mann. Damit fing es schon einmal an. Lisa zuckte mit den Schultern und sagte etwas lahm, pro forma quasi, um auf der ganzen Sache noch etwas länger herumzureiten: »Sie wollte, dass du losziehst und ihn überredest, nach Hause zu kommen.«

»Natürlich wollte sie das«, sagte Tanja, stand auf und ging in den Flur. »Na und?«

Lisa versuchte die Geräusche, die Tanja machte, zu entschlüsseln. Leises Knarzen, sie öffnete die Garderobentür. Geraschel, sie suchte etwas in ihrer Tasche. Sie ging zur Treppe, Knarren des Parketts unter ihrem Gewicht. Es wurde still. Sie wurde nicht müde, Geräusche einer Handlung zuzuordnen. Es beruhigte sie, hierfür ihre ganze Intelligenz und ihre Sinne zu verwenden, sich so zu konzentrieren, dass alles um sie herum für ein paar Augenblicke verblasste. Sie kannte die Geräusche des Hauses seit ihrer Kindheit, oder eher, sie horchte sich seit ihrer Kindheit in dieses Haus hinein. Es schien ihr völlig natürlich, so vollkommen Teil ihres Wesens zu sein, aufmerksam und gespannt hinzuhören, dass sie nicht einmal den allerkleinsten Skrupel dabei verspürt hatte, ihren Onkel und ihre Tante zu belauschen.

»Warum weigerst du dich, nach Hause zu kommen?«, hatte Anne gefragt, und sie, Lisa, hatte aufgehorcht. Nanu, weigern? Das war etwas Neues. Zuvor hatte sie immer erzählt bekommen, dass ihr Onkel bei ihrer Mutter wohnte, weil es schließlich sein Haus war. Weil er den Garten liebte. Weil man vom Erdgeschoss viel leichter auf die Straße und ins Krankenhaus kommen könne. Aber nun sollte es neben all diesen guten Gründen auch noch ein paar verborgene geben?

»Warum kannst du mir nicht verzeihen?«

Erstaunt war sie zusammengezuckt. Ihr verzeihen? Nun war sie wirklich bei der Sache.

»Aber ich habe dir doch schon längst verziehen«, hatte ihr Onkel ausgerufen. »Schon seit Jahren. Weißt du das denn nicht?«

»Das habe ich doch damals nur gemacht, weil, weil, weil …« hatte ihre Tante geantwortet.

Es war Gemurmel gefolgt. Und sosehr sie sich auch angestrengt hatte, so hatte sie doch kein einziges Wort entziffern können. Und als die Stimme schließlich wieder angeschwollen war, hatte sie nur den alten, allzu bekannten Refrain vernommen:

»Du hast mich nie geliebt«, hatte sich Anne in

schmollendem Ton beklagt. »Wenn du mich geliebt hättest, wie sie ...«

Sie hatte im Zittern der Stimme die anrollenden Tränen herausgehört und war ungeduldig geworden.

»Wenn du mich nur ein bisschen so geliebt hättest ...«

»Wie kannst du denn einen Augenblick daran zweifeln«, hatte ihr Onkel eingeworfen.

»Dann wäre ich doch nie zu ihrem Mann gegangen. Nie. Nie ...«

Zu ihrem Mann? Hier waren wir also wieder beim Thema. Sie hatte sich sogar auch noch etwas darauf eingebildet, dort an der Tür auf Posten zu stehen, während aus der Küche das Radio und die Stimmen ihrer Mutter und der Pflegerin bis zu ihr in den Flur gedrungen waren. Sie hatte geglaubt, kurz davor zu sein, endlich etwas zu verstehen, endlich ein wenig Ordnung in diesem perfekt durchorganisierten Chaos zu schaffen, in dem sie all zu versinken drohten, seit ihr Onkel krank geworden war.

»Alle fragen mich immer, warum du bei ihr bist, und ich weiß nicht, was ich sagen soll

»Das ist dein Problem? Dass du nicht weißt, was du sagen sollst?«

Natürlich war das nicht Annes Problem gewesen. Und natürlich hatte ihr Onkel dies ebenfalls gewusst, und dennoch war er bei diesem Satz hängen geblieben.

»Was du sagen sollst? Sag ihnen doch die Wahrheit. Sag ihnen, dass ich zu deiner Schwägerin gezogen bin, deren Mann davon ist. Sag ihnen, ich bin bei ihr, weil sie neurotisch ist und geschieden und sogar ein wenig depressiv, wie du so liebenswürdig warst, mir mein ganzes Leben zu erklären.« Er hatte mit zorniger Stimme fortgesetzt: »Sag ihnen, ich bin hier, weil die Bettwäsche nicht immer passt und verfärbt ist und nie gebügelt. Sag ihnen, dass ich siebenundsechzig werde und mir die Ärzte eine Lebenserwartung von vier Monaten geben und ich ehrlich gesagt darauf scheiße, was du ihnen sagen wirst …«

Das erzählte Anne über ihre Mutter? Dass sie neurotisch war, geschieden und ein wenig depressiv? Wie konnte sie es wagen, so über ihre Mutter zu sprechen! Sie hatte durch den Spalt ins Zimmer gespäht, jedoch nur Annes übereinandergeschlagene Beine gesehen, eher einen zierlichen, braunen Mokassin aus Wildleder, der nervös auf- und abgewippt war, während Anne schluchzte. Und wieder war lange Gemurmel gefolgt.

»Wann kommen denn die Ersatzteile, müssen die nicht heute kommen?«, hatte sie die Pflegerin aus der Küche fragen hören.

»Ja, ich glaube, heute«, hatte ihre Mutter gedankenverloren erwidert.

»Mit der Post?«

»Ja, wie denn sonst?«

Sie hatte sich ganz auf dieses Gespräch im Zimmer zu konzentrieren versucht, aber nur noch ein paar Trostworte aufschnappen können und schließlich ganz deutlich: »Aber warum?«

»Aber warum?«, hatte Anne laut und erstaunt gefragt. Der Mokassin hatte kurz in der Luft pausiert, um sogleich wieder seinen Takt aufzunehmen. »Warum bist du dann bei ihr?«

»Das weißt du doch.«

»Nein«, hatte Anne trotzig zur Antwort gegeben. »Ich weiß es nicht.«

»Ach Schatz. Natürlich verstehst du das«, hatte ihr Onkel einrenken wollen und auf ihr Schweigen sogleich um einen Grad versöhnlicher hinzugefügt: »Komm, lass uns nicht streiten, ja? Du weißt doch, wie schlecht das für mich ist, mich aufzuregen, oder? Komm, sei jetzt ein braves ...«

»Nein«, hatte Anne gekontert, »ich verstehe das nicht. Ich verstehe das überhaupt nicht. Du ziehst einfach hierher, und ich...«

»Hätten die Ersatzteile nicht schon vor einer Woche geschickt werden sollen?«, hatte die Pflegerin insistiert.

»Vor einer Woche habe ich sie doch erst bestellt.«

»Weil ich mich bei dir zusammennehmen müsste«, hatte ihr Onkel auf einmal ausgerufen, und Lisa hatte aus seiner Stimme seine ganze Verzweiflung herausgehört. »Verstehst du das denn nicht?«

»Nein, nein«, hatte Anne trotzig geantwortet, »das verstehe ich nicht.«

»Sind Sie sicher, dass Sie sie nicht schon viel früher bestellt haben?«

»Ja«, hatte ihre Mutter erwidert, »ganz sicher.«

Er hätte Durchfall, hatte er Anne erklärt, und manchmal mache er sich sogar in die Hosen. Er müsste sich auch letztens öfter übergeben und hätte alle Haare verloren.

»Ja und?«, hatte Anne störrisch auf ihrem Standpunkt beharrt.

Bei ihr müsste er nicht ein Musterexemplar von Krebskranker sein. Bei ihr könne er alle Haare verlieren und wütend werden. Bei ihr würde er sich ohne sich zu genieren waschen, pflegen und sogar den Arsch abwischen lassen. Verstünde sie das denn nicht?

Bei ihr? Hatte ihre Mutter nicht wenigstens verdient, dass man sie beim Namen nannte?

»Alle wisst ihr immer, wie man zu sein hat, wenn man Krebs hat«, hatte ihr Onkel gesagt. »Alle, außer meine Schwester. Und weißt du, warum sie mir nicht sagt, was ich tun soll? Weil sie von nichts eine Ahnung hat. Weil sie von allem total überfordert ist und von nichts eine Ahnung hat. Deshalb bin ich bei ihr, verstehst du das jetzt? Weil sie mich abgesehen von ihrem

Brei, mit dem sie mich unbedingt verköstigen muss, in Ruhe lässt.«

»Aber ich würde dich doch auch in Ruhe lassen«, hatte Anne versichert.

»Du?«

»Ich schwöre es Dir. Ich würde …«

Er hatte aufgelacht, und Lisa hatte sich vorgestellt, wie er Annes Wange tätschelte.

»Du würdest sogar noch einen Toten zu überzeugen versuchen, eine neue Chemotherapie anzufangen.«

Er war wieder ernst geworden. Er sei zu seiner Schwester gezogen, hatte er Anne zu erklären versucht, weil sie all das, was von ihm eingefordert wurde, nie gewesen sei. Nie tapfer, nie mutig, nie optimistisch oder all die restlichen idiotischen Attribute, mit denen er sich zu schmücken hatte, seit er krank geworden war.

»Wer verlangt das von dir? Ich? Verlange ich das von dir?«

»Du, die Ärzte, die Krankenschwestern. Alle«, hatte er gesagt. »Alle seid ihr ganz scharf drauf, mir Mut zu bescheinigen. Alle außer Christa.«

Er hätte keine Kraft mehr, hatte er ihr gesagt. Er wolle nicht mehr erzählt bekommen, dass er kämpfen solle. Er hätte keine Lust mehr, zu kämpfen, und selbst wenn er Lust hätte, es würde nichts nutzen. Er wolle die Aufmunterungen nicht mehr hören. Sie wären so absolut das Letzte, was er ertragen könne. Und auch die Fragen, wie es ihm ginge. Er wolle nichts gefragt werden und nichts sagen müssen. Es ging ihm beschissen, und er wolle sich bemitleiden. Ganz besonders wolle er, verdammt noch mal, ruhig in seinem Zimmer, in seinem Bett mit Blick auf Garten deprimiert sein dürfen. Er fände, er hätte seiner Pflicht als glücklicher Krebskranker Genüge getan.

»Es ist wegen damals, oder?«, hatte Anne beharrt. »Das ist doch die Wahrheit, oder? Das ist doch alles nur eine Ausrede, oder? Es ist wegen damals. Ich hätte das doch nie gemacht. Ich wäre doch nie, nie, nie zu ihrem Mann gegangen. Du glaubst mir doch?«

Und wieder hatte der ganze Zirkus von vorne begonnen, aber sie, Lisa, hatte nicht mehr zugehört. Er war also nicht zu seiner Schwester gezogen, weil er Anne nicht ertrug, sondern weil er nicht wollte, dass sie ihn sah. Wirklich sah, so wie er nun war, schwach, gebrechlich, machtlos und, um es auf einen einzigen Punkt zu bringen, auch nur ein Mensch. Er schämte sich vor Anne. Aber wie war das möglich? Vor Anne, die er immer mokant Frau Best-of-CDs nannte. Frau Best-off-Mozart, Frau Best-off-Bach, Frau Best-off-Pavarotti-and-Friends. Vor Anne. Und das nach vierzig Jahren Ehe. Was gab es denn nach vierzig Jahren Zusammenleben noch zu verheimlichen? Und warum? Aus männlicher Eitelkeit? Aus Koketterie? Liebe? Tagelang, wochenlang beschwerte sich ihr Onkel über seine Frau, und nun dies. Aber über wen beschwerte er sich denn nicht? An wem hatte er denn in den letzten Monaten ein gutes Haar gelassen? An ihrer Mutter etwa? An ihr? An Tanja? Der Pflegerin? War es also das, was ihr Onkel Anne hatte sagen wollen und was sie mit einem einzigen egozentrischen »Du liebst mich nicht«-Lamento vom Tisch gefegt hatte, dass er sie liebte und sich ihr deshalb in der kurzen Zeit, die ihm noch verblieb, entzog? Wenn es das war, was er ihr hatte erklären wollen, wie verrückt war dann Liebe. Es hatte geklingelt. Und sie war überrascht zusammengefahren. Nie klingelte es um diese Uhrzeit. Überhaupt kam nie jemand zu Besuch. Ihre Mutter war, tief in Gedanken, zur Haustüre gegangen. Und auch als sie mit einem Paket in der Hand wieder in den Flur zurückgekehrt war, hatte sie nicht zur ihr hinübergeblickt.

»Wer war das denn?«, hatte die Pflegerin aus der Küche gerufen.

»Ich glaube, wir haben die Ersatzteile bekommen«, hatte ihre Mutter erwidert.

Und sogleich hatte Lisa ihrer Mutter das *Wir* übelgenommen. Ein *Wir*, in das man neuerdings auch eine wildfremde Pflegerin mit einbezog.

Lisa konnte sich nun ganz genau erinnern, wie kleinmütig sie sich dort an der Tür stehend vorgekommen war, mit ihren Zweifeln, ihren Vorbehalten, ihrer Empörung. Und sie erinnerte sich auch beschämend genau daran, wie leid sie sich getan hatte. Alle sind mit irgendwas beschäftigt, hatte sie gedacht. Alle gehen sie liebevoll miteinander um. Und du stehst hier ganz alleine im Flur. Sie hatte sich einsam und verlassen gefühlt, wie ein Findelkind im tiefsten Wald. Und voller Selbstmitleid hatte sie auf sich hinuntergeblickt. Dein ganzes Leben hast du den anderen zugeschaut, und was hast du nun davon?

Was war damit getan, dass sie die Schwächen der andern erforscht, ihre Wünsche entlarvt, ihre Ängste entschlüsselt und ihre Lebenslügen durchblickt hatte? Was war aus ihr geworden? Sie war sechsunddreißig. Ledig. Kinderlos. Hatte einen schlecht bezahlten Job, eine Mietwohnung und eine lauwarme Beziehung zu einem lauwarmen Mann. Hier stehst du, klug, aufgeweckt, intelligent, gut aussehend, sexy, humorvoll und charmant, und hast mit deiner Zeit nichts Besseres anzufangen, als deinem Onkel zuzuhören, der seine Frau tröstet.

Es war so offensichtlich gewesen, dass sich hier zwei alte Eheleute ihrer beider Gegenwart erfreuten, dass jeder normal veranlagte Mensch sofort den logischen Schluss gezogen hätte. Nur sie eben nicht. Zu lange hatte sie auf Anne herabgeblickt, als dass sie dort an der Türe lauschend hinter das bestgehütete Geheimnis ihres Onkels hätte kommen können, dass nämlich sein Glück ein ganz banales, alltägliches, kleines häusliches Glück gewesen war, er liebte seine Frau.

Sie ging zum Kühlschrank und holte eine Flasche Weißwein aus dem Getränkefach, die sie mit ihrer Mutter am frühen Abend schon angetrunken hatte, ging damit ans Fenster, schenkte sich ein Glas ein und schaute in den Garten. Sie hatte die Flasche im Supermarkt erstanden. Einen Sauvignon aus Neuseeland. Hätte ihr Onkel gewusst, dass sie neuerdings auch dieses Gebräu vom anderen Ende der Welt trank, dachte sie, während sie das Glas an die Lippen führte, er hätte sich sehr wahrscheinlich über sie geärgert. Der Wein hatte ein angenehm frisches Aroma.

Sie alle hatten ihm wahrlich keine Verschnaufpause gegönnt. Bis zum Überdruss hatte er sich mit seiner Krankheit auseinandersetzen müssen. Und mit ihrer aller Hoffnungen. Und mit seiner Hoffnungslosigkeit. Lisa erinnerte sich an eine kleine Szene. Sie hatte ihn zur Chemotherapie gefahren und wieder abgeholt, und er hatte danach ins Café gewollt. »Ins Café? Bist du sicher, dass das eine gute Idee ist? Ich meine, du hast doch zurzeit gar keine Abwehrkräfte, und du könntest …« Er hatte sein Hemd zugeknöpft und sie reden lassen. Hatte sich das Hemd in die Hose gestopft, sich aufs Krankenhausbett gesetzt und die Schuhe zugebunden. »Bist du jetzt fertig?«, hatte er gefragt, nachdem er auch sein Jackett angezogen hatte. »Können wir jetzt gehen?« Und sie hatte ihn angeschaut und sich entschuldigt.

Sie hatten sich für ein Café vor einem kleinen Park

entschieden und sich ans Fenster gesetzt. Sie waren die einzigen Gäste im Lokal gewesen, hatten Tee bestellt, und ihr Onkel hatte sie gebeten, zum Zeitungstisch zu gehen. Sie hatte ihm ein paar Illustrierte und eine Tageszeitung gebracht, und während er sie durchgeblättert hatte, hatte sie sich ihren Tagträumen überlassen und einer angenehmen Lethargie. Ein wenig abwesend hatte sie die Gesten der Kellnerin mitverfolgt, die am Nebentisch Salz in Salzstreuer gefüllt und dabei einen Schlager gesummt hatte. Früher hatte sie im Garten genauso neben ihm verharrt. Er hatte seinen Liegestuhl vor den Hortensienbüschen, seinem Lieblingsplatz, aufgeklappt, um dort im Schatten der Mauer ein Buch zu lesen, und sie hatte sich ins Gras gesetzt. Es schien ihr, als hätte er ihre ganze Kindheit über neben ihr gelesen und als hätte sie ihre ganze Kindheit über gewartet, dass er das Buch zuklappte, um sich mit einem Lächeln an sie zu wenden. Auch dort im Café hatte sie ungeduldig zu ihm herübergespäht, doch während die Gesten dieselben gewesen waren, war ihr plötzlich aufgefallen, wie dürr seine Arme und Handgelenke geworden waren, wie spitz sein Gesicht, wie sehr die Rippen sich bei jeder Bewegung durch das Hemd abzeichneten. Und sogleich hatte sie gegen ihre Befürchtung angefangen, ihm irgendeinen Mist zu erzählen. Er hatte nicht einmal aufgeschaut, hatte sie nur leicht ärgerlich gefragt, warum sie ihn auch immer stören müsse. Worauf sie erwidert hatte, schließlich sei Familientradition Familientradition. Auch früher hatte sie neben ihm im Gras sitzend auf ihn eingeschwatzt.

Wenn sie an früher dachte, dann lag sie im Gras und sah ein Stück Himmel und Baumwipfel, und ein lauer Wind strich durch das Geäst und ließ die Blätter erzittern. Wenn sie an früher dachte, dann war der Himmel von einem beinahe fleckenlosen Blau, aber zwischen den Zweigen hing schon der rosa Abenddunst, so blass und durchsichtig, als hätte man über die Zweige ein Gazetuch gehängt. Es war noch Sommer, aber die Blätter fingen schon an zu trocknen und man vernahm mit einer gewissen Wehmut in ihrem knisternden Rascheln schon den Herbst. Und auch ein Vogel, der in regelmäßigen Abständen rief, vermischte sich in ihrer Erinnerung mit diesen langen Sommerabenden im Garten, und so, als hätte ihr Onkel sich mit diesem Vogel abgestimmt, blätterte er im Takt dazu seine Seiten um.

»Du siehst alles immer so genau«, hatte ihr Onkel ihr gesagt, als er sie kurz von seiner Zeitung aufblickend dabei erwischt hatte, wie sie verträumt die Gesten der Kellnerin verfolgte. »Du hast eine ganz eigene Art zu sehen. Du siehst viel mehr als alle anderen.«

Sie hatte ihm zugelächelt, und er hatte sich wieder seinem Artikel zugewandt. Und sie hatte ihn beobachtet wie all die Jahre zuvor, nur hatte sich diesmal Wehmut in ihren Blick gemischt und das erste Mal das Wissen um seinen Tod. Es würde also eine Welt ohne ihn geben, so unfassbar, so unwahrscheinlich das ihr nun schien. Aber hier war er ja noch, hatte sie sich sogleich gesagt, hier war er ja noch, wenn auch ein wenig dünner, mit einer ungesunden Hautfarbe, aber ansonsten unverändert.

»Ich habe dir das Bett bezogen. Willst du dich nicht langsam schlafen legen?«

Sie blickte auf und sah ihre Schwester im Türrahmen stehen. Und plötzlich wusste sie es. Aber natürlich! Wieso war ihr das nicht schon viel früher eingefallen.

»Sag mal«, fragte sie Tanja, »hast du eigentlich irgendjemandem damals erzählt, dass Mama einen Liebhaber hatte?«

TANJA

»WIESO FRAGST DU mich das jetzt?«

Sie blickte Lisa mit leichtem Stirnrunzeln an.

»Es muss doch verdammt schwierig für dich gewesen sein, zu wissen, dass Mama Papa betrügt.«

»Ja, klar war das schwierig, aber wie kommst du jetzt drauf?«

Tanja spürte, wie sie rot wurde. Und ihr Erröten hatte nichts mit ihrer Mutter und ihrem Vater und der alten, längst vergessenen Geschichte zu tun, sondern mit dem Wort *schwierig*, mit den *Schwierigkeiten*, in die sie ihre Mutter gebracht hatte und in die sie nun auch ihre Tochter bringen könnte. Es war ihr egal. So gleichgültig wie es ihrer Mutter gewesen sein musste. Sie dachte nicht daran, auch nur einen einzigen Nachmittag auf dem Altar des Anstands zu opfern. Auf eine erschreckende, beunruhigende Weise glich sie hierin ihrer Mutter.

»Ich habe halt eben nur wieder daran gedacht«, erwiderte Lisa.

Sie wusste nicht, warum es sie nun solche Überwindung kostete. Nach all den Jahren. Aber so war es, sie musste sich einen Ruck geben, um zu sagen: »Ich habe es damals Onkel Paul erzählt.«

Sie hatte damals doch nicht gewusst, was sie machen sollte. Sie war vierzehn, das war nicht sehr alt, um mit der Sexualität der eigenen Mutter konfrontiert zu werden. Und mit ihren Lügen und mit ihrer Unzufriedenheit und mit ihrem schlechten Gewissen. Sie war nicht reif genug gewesen, um zu kapieren, was man zusammenfassend wohl menschliche Widersprüche nennen könnte. Sie war ja gerade in das Alter gekommen, in dem man das Leben in Gut und Böse einteilt. In Schwarz und Weiß, wie auf einem Schachbrett. Auf ihrer Palette hatte es viele Farben gegeben, von Zitronengelb bis Kornblumenblau, aber eben nicht die Grautöne des alltäglichen, kleinen, ganz banalen Betrugs. Um ehrlich zu sein, hatte sie ihrer Mutter erst kürzlich verziehen. Zuvor war sie eine lautere, zornerfüllte Tochter gewesen und eine, wie Denis ihr regelmäßig versicherte, hervorragende Ehefrau, tolle Bettnummer und sauschlechte Köchin. Sie war auch eine gute Mutter gewesen, und sie war es eigentlich immer noch.

»Sie hat ihn ja nicht nur einmal gesehen. Sie hat ihn immer wieder gesehen. Sie war ganz wild auf ihn.«

»Woher weißt du das?«

»Ach, vergiss es. Es ist verjährt.«

Die Wahrheit war, dass ihre Mutter sich nicht einmal große Mühe gemacht hatte, ihre Affäre geheim zu halten. Man hatte schon im egozentrischen Teenie-Kreisch-Alter Lisas oder so verblendet wie ihr Vater sein müssen, um die Telefonate nicht mitzubekommen, das Getuschel am Telefon, die Blicke, die Nervosität kurz vor den Treffen und ihre satte Müdigkeit danach.

»Ich war total vor den Kopf gestoßen. Sie hat mich ja auch noch gebeten, es niemandem zu erzählen. Sie hat gesagt, ich würde uns alle ins Unglück stürzen, wenn ich es weitererzählen würde.«

»Das ist wieder einmal so typisch für sie, das alles auf dich abzuwälzen.«

Sie zuckte mit den Schultern.

»Dass sie auch immer damit durchkommt.«

»Sie hat mich die ganze Zeit hingehalten. Sie hat gesagt, sie macht mit dem Mann bald Schluss.«

»Ach komm, wie lieb von ihr.«

»Dass sie ihn bald verlassen würde, aber dass ich mich noch ein bisschen gedulden solle.«

»Gedulden! Das hat sie dir gesagt, gedulden! Dass du dich noch ein bisschen gedulden sollst? Was dachte sie denn? Sie sei die Sprechstundenhilfe beim Zahnarzt und kommt kurz ins Wartezimmer ...«

Sie hatte ihr auch gesagt, dass sie zu jung sei, um zu verstehen, was in ihr vorgehen würde. Sie würde ihn bald verlassen, hatte sie geschworen, aber noch nicht jetzt, sie könne noch nicht. Wenn sie sich überlegte, wie ehrlich ihre Mutter mit ihr damals gewesen und wie verlogen sie ihr gleichzeitig vorgekommen war.

»Sie hat sich wochenlang heimlich mit ihm getroffen,

und ich wusste einfach nicht mehr, was ich tun soll. Ich war vierzehn, Mann. Was weiß denn ein vierzehnjähriges Mädchen schon von der Liebe und der Leidenschaft.« Sie bewegt sich gefährlich nah auf die Wahrheit zu. »Wie das ist, wenn man einen Mann begehrt. Ich habe nur gesehen, dass sie unseren Vater betrügt.« Und sie bewegte sich schnell wieder davon weg und in die Sicherheit der Erinnerung. »Was glaubst du, wie ich mich gefühlt habe, wenn Papa abends nach Hause gekommen ist? Wenn sie so tat, als sei alles normal. Und es war ja auch alles normal. Es war alles wie zuvor. Nur dass sie eben einen Liebhaber hatte. Wenn ich gesehen habe, wie sie mit Papa abends über alles Mögliche gesprochen hat. Ich wäre fast ausgeflippt.«

Sie wollten damals die Wohnung streichen lassen und hatten sich einen Kostenvoranschlag nach dem anderen erstellen lassen. Sie hatte überhaupt, so schien es Tanja, über nichts anderes als über diese Renovierungsarbeiten gesprochen, fast jeden Abend war ihre Mutter mit einem angeblich viel billigeren Handwerker angekommen, den ihr irgendeine Bekannte empfohlen hatte. Wenn sie ihre Mutter und ihren Vater im Wohnzimmer bei einem kleinen Glas Sherry darüber hatte reden hören, wie man vielleicht noch einen Rabatt erhalten könne, war sie jedes Mal wütend geworden. Und hätte sie gekonnt, sie hätte die beiden gezwungen, ihren Kostenvoranschlag in den Sherry zu tunken und zu fressen. Sie wunderte sich nun, wie beherrscht sie damals gewesen war. Eine andere Jugendliche hätte Drogen genommen, sich mit Alkohol volllaufen lassen, was wusste sie, aber sie hatte nach Tanja-Manier nur beschlossen, so schnell wie möglich auszuziehen … aber dann war natürlich alles anders gekommen, ihr Vater war von heute auf morgen abgehauen, und ihre Mutter hatte ihren berühmt-berüchtigten Nervenzusammenbruch gehabt.

»Es gibt diesen Paragraphen bei Wittgenstein«, sagte sie und bemerkte den überraschten Blick Lisas, weil sie, eine Bankangestellte, nicht nur Börsenberichte las. »In dem er erklärt, dass es gewisse Zweifel gibt, die einen verrückt machen können.«

»Ich wusste gar nicht, dass du Wittgenstein liest.«

»Du weißt vieles nicht«, erwiderte sie und wandte ihren Blick kurz und beschämt ab. »Er hat da dieses Beispiel mit einem Kind, dem man einen Schrank zeigt und ›Schrank‹ dazu sagt. Wenn man dem Kind diesen Gegenstand zeigt und ihm immer wieder sagt, dass das ein Schrank sei, dann lässt man es nicht irgendwann daran zweifeln, ob der Schrank vielleicht auch nur eine Art Kulisse oder eine Illusion oder ein Traum sein könnte. Sie hat mir meinen Alltag geklaut, verstehst du? Sie hat mir gezeigt, dass der Schrank nur eine Kulisse ist. Sie hatte mich zweifeln gelehrt.«

Und lügen, fügte sie in Gedanken hinzu.

»Ich war in einer ganz schön schlimmen Verfassung, das kannst du mir glauben.«

Sie hatte ihre Mutter beobachtet, beim Essen, beim Reden, beim Scherzen. Sie hatte sich die ganze Zeit gesagt: Mich kannst du nicht hinters Licht führen. Mich nicht. Ich weiß, dass nichts so ist wie früher, du hast einen Liebhaber.

»Wenn sie mit Papa ausgegangen ist, dann hab ich wirklich gedacht, sie macht das jetzt, um mir etwas mitzuteilen. Sie will mir beweisen, dass alles normal ist. Sie tischt mir jetzt eine Lüge auf.«

»Ich verstehe überhaupt nicht, wie du das ausgehalten hast.«

»Ach, weißt du …«, sagte sie.

»Ich hätte sie gehasst.«

Sie hatte sie auch gehasst. Sie hatte nichts mit ihr gemein haben wollen. Das war nun der größte Witz. Aber obwohl sie von einem tiefen, echten Hass beseelt gewesen war, ja Hass, es gab kein anderes Wort dafür, Hass und Verachtung für die schmutzige Welt der Erwachsenen, hatte sie konstatieren müssen, wie schön ihre Mutter geworden war. Sie hatte sich geöffnet, sie hatte plötzlich diese starke sinnliche Ausstrahlung. Sie war einmal kurz aufgeblüht, um danach endgültig zu verwelken. Denn nachdem ihr Vater die Türe zugeknallt hatte und gegangen war und ein paar Monate später auch noch eine andere Frau kennengelernt hatte, war ihre Mutter zusammengebrochen. Und danach war es irgendwie für sie vorbei. Hatte es sich gelohnt? Würde die gewissenhafte, besonnene Bankangestellte antworten, so würde sie ausrufen: In jeder erdenklichen Hinsicht ein sehr schlechtes Geschäft. Und die sich als relativ unbesonnen herausstellende Ehefrau, Mutter und Geliebte? Was würde diese Frau sagen? Diese Frau hörte neuerdings im Auto, kurz nachdem sie ihre Tochter im Kindergarten abgesetzt hatte, auf der Strecke zur Arbeit, mit einem fast masochistischen Vergnügen Jacques Brels »Ne me quitte pas«.

Laisse-moi devenir
L'ombre de ton ombre
L'ombre de ta main
L'ombre de ton chien
Ne me quitte pas
Ne me quitte pas
Ne me quitte pas
Ne me quitte pas ...

Diese Frau mutmaßte zwar, dass sie nie imstande sein würde, einen Mann anzuflehen, sie nie zu verlassen, dass sie der Schatten seines Schattens, der Schatten seiner Hand, der Schatten seines Hundes sein wolle, ihr fehlte es hierfür nicht nur an der nötigen Liebesfähigkeit, sie hatte hierfür auch zu viel Humor. Aber sie glaubte, und das war neu, dass ein Leben, in dem man dies nicht mindestens einmal gedacht hatte, im alkoholisierten Zustand oder anderweitig berauscht, eine ziemlich lauwarme, schlappe Sache sei. Aber vielleicht schottete sie sich einfach nur mit der gleichen Resolutheit, der gleichen Effizienz und in gewisser Weise auch der gleichen Erstarrung, mit der sie sich zuvor vor ihren Gefühlen verbarrikadiert hatte, vor jeglichem vernünftigen Gedanken ab. Oder vielleicht hatte sie auch nur begonnen, schon ihr großes, flammendes Plädoyer für den Ehebruch vorzubereiten.

»Ich bin dann zu Onkel Paul gegangen und habe ihm alles erzählt. Es war ja nicht so, als wäre ich zu Papa gelaufen.«

Lisa wollte sie unterbrechen, aber sie hatte noch nicht alles gesagt. Es gab da noch ein paar kleine Details, und sie würde sie heute loswerden. Sie würde sie nicht weiter mit sich herumtragen, sie würde diese ganze chaotische Geschichte zu Ende erzählen und sich nicht wieder ablenken lassen.

»Am Abend, als sie den Selbstmordversuch … gut, gut, ich weiß, ihr denkt alle, es war ein Nervenzusammenbruch. Auf jeden Fall, an dem Abend haben wir uns gestritten, ich wollte auf ein Fest, und sie hat es mir verboten, und eins kam zum anderen. Sie war ganz aufgebracht. Ich habe sie noch nie so gesehen. Sie hat regelrecht auf mich eingeschrien. ›Ich habe die Nase voll von euch. Ihr seid alle nur furchtbar und frech.‹ Und ich habe natürlich zurückgeschrieen, dass ich mir von einer, deren Mann abgehauen sei, nichts verbieten lasse und dass, wenn überhaupt hier jemand frech und vulgär sei, es nur sie sein könne.«

Sie hatte ihre Mutter verletzen wollen, und selbstredend war es ihr gelungen. Sie hatte wie jedes Kind Begabung dafür entwickelt, genau die Worte zu finden, die Schmerzen bereiten.

»Ich habe ihr gesagt, dass Papa uns verlassen hätte, um mit einer besseren Frau zusammenzuleben. Mit einer Frau, die ihren Mann nicht betrügt. Sie hat mich angeschaut und den Kopf geschüttelt. Sie hat nur den Kopf geschüttelt, und dann fing sie an zu lachen. Richtig hysterisch. Sie hat gelacht und gelacht und mich eine kleine Idiotin genannt. Sie hat mich immer wieder eine kleine Idiotin genannt, und dann hat sie mir gesagt: ›Er hat mich doch nicht verlassen, weil ich ihn betrogen habe, sondern weil er es erfahren hat. Sie hat gemeint, er hätte sie nur verlassen, weil er es wisse, weil er die Idee nicht hätte ertragen können. Sie hat gesagt, dass Papa nie leiden würde, dass er nur in seiner Eigenliebe verletzt gewesen sei, sonst nichts. Dass man, um zu leiden, lieben müsse. Sie hat mich bezichtigt, ihm alles erzählt zu haben. Sie war ganz aufgeregt und hat geredet und geredet, und ich habe sie angeschrien und sie eine Lügnerin genannt. Ich habe sie angeschrien: ›Lügnerin, du betrügst deinen Mann, und du lügst. Du bist eine elende Lügnerin und betrügst deinen Mann‹, und dann bin aus dem Zimmer gerannt. Und als ich dann zurückgekommen bin, da lag Mama schon bewusstlos im Bett, und dann ging alles ganz schnell, und sie kam ins Krankenhaus, und wir gingen zu Onkel Paul, und als wir alle wieder zu Hause waren, da war sie immer so fragil und überfordert.«

Sie sah, dass Lisa wütend war. »Was ist los? Warum bist du so wütend.«

»Weißt du, wer es Papa erzählt hat?«

»Ja.«

Lisa schaute sie so verblüfft an, dass sie zu ihrem eigenen Erstaunen lachen musste.

»Woher weißt du das?«

»Von Anne.«

»Von Anne?«

»Sie hat mir alles erzählt, als wir zusammen essen gegangen sind. Deshalb wollte sie mich übrigens auch treffen, um zu beichten.«

»Na, da bin ich ja beruhigt. Und hast du ihr deine Absolution erteilt?«

Sie ließ diese Bemerkung nicht zu. »Sie oder Onkel Paul wollten es loshaben. Eigentlich denke ich, Onkel Paul hat sie geschickt.« Sie schaute Lisa an. »Sie hat es bedauert.«

»Aha. So, so.«

Anne hatte sich angestellt wie ein beim Klauen geschnapptes Kind, das vor die Lehrerin treten musste.

Sie hatte auf dem Stuhl gekippelt, war hin und her gerutscht, hatte immer wieder den Kellner gerufen und noch ein Glas Rotwein zu trinken bestellt.

»Ich habe es übrigens schon immer geahnt. Ich meine, ich wusste ja, dass nicht ich Mama verpfiffen habe. Aber ich wollte, dass sie es mir bestätigt und dass sie mir auch erklärt, warum sie zu Papa gelaufen ist.«

»Und warum?«

»Sie hat mehr oder weniger gestanden, dass sie Mama eins hat auswischen wollen.«

»Das hat sie so offen zugegeben?«

»Na ja, mehr oder weniger.«

Sie hatte ihr zu erklären versucht, dass sie ihre Mutter immer nur für überdreht gehalten hatte und für verwöhnt. Sie hätte sich ihr ganzes Leben abgerackert, hätte studiert, Karriere gemacht, und obwohl sie sich angestrengt hatte oder gerade darum, hatten alle ihr immer nur das Gefühl gegeben, dass sie ihrer Kontrahentin, die bewundert wurde, weil sie war, wie sie war, unreif, leichtfertig, verwöhnt und bezaubernd, nie würde das Wasser reichen können. Es hatte sie angekotzt. Und wen hätte es, ehrlich gesagt, nicht angekotzt? Sie hatte ihre Mutter, unstreitig die von allen geliebte Frau, und das auch noch, ohne einen Finger dafür zu krümmen, ein bisschen in den Dreck ziehen wollen. Aber dass sie diese Lawine ins Rollen bringen würde, das hätte sie nie gedacht. Und sich auch nie gewünscht. Und sie hätte, was keine Entschuldigung sein solle, sehr viel für diese Dummheit bezahlt.

Zu ihrer Überraschung war Tanja nicht einmal erbost gewesen, sie hatte sogar Annes Futterneid nachvollziehen können.

»Sie hatte das Gefühl gehabt, dass Mama ihr haushoch überlegen gewesen ist.«

»Ihr überlegen? Mit ihrer Karriere und ihrem tollen Gehalt?«

»Wenn sie Kinder gehabt hätte …«

Kinder, das war der wunde Punkt gewesen, den anzuschneiden Tanja im Restaurant nicht gewagt hatte. Und das war auch das Wort zu viel, das Lisa auf die Palme brachte und über ihre Tante fluchen ließ und sie wieder zu dem zwölfjährigen, schutzlosen Mädchen machte, das mit großen verwunderten Augen zusah, wie die Welt, die es für unveränderlich gehalten hatte, plötzlich zusammenbrach.

»Ach Lisa, lass doch Anne in Ruhe«, sagte sie und wusste im Voraus, dass es zwecklos war. »Was willst du denn von Anne?«

»Was ich von Anne will? Was ich von Anne will?« Sie schnaufte regelrecht. »Ich will sie fertigmachen. Diese verfluchte Schlampe hat unsere Kindheit zerstört. Ich will sie …«

Sie hörte nicht hin. Sie dachte nur an den Moment im Restaurant, als Anne in ihrem Salat herumgestochert und nach Worten für das gesucht hatte, was sie als ihr größtes Geheimnis und ihre größte Schande erachtete. Tanja hatte erstaunlich unbeteiligt diesen Worten gelauscht und sich über sich selbst gewundert, wie wenig sie nach all den Jahren fühlte. Sie hatte sich sogar gelangweilt. Gelangweilt! Das musste man sich einmal vorstellen. Ungeduldig hatte sie auf die in ihre Serviette schnäuzende und unter Tränen beichtende Frau geblickt. Am Nebentisch hatte sich eine Vierzehnjährige wie eine Vierzehnjährige benommen, hatte stumm eine Standpauke über sich ergehen lassen und dann gelassen gefragt: »Kann ich jetzt gehen?« Wie gerne hätte sie dieses Mädchen bei der Hand gefasst und wäre mit ihr aus dem Restaurant hinausgelaufen auf die Straße, ins dichte Leben einer frühen Abendstunde. Das Mädchen war aufgestanden, doch ihr Vater hatte ihr nachgesetzt und sie an den Tisch zurückgeführt. Und wieder hatte die Standpauke begonnen, während Anne erklärte, wie sie ihrem Vater dazu verholfen hatte, ihre Mutter zu überführen. »Ich bin mit ihm einfach ins Café gegangen.« Sie erinnerte sich, wie sie zusammengefahren war. Was? Ihre Mutter war so kopflos, so nachlässig, so sentimental gewesen, mit ihrem Geliebten weiterhin in dasselbe Café zu gehen? Und plötzlich war sie stolz auf ihre Mutter gewesen und hatte begriffen, was Anne so ermüdend machte und ihre Mutter so bezaubernd. Anne verspürte so viele Schuldgefühle und Skrupel wie ihre

Mutter nun gar keine besaß. Sie hatte Anne gemustert, die beschlossen hatte, für das ganze Unglück allein verantwortlich zu sein. Sie hatte für sich also tatsächlich die Hauptrolle des Bösewichts vorgesehen. Schätzchen, hätte sie sagen können, du die Hauptrolle? Mit deinen roten Augen und deiner roten Nase! Du mit deinem Kaninchengesicht und deinen blonden Strähnen! Mit deinen Skrupeln, Gemeinplätzchen und deiner durchtriebenen Sittlichkeit? Wann hast du dich das letzte Mal im Spiegel angesehen? Für wen hielt sich Anne eigentlich, hatte sie gedacht, sich als einzig wahrhafte Ursache allen Geschehens zu erachten? Für die göttliche Vorsehung? Und was war mit ihrer verliebten, kopflosen Mutter, kam ihr denn gar keine Schuld zu? Und was war mit ihrem Vater, der ihre Mutter doch allem Anschein nach vernachlässigt hatte? Und was mit ihres Vaters Unfähigkeit, sich in Frage zu stellen oder seiner Frau ganz einfach nur zu verzeihen? Und was war mit Onkel Paul? Sie hatte mit dem Mädchen am Nebentisch Blicke gewechselt, während über sie beide, so war es ihr vorgekommen, die abgegriffenen Parolen des Anstands gerieselt waren, und hatte an ihren Onkel gedacht. Hätte er nicht wissen müssen, dass Anne zu ihrem Vater rennen würde? Er kannte seine Anne doch nur zu gut, ihren Groll gegenüber ihrer Mutter, ihren Neid. Hätte er nicht jeden einzelnen Schritt voraussagen können? Und seinen Jugendfreund und Schwager, kannte er ihn und seinen berüchtigten Stolz etwa nicht? Wusste er nicht, dass sich ein Junge vom Plattenbau nicht unbestraft beleidigen ließ? Dass ihr Vater ihre Mutter sofort verlassen würde? Und die Schlaftabletten, die ihre Mutter mit ein paar Gläsern Whiskey geschluckt hatte, und die Magensonde und zwei Wochen Krankenhausaufenthalt, hatte er das auch vorhergesehen? Nein, nein, nein, hatte sie dort im Restaurant gedacht, während Anne erzählt, gestammelt und sich ab und zu geschnäuzt hatte, und dennoch war es offensichtlich: Anne war nie etwas anderes als zweite Geige gewesen.

Sie hatte ihrem Geliebten ein paar Stunden später von ihrer Befürchtung erzählt.

»Vielleicht hat er deine Mutter aus ihrer Spießerehe erlösen wollen«, hatte er geantwortet und sie einen Augenblick zu lange angeschaut. Sie war rot geworden. Er wagte schlicht und ohne Umschweife, an ihrer Ehe und Liebe zu ihrem Mann zu zweifeln. Angesichts der Tatsache, dass sie neben ihm nackt auf seinem aufgeklappten Bettsofa lag, kam ihr ihre Empörung selber lächerlich vor.

»Vielleicht dachte dein Onkel wirklich, dass es das Beste für deine Mutter sei. Oder vielleicht wollte er ja auch einfach nur deinen Vater loswerden.«

Ihren Vater loswerden? Und die Familie ruinieren? Aus ihnen Kinder geschiedener Eltern machen? Sie hatte ihn erstaunt angeblickt. Wie konnte er das so gelassen vorbringen, als Scherz, und sich dabei mit kreisenden Bewegungen am linken Oberarm kratzen. Er war aufgestanden, hatte Musik aufgelegt, sich geduscht, und sie war im Bett geblieben, mit seinem Scherz. Wenn das stimmte, hatte sie gedacht, und es hörte sich so richtig an, es hörte sich so verdammt richtig an, dass es schmerzte, wenn ihr Onkel dem Mann, der leider ihr Vater gewesen war, einfach nur eins hatte auswischen wollen … Wenn es einfach nur eine gute Portion echter Männerantipathie gewesen war und eine verdammt gute Gelegenheit, die sie, Tanja, ihm auch noch geliefert hatte. Aber wenn das stimmte, hatte sie gedacht, dann hatte er aus einem kindischen Impuls heraus die Ehe ihrer Eltern zerstört. Und sie, was hatte sie dann noch? Wenn das stimmte, dann waren all ihre Erinnerungen, die ganze Kindheit nur ein Bluff. Dann hatte er sie vielleicht nie geliebt, dann hatte er sich aus Schuld, aus Pflicht so aufopferungsvoll um sie gekümmert, dann war alles, was sie erlebt hatte, vielleicht nur Lüge, Trug und falscher Zauber.

Ihr Geliebter hatte sie überredet, zum Abendessen zu bleiben. Er hatte die Gabe, im rechten Moment das Richtige zu tun. Er hatte gespürt, dass seine dumme Bemerkung sie versteinert hatte, und hätte sich entschuldigen können, aber stattdessen hatte er einfach nur für sie gekocht. Sie hatte den Babysitter angerufen und gelogen, und während sie ein dringendes Geschäftsessen erfunden hatte, hatte sie mit Erschrecken konstatiert, wie einfach ihr derzeit Lügen über die Lippen gingen. Sie hatte sich neben das Fenster gestellt und ihm dabei zugesehen, wie er Saltimbocca alla Romana zubereitet hatte. Er hatte Kalbsmedaillons flach geklopft, sie mit Salz und frisch gemahlenem Pfeffer gewürzt und mit Parmaschinken und Salbeiblättern belegt, Butter in der Pfanne ausgelassen ... Alle seine Gesten waren so ruhig und sicher gewesen, jeder einzelne Schritt so präzise ausgeführt, dass sie sich langsam beruhigt hatte.

Sie hatten stumm und hungrig geschlungen. Sie hatte gar nicht bemerkt, wie hungrig sie gewesen war.

»Also, was ist los?«, hatte er sie gefragt, nachdem sie auch ein Stück Käse gegessen hatte.

Was los war? Es hatte nur dieser Frage bedurft, damit sie ihm das ganze Gedankengeflecht aufwickelte. Verdacht um Verdacht, Behauptung, Gegenrede, Hypothese und Einwand.

»Aber natürlich hat er euch geliebt«, hatte er als Schlusspunkt auf alle ihre Befürchtungen erwidert.

»Ach ja, und woher weißt du das, bitte schön, so genau?«

»Woher ich das weiß? Na, von dir. Merkst du denn nicht, was du seit Wochen machst?«

Sie hatte den Kopf geschüttelt.

»Wer ist regelmäßig zum Elternabend gegangen? Und wer hat dich zum Zahnorthopäden gefahren? Und zum Schwimmwettbewerb? Und zum Volleyballturnier? Deine durchgeknallte Mutter etwa? Dein Vater? Mit wem habt ihr Ausflüge gemacht? Wer hat dir das Fahrradfahren beigebracht? Und Angeln? Und Schach? Mit wem wart ihr bei Vollmond im See schwimmen? Und im Sommer Beeren pflücken? Mit wem habt ihr Marmelade eingekocht? Seit Wochen erzählst du mir deine ganze Kindheit rauf und runter. Merkst du das denn nicht?«

Das alles hatte sie ihm erzählt? Aber wann? Nein. Sie hatte es nicht gemerkt.

»Und immer drehte es sich um wen, bitte schön? Um deinen Onkel.« Er fuhr fort. »Du hattest Masern. Tagelang durftest du nicht aus deinem Zimmer. Und Lisa durfte nicht zu dir hinein. Du hast gedacht, du müsstest für immer und ewig in diesem Zimmer bleiben, Kinder haben kein Zeitgefühl …«

Sie hatte vor ihrem inneren Auge wieder Onkel Paul gesehen und sein verschmitztes Lächeln, als er in ihr Zimmer gekommen war, um ihr zu verkünden, dass er sie leider trotz ihres Fiebers mal kurz lüften müsse. Er hatte sie in eine Decke gewickelt und in den Garten getragen.

»Du hast dich neben deinen Onkel in den Garten setzen dürfen, du hast unter einem Dach von dunkel verästelten Zweigen gesessen und hinaufgeblickt und zwischen den Zweigen den Himmel gesehen. Die lilafarbenen Fliederdolden haben einen Duft verbreitet und …«

Sie konnte sich ganz genau an ihre Unersättlichkeit erinnern, wie gierig sie geblickt hatte. Alles, das blendende Mittagslicht, die Schatten, das Rascheln der Bäume, die vorbeiziehenden Wolken, der Fliederduft, Farben, Gerüche, Töne, all das war so intensiv, so geballt, so hochkonzentriert in sie eingedrungen, dass es geschmerzt hatte.

»Ist das schön?«, hatte ihr Onkel gefragt. Und sie hatte genickt und das erste Mal wirklich bewusst gespürt, dass sie lebte.

Ihr Geliebter war aufgestanden, um den Tisch herumgegangen und hatte sie in den Arm genommen. »Wann ist dein Onkel je nicht dabei gewesen, hm?«, hatte er gesagt, und sie hatte mit einem etwas angeknacksten Lächeln auf das Bett gedeutet. Aber er hatte sich nicht überrumpeln lassen. »Nein, jetzt einmal ernsthaft, welchen wichtigen Moment deines Lebens hat dein Onkel verpasst?«

Sie hatte ihn angeschaut und mit den Schultern gezuckt. Sie hatte sich dagegen gesträubt, aber dann hatte sie doch geweint, ihre Hände vor dem Gesicht zusammengeschlagen und sich dem Schmerz überlassen. Und dennoch hatte sie sich pünktlich um Viertel vor zehn zur Ordnung gerufen, war ins Badezimmer gegangen, hatte ihr Gesicht gewaschen und war nach Hause gefahren, um den Babysitter, eine Medizinstudentin mit knallrotem Haar, abzulösen. Sie hatte das Mädchen bezahlt, sich das letzte Tattoo zeigen lassen (hinter dem Ohrläppchen), hatte sich einen Tee gemacht und war schließlich in den Garten gegangen. Schuldbewusst hat sie auf die Obstbäume geblickt. Seit Wochen schon hatte sie geplant, sie auszulichten, und auch bei den Sträuchern hatte sie die alten Triebe wegschneiden wollen. Die Fenster mussten geputzt werden, und mit dem Auto hätten sie schon längst in die Waschstraße fahren sollen, die Hausklingel war kaputt, und es bestand keine Hoffnung, dass Denis sie je reparieren würde … Sie hatte noch an ein paar andere Erledigungen gedacht, an all die kleinen, nervenden Dinge, die sie von Woche zu Woche aufschob, und plötzlich, während sie an ihrer Wohlfühlkräutermischung genippt hatte, war ihr bewusst geworden, dass eine Aufgabe die andere ablöste, Woche um Woche, Verpflichtung um Verpflichtung, Vorhaben um Vorhaben. Aber hatte sie es nicht so gelernt? Hatte man ihr nicht beigebracht, die Zukunft zu verplanen? Wer stehen bleibt, ist tot. Um konkurrenzfähig zu sein, muss man neue Verhaltensmuster erkennen, Prognosen machen, voraussehen, wachsen, Zukunftsmodelle entwickeln, seiner Zeit vorauseilen, vorauseilen, vorauseilen.

Ihr Mann war gekommen, und sie hatte all die vertrauten Geräusche vernommen. Wie er die Haustüre aufschloss, den Schlüssel auf die Anrichte warf und sie suchte. Schritte, die sich näherten, entfernten, sich wieder näherten, bis sie schließlich hinter ihr zum Halt gelangten. Er hatte sie gefunden, ein kleines zusammengekauertes Etwas in einem dunkelbraunen Polyrattandesignersessel.

»Na, immer noch nicht müde?«, hatte er sie gefragt.

»Doch«, hatte sie geantwortet und war mit ihm ins Wohnzimmer gegangen, ins Schlafzimmer und schließlich ins Bett. Sie hatte an diesem Tag zweimal gevögelt, und zweimal hatte sie danach an die Männer gedacht, die friedlich oder einfach nur postkoital an ihrer Seite dösten. An ihren Geliebten, der sie ganz langsam und gemächlich auf seiner Ikea-Couch ausgezogen hatte, und an Denis, der gar nichts von alldem, was sie in letzter Zeit bewegte, zur Kenntnis zu nehmen schien. Und dennoch hatte Denis sie kurz vorm Einschlafen mit schon breiiger Stimme gefragt: »Wie wär's, du sagst es deinem Onkel …?« Sie war aufgeschreckt. Es ihm sagen? Aber was? Sie hatte aus Angst vor seiner Antwort am nächsten Morgen nicht nachgehakt. Es – nur zwei Buchstaben und so viele Möglichkeiten.

Tagelang hatte der Satz nachgeklungen. Sag es ihm, wie wär's, du sagst es deinem Onkel. Wie wär's, du sagst es ihm.

Sie war schließlich hingefahren. Sie war sowieso schon zu lange fortgeblieben, seit dem Mittagessen mit Anne hatte sie ihren Onkel nicht mehr besucht. Sie hatte mit der Pflegerin geplaudert, sich nach ihrem Sohn erkundigt, der eine Banklehre machte, dann war sie zu ihrem Onkel ins Zimmer gegangen. Was hatte sie ihm eigentlich sagen wollen? Dass sie alles wusste? Dass sie ihm verzieh? Ihn liebte? Ein Gemisch aus alldem. Ein Liebesbekenntnis bester Manier mit Anfang, Mitte, Ende und Katharsis. Doch wie ausgefeilt, tiefsinnig, witzig und bewegend es auch hätte werden sollen, als sie dann vor ihm gestanden hatte, war alles wie vergessen. Er hatte einen schlechten Tag gehabt. Sie war gegen alles gefeit gewesen, aber nicht gegen seine Schmerzen und die Allgegenwärtigkeit seines Körpers. Die Art, wie er dagelegen und in sich hineingehorcht, der neuen anrollenden Welle Schmerz aufgelauert hatte, wie sie ihn überschwemmt hatte, um zurückzuweichen, das alles hatte ihr einen Strich durch die Rechnung ihres großartigen Versöhnungsprogramms gezogen. Das hatte die Krankheit sie auch gelehrt, selbst wenn man es wie sie zu einer gewissen Meisterschaft im Vorausplanen gebracht hatte, warf einen die Krankheit immer wieder in die Gegenwart zurück. Und sie machte einen bescheiden.

Sie hatte einen Stuhl herangezogen und sich neben ihn ans Bett gesetzt. Er hatte Fieber. Wäre sie er, hätte sie ihm in den Rollstuhl geholfen und in den Garten hinausbefördert. Wäre sie er, so hätte sie ihn *gelüftet*, hätte sie gewusst, dass es eine Zeit gab für Worte und eine Zeit für Schweigen, eine Zeit für Liebesbekenntnisse und eine Zeit für Gesten. Aber sie hatte sich von seinen Schmerzen einschüchtern lassen.

Sie hatte gegen ihre Angst angeredet. Sie hatte ihn gefragt, ob er lieber etwas höher liegen wolle, ob sie ihn umdrehen solle, ob das Licht ihn blendete, ob sie ihm ein Glas Wasser bringen, das Fenster aufmachen, die Decke ausschütteln solle. Und er hatte sie reden lassen und sich in sein Schweigen eingeschlossen. Er hatte ihr aus großer Ferne zugesehen, wie sie sich *nützlich machte*, wie sie das Fenster einen Spalt öffnete und wieder schloss, das Kissen ausklopfte, ein Glas Wasser reichte … Ein Falter, der immer wieder gegen eine Glasscheibe flog. Das Fenster, die Decke, die Lampe, sie hatte sich an diesem ganzen Quatsch festgehalten.

Und dann hatte sie losgelassen und war neben ihm sitzen geblieben. Eine ganze Weile lang. »Ich muss jetzt gehen«, hatte sie nach einer Stunde geflüstert, aber keine Anstalten gemacht aufzustehen. Nach einer weiteren halben Stunde hatte sie überlegt, ob sie nicht wenigstens Denis anrufen sollte, sich aber immer noch nicht gerührt. Sie hatte beunruhigt an den Babysitter gedacht, und dann war auch das unwichtig geworden. Aus der Küche war die aufgekratzte Stimme eines TV-Moderators bis zu ihnen gedrungen und hatte sich mit dem leisen Röcheln ihres Onkels gemischt. Und sie hatte dagesessen, als wäre sie Teil des Mobiliars, als wäre sie mit diesem Zimmer voller erlesener Möbel verwachsen, so stumm wie die Dinge und so geduldig.

Natürlich hatte sie ihm kurz bevor sie gegangen war

gesagt, dass sie ihn liebte. Und natürlich hatte er es als das aufgefasst, was es war. Was, du hältst mich also schon für erledigt? Du denkst also wirklich, dass meine Zeit schon gekommen ist? stand so deutlich in seinem Gesicht geschrieben, dass sie errötet war. Er hatte gereizt abgewinkt und sich vor weiteren Liebesbekenntnissen verwahrt. Und ihr mit einem Blick zu verstehen gegeben, dass er für Sentimentalität nicht zu haben sei.

Was immer sie ihm zu sagen beabsichtigt hatte, er hatte es nicht hören wollen. Kein einziges Wort davon. Es hatte sie beruhigt, dass er sie wieder einmal so hatte dastehen lassen, als wäre sie Mitglied der überdrehten, ihn malträtierenden Weiberfront. Also gut, hatte sie, als sie im Auto nach Hause gefahren war, gedacht. Typisch. Ohne Ironie und Kratzbürstigkeit geht es nicht. Er beißt noch zu, alles wie früher. Nur dass sie früher sein schnippisches Verhalten mit einer ironischen Bemerkung quittiert hätte, hatte sie mulmig gestimmt, aber dann hatte eine Bekannte angerufen, um mit ihr den Geburtstag ihrer beider Töchter im Kindergarten zu besprechen, und sie hatte diesen Gedanken zum Glück nicht weiterverfolgen müssen. Sie hatte am Straßenrand geparkt, und gemeinsam waren sie durchgegangen, was mitzubringen sei. Ballons, Luftschlangen, Tischdecken, Saft … Bei den Süßigkeiten hatte sie zu bedenken gegeben, dass man Ärger mit den Biotussen bekommen könne. Sie hatten hin und her diskutiert, immer wieder neue Dinge auf die Liste gesetzt. Zwei Thermosflaschen Kaffee für die Mütter. Kuchen, Kerzen. Das Organisieren dort am Straßenrand hatte sie beruhigt. Sie war darin gut. Sie wusste, wie man etwas schick und feierlich über die Bühne brachte. Schon als Kind hatte sie Girlanden gedreht, Namenskärtchen fabriziert, Kastanien, Muscheln und Blätter gesammelt ... Was hatten sie und ihre Schwester nicht um die Wette gebastelt. Muttertag, Vatertag, Valentinstag, Sommeranfang, Weihnachten, Ostern ... Immer stand etwas an. Und jeder Anlass erforderte eine kleine Tischdekoration. Als ihre Eltern noch zusammengelebt hatten, hatten sie jeden Blödsinn im trauten Kreis der Familie gefeiert, um sich, so schien es ihr heute, hinter möglichst viel Dekor vor allen wichtigen Fragen zu verschanzen. »Es wäre schön, wenn wir einen Fotografen hätten«, hatte die Mutter gemeint. Und sie hatte skeptisch nachgefragt, wie viel der Spaß denn kosten würde. »Ich kenne einen Studenten, der billig ist.« Sie hatte zugestimmt, um wenigstens dieses Thema abgehakt zu haben. Es war sieben Uhr gewesen, schon weit über die Zeit des Badens hinaus, und dennoch hatte sie nach dem Gespräch noch eine Weile dort am Straßenrand verweilt, bis sie ein wütender Fahrradfahrer irgendwann einmal aus ihren Gedanken geklingelt hatte. Sie hatte ihn im Rückspiegel zuerst als kleinen Punkt wahrgenommen und dann als eine orangefarbene Jacke und ein spitzes Gesicht unter einem kornblumenblauen Helm. Sie hatte ihr Fenster heruntergekurbelt. Es gäbe ein Spur für Busse und eine Spur für Taxen, Spuren für Autofahrer und Spuren für … Erstaunt hatte sie ihn angeblickt und entschuldigend die Hände gehoben, aber gedacht hatte sie – und es waren die Worte ihres Onkels gewesen –, dass dies wohl die dümmste Einteilung der Welt seit Wochen sei.

Sie hatte auch sich mit den Augen ihres Onkels gesehen. Na, hatte sie mit seinen Worten gespöttelt, du hast dir wohl meinen Abgang etwas würdevoller vorgestellt, was? Mit einem erbaulichen Gespräch, ein paar feierlichen Erklärungen. Hatte sie wirklich in solchen Begriffen gedacht? Hatte sie wirklich gehofft, dass sich irgendetwas Besonderes ereignen würde? Tagelang hatte sie sich in den aberwitzigen Hypothesen verloren. Ja, sie hatte Zusammenhänge aufzuschlüsseln versucht, Ordnung schaffen wollen. Aber was war denn nun die unverschleierte Wahrheit, die sie erwartet hatte aufzudecken? Eine Wahrheit mit sauberen Konturen, klaren Umrissen, wie in Stein gemeißelt. Und wenn es überhaupt gar kein Geheimnis gab? Keine versteckten Absichten, die ihr Onkel dazu bewogen hatten, Anne über den kleinen Seitensprung ihrer Mutter aufzuklären? Wenn es gar nichts Großartiges gewesen war, nichts anderes als Leichtsinn? So etwas Banales wie Klatschsucht vermischt mit einer guten Portion Biederkeit. Die Wahrheit war, und es erstaunte sie selbst, dass es keine Rolle mehr spielte. Die Wahrheit war, dass alles, was sie ihm hatte sagen wollen, dass sie um seinen Verrat wusste und ihm verzieh, weil sie ihn liebte und schätzte, nichts daran ändern konnte, dass eine bösartige Geschwulst in seinem Organismus wucherte. Die Wahrheit war, dass er sich davonmachte. Und es gab im Hintergrund keinen Sonnenuntergang und keine romantische Begleitmusik. Er machte sich davon, und sie, Tanja, sah ihm stumm und fassungslos dabei zu.

Sie hatte sich mit dem dümmsten, dem verbrauchtesten aller Sätze von ihm zu verabschieden versucht. »He, weißt du eigentlich, dass ich dich liebe?«, hatte sie in scherzhaftem Ton der im Halbdunkel liegenden Silhouette von der Tür aus zugerufen, und der Ton hatte weder ihn noch sie trügen können. »Wie viel Uhr ist es eigentlich?«, hatte er als Antwort gefragt, und der stumme Vorwurf hatte aus jedem einzelnen Wort durchgeschimmert. Sie hatte auf ihre Armbanduhr geblickt und scheinbar ruhig, scheinbar gelassen »Sechs Uhr« gesagt. Die Pflegerin war ins Zimmer gekommen und hatte an ihren Ton anknüpfend mit fröhlicher Stimme gefragt, was er denn heute Schönes essen wolle. »Kuchen.« »Kuchen?«, hatte die Pflegerin erwidert und gelacht. Und sie, Tanja, hatte voller Neid auf diese gutmütige Frau geblickt, der es so leichtzufallen schien, mit ihrem Onkel zu scherzen. Mühelos hatte die Pflegerin geplaudert, während sie, Tanja, kein Wort gefunden hatte, nichts von dem, was sie gesagt hatte, mit dem zusammengefallen war, was sie fühlte, sah, und fürchtete. Wenn man in solch einem Moment keine Worte findet, hatte sie gedacht, wozu soll dann Sprache überhaupt gut sein. Aber auch das war nur noch so eine Wahrheit. Und auch sie war ungenau. So viel Ungenauigkeit, so viele Lügen, so viele Ausflüchte, hatte sie gedacht. Aber auch das waren nur Worte, und auch sie spielten nun keine Rolle mehr.

LISA

SIE HÖRTE SICH über Anne schimpfen, und sie wusste, dass es eine Ablenkung war. Und sie wusste, dass es Tanja anödete, und dennoch sagte Tanja nichts, ließ sie einfach über Anne herziehen, als wäre das die Lösung. Sobald sie sich in ihre Wut einschloss, verfielen alle um sie herum in diese Passivität. Als hätten sie sich abgesprochen, setzten sie alle diese gleiche Maske auf und schauten ihr gelangweilt dabei zu, wie sie sich ereiferte. In puncto Entrüstung blieb sie unübertroffen, wie ihr Onkel immer behauptete. Sie konnte sich ohne Vorlage über die Dummheit der Welt echauffieren, über überzogene Gebühren am Geldautomaten, über radioaktiv verseuchtes Wasser, die Ölkatastrophe im Golf von Mexiko, diese scheißpopulistischen Euro-Kritiker, die in Finnland die Parlamentswahlen gewonnen hatten, oder einfach nur über die gute alte Anne, ein unerschöpfliches Thema. Sie blickte zu Tanja herüber, die verstohlen den Titel einer Illustrierten las. Nicht weiter verwunderlich, weil selbst sie Annes lange Mängelliste langweilig, bieder und abgelutscht fand. Sie führte dennoch ein paar weitere Argumente ins Feld und las dabei: *Leonor – Spielball im Machtkampf um die Krone!*

Nur sie kann Albert jetzt trösten. Ihr Herz wollte heim zu Richard.

»Du hättest nicht hingehen sollen. Du hättest dir doch denken können, dass Anne etwas ausheckt.«

Tanja schwieg. Ihre Augen waren immer noch gesenkt.

»Ich meine, wir kennen sie doch, oder kennen wir sie etwa nicht?«

Tanja schaute auf, »Was? Ja, ja«, und richtete ihren Blick auf das Landschaftsbild, ein Familienerbstück, das, so Onkel Paul, nichts in einer Küche zu suchen hatte. Aber dort hing es nun einmal und war seit vielen Jahren ein willkommener Grund zum Disput. Früher hatte sich Tanja mit haargenau dem gleichen, etwas abwesenden, etwas spöttischen Ausdruck in dieses Bild versenkt, wenn sie abends mit ihrem Vater hatte sprechen müssen. Kaum hatte das Telefon geklingelt, immer zur unpassenden Zeit – aber hatte es für ihren Vater je eine passende Zeit gegeben? –, hatte sich Tanja mit ihrer »Mit Papa am Telefon reden müssen«-Grimasse genau dort hingesetzt und genauso auf dieses Bild gestarrt. Während Lisa sich bei jedem Gespräch gezwungen gefühlt hatte, die Dinge richtigzustellen, und sich in endlose Diskussionen über den letzten Scheißdreck hatte einlassen müssen, hatte Tanja so gelassen dagesessen wie jetzt: abwesend, das Kinn lässig auf den Handballen gestützt, die zwerghafte Erscheinung der drei Wanderer beäugend, die vor einem Wald mit Eichenbäumen standen, die sich zur Bildmitte hin staffelten. In ihrer Erinnerung rief ihr Vater immer kurz vor dem Abendbrot an – obwohl, so oft wird er nicht angerufen haben – und gab sich endlos Mühe, wenigstens einen gescheiten Satz aus ihnen beiden herauszulocken. Aber auch das war, sie wusste es, ein verschönerndes Zerrbild der Wirklichkeit. In ihrer Erinnerung hatte sie sich nach einem Streitgespräch mit ihrem Vater, das unausweichlich mit einem resignierten Seufzer und einem »Gib mir jetzt Tanja« endete, neben ihre Schwester gepflanzt, um ihr dabei zuzusehen, wie sie ihrem Vater den Gnadenstoß versetzte. Jedes Wort ein präziser Stich in den Spalt zwischen die Schulterblätter, bis tief ins Herz. Tanja wiederholte immer wieder die gleiche Prozedur. Ihr Vater fragte, und sie antwortete gehorsam und kränkend kurz.

»Und, schikaniert dich dein Lateinlehrer noch?«

»Nein.«

»Wann ist dein Volleyballturnier?«

»Mittwoch.«

»Abends?«

»Um fünf.«

»Ich versuche zu kommen, aber ich habe eine wichtige Besprechung.«

»Gut.«

Sie konnte sich erinnern, wie hingerissen sie von Tanja gewesen war, von ihrer Einsilbigkeit und ihrer

Technik, ihren Vater für all die Fragen zu strafen, die doch nur davon zeugten, wie wenig er von ihnen wusste, obwohl er natürlich von ihrer Mutter heimlich auf dem Laufenden gehalten wurde. Wenn sie beide ihrem Vater doch damals wenigstens zugebilligt hätten, dass er sich Mühe gab, so lächerlich seine Versuche auch gewesen sein mochten. Wenn sie doch wenigstens anerkannt hätte, dass er weiterhin anrief, trotz ihrer aufbrausenden Art und Tanjas Einsilbigkeit! Aber sie hatte ihrem Vater nicht die geringste Chance gelassen. Sie hatte ihm sogar einmal gesagt, als er ihr einen Zelturlaub nicht auf der Stelle hatte zahlen wollen, dass er zum Teufel gehen könne. »Danke, danke, danke«, hatte sie in den Hörer gebrüllt, »dass du weg bist. Danke, danke, danke, dass wir nicht mehr mit dir leben müssen. Und vor allen Dingen danke, danke, danke, dass du dir eingeredet hast, dass es besser für uns ist, mit Onkel Paul zu wohnen.« Das war, als ihre Mutter noch im Krankenhaus gelegen hatte, gleich nach ihrem *dummen Unfall*.

»Ein klein bisschen Gelassenheit würde dir manchmal guttun«, hatte letztens ihr Freund gesagt, als sie sich mit der gleichen Wucht gegen die Post ereifert hatte, die aus betriebstechnischen Gründen genau an dem Tag geschlossen war, an dem sie einen Einschreibebrief hatte verschicken müssen. War sie inspiriert, fand sie an ihrem ganzen Alltag etwas zu bemängeln, und hätte sich einer die Mühe gemacht, ihr zuzuhören, so hätte sie ihn mit einer genauen nörglerischen Beschreibung ihres Tagesablaufes versorgt. Sie schimpfte auf die Änderungsschneiderei, und sie schimpfte auf den Straßenverkehr, und sie schimpfte auf die Post und auf den aufgeweichten Pizzaboden im Pizzapappkarton. Sie wusste es ja selber. Gelassen gäbe sie eine bessere Spielgefährtin ab. Zuweilen wünschte sie sich auch wirklich, etwas gelassener zu sein, wenn auch nicht so besonnen und gleichmütig wie Alexander, den sie insgeheim schon begonnen hatte, als ihren zukünftigen Exfreund zu erachten. An seiner Seite leuchtete sie geradezu vor Leidenschaft, und gelegentlich fürchtete sie, dass dies sein größter Reiz für sie war. Vor ein paar Wochen jedoch hatte ihr Alexander auf seine ruhige, gelassene Art einen schwungvollen Dämpfer verpasst. Sie hatte ihm von dem kleinen Alkoholproblem erzählt, das ihre Mutter neuerdings hatte.

»Also hat sie jetzt eins oder nicht?«, hatte er wissen wollen und von seinem Roman aufgeblickt.

»Wie man es nimmt.«

Er hatte sich eine Zigarette angezündet, was er selten machte, und sie dann gefragt: »Hat sie Kreislaufstörungen?«

»Nein.«

»Irgendwelche Entzugserscheinungen?«

Sie hatte mit dem Kopf geschüttelt.

»Ist ihr Tagesablauf nach dem Alkohol ausgerichtet?«

»Du scheinst dich ja auszukennen«, hatte sie gesagt, und er hatte geantwortet, dass seine Mutter Alkoholikerin gewesen sei, und sie war erschrocken, wie wenig sie über ihn wusste und wie wenig, seien wir ehrlich, sie auch wissen wollte.

»Du bist doch sicher schon zu ihrem Arzt gegangen, oder?«

»Ja.«

»Und was hat er dir gesagt?«

»Dass ich sie in Ruhe lassen soll.«

»Und was wirst du tun?«

Sie hatte keine Ahnung.

»Wie wär's«, hatte er gefragt, »du würdest über deinen eigenen Schatten springen und warten und zuschauen und nichts tun.«

Sie, nichts tun? Für wen hielt er sie, etwa für ihn?

»Du kannst nicht alle retten, ich weiß, dass du das willst, Lisa, aber es geht nicht.«

»Ah ja, aber meine Mutter ist nicht unbedingt alle.«

»Ich bewundere dich sehr, Lisa, wirklich, aber manchmal freue ich mich regelrecht, nicht du zu sein. Manchmal stelle ich mir dein Leben einfach nur furchtbar mühselig vor.«

Sie hatte ihn überrascht angeschaut und war mit ihrer Überraschung noch nicht ganz fertig gewesen, denn er hatte hinzugefügt: »Kotzt es dich nicht an, so verantwortungsvoll zu sein? Kotzt du dich nicht manchmal selber an?«

»Ich glaube, wir sollten dieses Gespräch beenden«, hatte sie gesagt.

Und er hatte nichts lieber getan als das, hatte sich wieder seinem Computer zugewandt, während sie in die Küche gegangen war, um eine halbe Flasche Montonico Bianco aus den Abruzzen zu kippen.

Die Ironie des Schicksal wollte es, dass sie eine Woche später fast den identischen Dialog mit Tanja geführt hatte, wenn auch mit vertauschten Rollen.

»Du und Mama, ihr habt heute Abend bestimmt zwei Flaschen getrunken. Trinkt Mama eigentlich jeden Abend so viel?«

»Frag mich doch gleich, ob sie ein Alkoholproblem hat«, hatte sie entgegnet.

»Und, hat sie eins?«

»Besser als Beruhigungspillen ist das allemal.«

»Das kann doch nicht dein Ernst sein!«

Tanja hätte fast ein Rotlicht übersehen und hatte scharf gebremst. Sie hatte Lisa nach einem langen und eigentlich auch recht fröhlichen Abend bei ihrer Mutter nach Hause gefahren.

»Sie trinkt also. Willst du damit sagen, dass sie trinkt? Und seit wann trinkt sie, wenn ich fragen darf?«

»Seit ein paar Monaten.«

»Und das sagst du mir nicht? Warum, verdammt noch

mal, sagst du mir so etwas nicht? Bist du verrückt geworden? Hast du vergessen, wie labil Mama ist?«

»Warum ich dir nichts sage?«

Im Radio hatte der King of Pop »Don't stop 'til you get enough« zu trällern begonnen.

»Weil mich Mama darum gebeten hat, darum. Sie hat keine Lust auf deine Moralpredigten. Sie hat so schon genug um die Ohren, und sie wollte sich nicht auch noch vor dir rechtfertigen müssen.«

»Moralpredigt? Moralpredigt?« Tanja wäre fast an diesem Wort erstickt. »Sag mal, ihr seid wohl beide nicht ganz bei Trost!«

»Was löst denn bei dir Besorgnis aus«, hatte sie gekontert, während Michael Jacksons hohe Stimme zum Refrain ansetzte, »dass sie trinkt oder dass sie deprimiert ist? Falls es die Trinkerei ist, so kann ich dich beruhigen. Sie hat noch kein wirkliches Alkoholproblem.«

»Ah, wie schön, dann kann ich mich ja entspannen. Du bist also zum Arzt gegangen?«

»Ja. Und er hat mir geraten, sie in Ruhe zu lassen.«

»Du bist nicht ganz bei Trost«, hatte Tanja kopfschüttelnd geantwortet. Und als sie ihr vorgeschlagen hatte, ihrer Mutter einfach zu vertrauen – hätte Alexander ihr das vorgeschlagen, sie hätte ihn zerrupft –, hatte Tanja sie schlicht und einfach eine Vollidiotin genannt.

Sie hatten hin und her gestritten, ob man nun den

Dingen ihren Lauf lassen solle oder nicht, und am Ende hatte sie ihrer Schwester genau das vorgeworfen, was Alexander auch ihr vorgehalten hatte, nur dass sie eben nicht Alexander war. Sie war einfühlsamer. Klarsichtiger. Und erbarmungsloser.

»Gehst du dir denn nie auf die Nerven mit all deinen guten Absichten?«, hatte sie gefragt und sogleich hinterhergeschickt: »Und mit deiner Machtbesessenheit.«

»Machtbesessenheit? Du wirfst mir Machtbesessenheit vor?«

»Ja, genau, das tue ich.«

»Das Gespräch ist beendet.«

»Nein«, hatte sie widersprochen, »das ist es nicht.«

»Ich habe dir nichts mehr zu sagen.«

»Siehst du, wie immer. Du entscheidest, wann das Gespräch zu Ende ist. Du hast keine Lust mehr, also ist das Gespräch beendet.«

»Du willst also, dass wir weiterreden?«

Tanja hatte am Straßenrand geparkt, sich zu ihr umgedreht und sie mit diesem ihr sehr wohlbekannten Große-Schwester-Blick anvisiert. Leicht spöttisch, ein wenig ungeduldig, ein wenig vorwurfsvoll. Und sie hatte genickt. Genau das wollte sie, weiterreden. Ja. Und eigentlich wollte sie es schon seit Wochen, wenn nicht schon seit Jahren.

»Ich werde dir mal sagen, was ich denke, du kleiner Schöngeist mit all deinen fortschrittlichen Ideen ...«

Es fing also an. Nun gut, sie war gewappnet. »Seit Jahren tust du nichts anderes, als an allem und allen herumzukritteln. Nichts ist dir recht, nichts ist dir progressiv und schön und geschmackvoll genug. Wenn man dir zuhört, hat man das Gefühl, dass du von einem feindlichen Bataillon von Spießern umzingelt bist, die einzig und allein eine Aufgabe in ihrem Leben haben: dich zu ärgern. Du denkst, dass ich den Familientyrann markiere? Dass ich mich aufblähe und für unentbehrlich halte? Es wird Zeit, dass du aufwachst, meine Liebe, denn während du all deine feinsinnigen Reden schmeißt, habe ich einiges vollbracht. Ich habe keine Zeit für Tiefsinn.«

Was sie bei Tanja am schlimmsten fand, war, dass sie ihre Prinzipien, so achtbar sie auch sein mochten, nie in Frage stellte.

»Es gibt einen Punkt«, hatte sie gesagt, »da kann man nicht mehr mit dir diskutieren.«

»Hier geht es nicht um Diskussion, Schätzchen«, hatte Tanja versetzt, »sondern darum, was ich alles geleistet habe, damit du in höheren Gefilden umherschlendern und in deinen Gemütsbewegungen schwelgen kannst. Während du dir mit Mama ein Gläschen Weißwein gestattest und in der Küche hockst und tiefe Seufzer ausstößt, habe ich drei Monate Corinna bezahlt. Wie kannst du es wagen, mir mit irgendwelchen Vorwürfen zu kommen?«

»Ich habe keine Angst mehr vor dir.«

»Was?«, hatte Tanja verdutzt geantwortet. »Du hast ja einen Knall.«

Es hörte sich vielleicht abwegig an, aber genau so war es gewesen, sie hatte sich von Tanja befreit. Früher hatte Tanja sie mit ihren Argumenten mundtot machen können, aber das war nun vorbei. Es gab nur zwei Menschen, die solch einen Einfluss auf sie hatten, und sie waren weder ihr Vater noch ihre Mutter. Auf eine verschrobene Art hatte sie ihre Eltern durch Onkel Paul und Tanja ersetzt. Ihr Onkel war nun tot, und Tanja … Dort im Wagen war ihr das Ausmaß von Tanjas Selbstüberschätzung bewusst geworden.

»Du glaubst doch nicht allen Ernstes, dass Mama und ich ohne dich aufgeschmissen sind, oder etwa doch?«

»Worauf willst du hinaus?«, hatte Tanja sie müde gefragt.

Worauf sie hinauswollte?

»Was hast du denn all die letzten Wochen wirklich Wichtiges für uns gemacht?«

»Zum Beispiel drei Monate lang brav die Pflegerin bezahlt.«

»Ja, okay, aber ich meine außer zahlen. Was hast du außer zahlen gemacht?«

Darauf wollte sie hinaus.

»Bist du gekommen? Hast du geholfen? Was hast du denn außer die Pflegerin zu bezahlen wirklich gemacht?«

»Sag mal, in was für einer Welt lebst du eigentlich? Die finanziellen Sorgen, das ist für dich gar nichts?«

»Wir hätten es auch ohne deine sehr generöse Geldspritze geschafft.«

»So, so. Das hat mir aber keiner gesagt. Aber vielleicht habe ich ja Mamas Bitte, die Kosten zu übernehmen, falsch verstanden.«

Nein, das hatte sie nicht. Und auch die restlichen Dinge, die Tanja sagte, waren ziemlich fundiert. Und trotzdem musste sie sich dazu anhalten, auf Tanja einzugehen, geduldig zu bleiben, zuzuhören und Tanja ausreden zu lassen.

»Dir war das immer recht, dass ich den ganzen bürokratischen Scheiß übernehme. Du und Mama, ihr habt euch auf mich verlassen. Ihr habt eure Witze darüber gerissen, dass ich so ordentlich und spießig bin, aber im Grunde war es euch recht, dass ich der kleine zuverlässige Soldat bin, der alles regelt.«

Der alles regelt? Worüber redete sie überhaupt?

»Weißt du, wer dafür gesorgt hat, dass du im Sommer nach England fahren konntest? Du glaubst wohl, dass das Mamas Idee war? Dass sie es war, die sich darum gekümmert hat, dass du deine Gastfamilie wechseln kannst? Ich war das. Alles ich. Eine Sechzehnjährige, die eine Vierzehnjährige wegschickt. Weißt du, warum? Weil ich dich abschirmen wollte, weil ich dachte, dass wenigstens eine von uns etwas Luft schnappen soll. Ich habe dich weggeschickt, damit du nicht mehr in diesem versauten Haushalt leben musst, mit den vollen Aschenbechern und dem vollen Schmutzige-Wäsche-Korb.«

Sechs Wochen bei einer englischen Gastfamilie. Sie glaubte offensichtlich, dass das ausreichte, um nicht mitzubekommen, wie ihre Mutter ratlos auf schmutzige Wäscheberge blickte.

»Ich habe dich weggeschickt, damit du so sein kannst, wie du bist – unbeschwert.«

Sie, unbeschwert? Ha, ha, ha. Das war seit Langem der beste Witz! Den musste sie unbedingt Alexander erzählen.

»Ich habe dich nie darum gebeten, mich abzuschirmen. Keiner hat dich je gebeten, dir das alles aufzuhalsen. Du hast selbst verfügt, für mich zuständig zu sein.«

Jeder von ihnen hatte sich etwas auferlegt. Sie, Lisa, hatte bestimmt, auf ihre Mutter aufpassen zu müssen. Und Onkel Paul hatte beschlossen, für sie alle verantwortlich zu sein. Und ihre Mutter hatte entschieden, einfach aufzugeben. Sie hatte sich aus dem Leben zurückgezogen, sich in diesen Kokon eingesponnen, sich in dieses Haus verpuppt, aber dann hatte die Krankheit ihres Bruders sie wieder ins Leben gestoßen. Die Krankheit hatte die Karten gemischt und neu verteilt. Und sie hatte ihre schlechte Hand gemustert, Gewinnchancen gleich null, und war dennoch mitgegangen und hatte gesetzt und erhöht. Sie hatte all ihre Kräfte mobilisiert und ihren Bruder nach Hause geholt und gepflegt und bis zuletzt umsorgt. Nichts, was sich ihr in den Weg gestellt hatte, hatte ihren Elan einschränken können. Sie hatte gekämpft wie früher. War wieder die gleiche tatkräftige Frau geworden, die zu sein sie nicht mehr erwartet hatte. So als hätte sie das Leben noch nicht kleingekriegt. Mit der gleichen arroganten Vermessenheit der verwöhnten Tochter aus gutem Haus, der gleichen unerschütterlichen Zuversicht hatte sie diesen Kampf geführt. Und verloren.

»Aber jetzt, jetzt musst du es doch besser wissen«, hatte Lisa ausgerufen und nicht nur Tanja, sondern auch sich gemeint. »Warum kannst du dich jetzt nicht einfach zurücklehnen? Warum kannst du nicht einfach einmal zuschauen? Oder dich mit Mama betrinken? In der Küche sitzen und eine Flasche Weißwein kippen?«

»Das ist wieder eine typische Lisa-Frage«, hatte Tanja gesagt, aber sie hatte nicht nachgegeben.

»Warum nicht?«, hatte sie gefragt. »Was würde denn Schlimmes passieren?«

»Und natürlich begreifst du nicht, dass du diese Frage nur stellen kannst, weil du weißt, dass ich alles machen werde.«

Nein, sie hatte es nicht begriffen. Und was sie am wenigsten begriffen hatte, war, was Tanja genau meinte, wenn sie *alles* sagte.

»Wenn ich nicht alles machen würde, mein Liebling,

dann hättest du gar keine Zeit, diese Frage zu stellen. Du würdest sie nicht einmal denken. Du hättest nicht einmal Zeit, sie zu denken. Du würdest dir vielmehr über so banale und dumme Dinge den Kopf zerbrechen wie wer vor seiner stationären Behandlung die Krankenkasse anruft, wer die Pflegerin besorgt und wer sie zahlt. Wenn du nicht wüsstest, dass ich das alles machen würde, dann würde dein Kopf voll von diesen kleinen, nervtötenden Unerheblichkeiten sein.«

Sie hatte ihr beigepflichtet. »Okay«, hatte sie gesagt, »ich gebe ja zu …«

Aber Tanja hatte schon fortgesetzt: »Ich möchte dich mal sehen, wenn ich mich wirklich zurücklehnen würde, ich möchte euch alle mal sehen. Auf jeden Fall hättest du dann keine Zeit, dir um mein seelisches Gleichgewicht Sorgen zu machen, das schwöre ich dir. Wenn ich eine Pause einlegen würde, um mit Mama ein Glas Weißwein zu trinken, dann würdest du nämlich alles machen müssen, was ich sonst mache, und ob du dann am Abend, nachdem du von einer kleinen, nervigen Erledigung zur anderen gehechelt bist, auch noch Zeit hättest, an mein seelisches Gleichgewicht zu denken …«

»Wenn du eine Pause einlegen würdest«, hatte sie aufbegehrt, »dann müsste ich mir um dein seelisches Gleichgewicht keine Sorgen machen.«

»Das ist der scheinheiligste Satz, den ich je gehört habe«, hatte Tanja gesagt.

Und sie hatte entgegnet: »Scheinheilig vielleicht, aber logisch.«

Selbstverständlich hatte sie sich Vorwürfe gemacht. Kaum hatte sie den Wagenschlag geschlossen und ihrer Schwester von der Haustüre aus zum Abschied gewinkt, hatte sie sich auch schon über das Gespräch geärgert und über die Wendung, die es genommen hatte. Sie hatte sich daher beeilt, es wieder richtigzustellen, und war auf Tanjas Wagen zugeeilt.

»Was ist denn?«, hatte Tanja gefragt.

»Du bist gar nicht so, wie ich gesagt habe.«

»Aber das weiß ich doch.«

»Du bist …«

»Keiner ist so, wie man denkt«, hatte Tanja lächelnd erwidert und war davongefahren, und sie hatte den roten Schlusslichtern hinterhergeschaut und sich über den glücklichen Abschluss gefreut. Aber zu Hause waren ihr wieder all die harten Worte ihrer Schwester eingefallen. So, so, hatte sie irritiert gedacht, während sie Zahnseide um ihre Finger gewickelt und Zahnzwischenräume gereinigt hatte, ich »schlendere also in höheren Gefilden herum«, ich »schwelge in Gemütsbewegungen«, und augenblicklich war sie wieder gereizt gewesen.

Also, was machten sie jetzt? Sie blickte auf die Uhr. Es war zwei Uhr morgens. Sie war hundemüde. Sie sollten eigentlich ins Bett. Sie fuhr sich mit der Hand übers

Gesicht. Durch das Haar. Es war voll und samtweich. Also was jetzt? Sie blickte zu Tanja herüber. Was war es? Ach ja, sie wollte ihre Haare waschen. Sie wollte mit gewaschenem Haar die Leute empfangen. Und ihre Bluse würde sie auch noch waschen müssen, sie hatte keine frische mitgebracht. Sie war noch nicht nach Hause gegangen, hatte den ganzen Tag gewartet. Kurz nach der Verkündung der Pflegerin, dass sein Puls schwach sei, hatte sie mit dem Warten begonnen. Den ganzen Tag hatte sie in der Küche gesessen und sich mit Warten, Warten, Warten abgegeben. Sie hatte auf den Arzt gewartet und auf Tanja, aber das war nur das Ergebnis, die Folge des anderen Wartens gewesen. Es erreichte sie wieder, versetzte ihr einen Schlag, sie hatte den Gedanken weggerückt, aber hier kam er wieder auf sie zu, überwältigte sie in seiner Absurdität. Wegen einem schwachen Puls! Er lag da mit Wattebäuschen auf den Lidern, und alles wegen einem schwachen Puls. Wie widersinnig! Und wie grotesk auch, nun an ihre Haare zu denken und an die Bluse. Als ob das wichtig wäre. Aber sie kannte sich ja und all ihre kleinen Strategien, um sich den Schmerz vom Leib zu halten. Sie richtete es sich doch immer so ein, dass sie an das dachte, was ihr half, über die Runden zu kommen. Oder wie immer man das nennen wollte, mehr oder weniger schmerzfrei, mehr oder weniger ruhig und gelassen das Leben zu meistern. Und sie wollte makellos sein, ordentlich, gepflegt. Mit frisch gewaschenem, duftendem Haar, wenn sie kommen würden, um ihn zu holen. Und an so was dachte sie! Aber er hätte es gemocht. Er hätte es so gewollt. Er hätte sie gelobt. Hätte geschmunzelt und eine Pointe gefunden. Er hätte es wieder einmal auf einen einzigen Punkt gebracht, hätte das alles geordnet und auf ein paar wohlformulierte Worte reduziert, und sie hätte sich vielleicht geärgert, dass er wieder einmal so abgebrüht gewesen wäre. Aber er hätte dem, was auf sie zukommen sollte, seinen ironischen Blick entgegengehalten wie ein Schwert, und sie hätte sich hinter ihn gestellt und sich von ihm beschützen und durch dieses Chaos führen lassen. Sie würde sich also die Haare waschen, sie würde sich den Wecker stellen, falls sie überhaupt schlafen gehen sollten. Und wieder hatte sie etwas zu tun, hatte sie ein Ziel, an dem sie herumwerkeln konnte: Shampoo, Festiger, Fön. Und dann rechnete sie. Wann würden sie kommen? In genau acht Stunden. In genau acht Stunden, sagte sie sich, und die Worte lasteten so stark auf ihr, dass sie seufzte.

»Ich habe ein Verhältnis.«

»Was?«

»Ich habe dir das schon das letzte Mal im Auto sagen wollen.«

Sie wusste augenblicklich, warum Tanja ihr das nun erzählte. Sie musste gar nicht lange darüber nachdenken, sie wusste es intuitiv. Sie sagte es ihr aus einem ganzen Haufen sehr offensichtlicher Gründe. Um ihr hohles Geschwätz zu unterbrechen und all ihren Hypothesen und todlangweiligen Mutmaßungen über Anne einen ordentlichen, starken, klaren Aussagesatz entgegenzustellen – ich habe ein Verhältnis, Punkt. Um die Rollen zu vertauschen, sich selber vom hohen Ross der Lauterkeit zu stoßen. Aber der tiefe, der versteckte Grund war, dass auch Tanja etwas brauchte, um diesen Raum auszufüllen, der plötzlich leer geworden war. Sie hatte also ein Verhältnis. Und das war etwas, Lisa wunderte sich selber darüber, das sich geradezu anständig ausnahm, anständig und solide und hausbacken, eine bekannte Größe auf jeden Fall, im Verhältnis zu Onkel Pauls Tod. Tanja hatte ein Verhältnis. Und das seit Monaten. *Keiner ist so, wie man denkt,* die Worte ihrer Schwester fielen ihr wieder ein, während sie ihr mit stiller Aufmerksamkeit zuhörte, wie sie ihr sonderbar schüchtern gestand, verliebt zu sein.

Ungläubig blickte sie ihre Schwester an. Tanja verliebt. Merkwürdig, man sah es ihr gar nicht an. Aber wie hätte sie denn aussehen sollen?

»Was schaust du mich so überrascht an? Die Hotelzimmer sind voll unzufriedener Menschen, die ehebrecherischen Geschlechtsverkehr betreiben«, erwiderte Tanja auf ihren erstaunten Blick.

»Ich schaue ja nicht, ich schaue nur …«

Sie fragte Tanja aus. Zuerst nur über die Gegebenheiten. Wo sie ihn kennengelernt hatte, wo sie sich trafen und wann, bis sie sich mehr oder weniger die groben Umrisse der Geschichte zusammengereimt hatte.

»Also, wenn ich richtig verstehe«, sagte sie als Fazit, nachdem sie dem langen und etwas konfusen Bericht gelauscht hatte, »wirst du ihn verlassen, weil du verliebt bist und außerdem auch sexuell erregt.«

»Ja.«

Sie glaubte ihr nicht.

»Aber ja, ja, genau deshalb.«

»Komm, sei ehrlich, was ist los? Warum willst du Schluss machen?«

»Weil er sein Dachgeschoss liebt und seine dreieinhalb selbstgeschraubten Möbelstücke und dass er nichts im Kühlschrank hat.«

»Ja, und?«, fragte sie und sah vor ihrem inneren Auge ihre Schwester und wie sie sich in einer Dachwohnung mit dreieinhalb selbstgeschraubten Möbelstücken von einem wildfremden Mann ausziehen ließ, und einen Augenblick verglich sie, was Tanja erlebte mit ihrer ruhigen, etwas langweiligen Beziehung zu Alexander, und das versetzte ihr einen Stich.

»Und selbst wenn er sein Asketenleben für mich aufgeben würde, um mit mir etwas Neues anzufangen, nach einer Weile würde er mir das doch nur vorwerfen.«

»Aber das kannst du doch nicht wissen.«

»Ich weiß es aber«, rief Tanja aus, »ich weiß es ganz

genau. Irgendwann würde ich ihn einfach nur noch anöden.«

Sie wollte etwas einwenden, aber Tanja winkte ab. »Glaub mir, ich kenn ihn. Wenn ich mit ein paar Gläsern oder ein paar Tellern ankommen würde oder mit neuer Bettwäsche oder mit Töpfen ...«

»Na, dann kommst du eben nicht mit dem ganzen Zeug an«, sagte sie und wusste selber, wie verlogen das war.

»Er würde denken, dass er etwas für mich preisgibt.«

Und dann, setzte Tanja hinzu, würde die Zeit der Anschuldigungen beginnen. Oh, vielleicht würde er ihr ja nicht einmal groß etwas sagen. Sehr wahrscheinlich würde er ihr keine Vorwürfe machen. Dazu sei er zu wohlerzogen. Aber er würde sie auf eine ganz neue Art anschauen, und sein Blick würde ihn verraten. Sie kannte diesen Blick. Schaute sie nicht seit geraumer Zeit Denis so an? Dafür habe ich also meine Frau, meine Söhne, mein Haus verlassen, würde dieser Blick sagen, um mit einer anderen alles noch einmal von vorne zu beginnen? Um neue Töpfe, neue Bettwäsche und ein paar neue Teller zu kaufen? Er würde sie mustern und sich denken, dass ihre Beziehung nicht die Erfahrung seines Lebens sei, für die er alles hingeschmissen hatte.

»Auf seinem Badezimmerregal ist nicht einmal Platz für meine Tages- und Nachtcreme. Von meiner Reinigungsmilch, meiner Bodylotion, meiner Haarspülung und meinem Deo ganz zu schweigen. Das einzig wirklich Außergewöhnliche, was mir in den letzten Jahren passiert ist«, fügte Tanja nach kurzem Zögern hinzu, »das ist, dass ich mich in diesen Mann verliebt habe. Das ist das einzig wirklich Außergewöhnliche, und ich will das nicht kaputt machen.«

»Du glaubst doch nicht etwa, dass er sein ganzes Leben lang allein in seiner Dachgeschosswohnung ohne Gardinen und Kabel-TV verbringen wird?«, erwiderte sie herablassend, aus der Vogelperspektive der mit allen Wassern gewaschenen Psychodramatherapeutin, und sie wusste ganz genau, warum sie diesen Ton anschlug, den Onkel Paul so wunderbar beherrscht hatte, warum sie das, was ihre Schwester erlebte, unbedingt mit ihrer Ironie beschmutzen wollte, wegen dem kleinen Stich Eifersucht. Oh, diese Gehässigkeit, durchblitzte es sie, und dennoch konnte sie nicht anders und sagte: »So naiv bist du doch nicht, das wirklich zu denken?«

Sie schaute Tanja an, aber die gab ihr keine Antwort, und sie setzte fort: »Irgendwann einmal wird er seine Ikea-Couch satthaben, und dann wird er diejenige heiraten, die ihm regelmäßig den Kühlschrank vollgeräumt und heimelige Wohnaccessoires angeschleppt hat. Er wird sie heiraten und regelmäßig an ihr herumnörgeln, und sehr wahrscheinlich wird er sie auch betrügen.«

»Vielleicht hast du recht«, stimmte Tanja zu, »vielleicht wird er wirklich irgendeine Nervensäge heiraten.«

»Und sie betrügen.«

»Und sie betrügen«, wiederholte Tanja, »aber in diesen Mann bin ich nicht verliebt.« Sie zuckte mit den Schultern. »Und mit diesem Mann möchte ich ganz bestimmt nicht zusammenleben.«

Sie brachte Tanja dazu zu sagen: »Vielleicht bin ich ja nur in eine Vorstellung verliebt.«

Und kam sich dabei lächerlich vor. Und lumpig. Was spielte es für eine Rolle, dass sie, Lisa, mit ihren Röntgenaugen, ihrer Menschenkenntnis einen ganz anderen Mann gesehen hätte. Oh ja, sie und Onkel Paul, sie hätten diesen Typ im Handumdrehen zu demaskieren gewusst, hätten alle seine Lebenslügen und seine kleinen Heucheleien aufgedeckt und alle seine Spielchen entlarvt.

Aber schmälerte das denn etwas an Tanjas Erfahrung? Es reichte schon, dass Tanja verliebt war, ganz gleich, ob dieser Mann ihrer Gefühle würdig war oder nicht. Es reichte schon, was sie nun, in diesem Augenblick, mit ihm erlebte, bedingungslos und ohne Pläne für die Zukunft zu schmieden. Ja, sie erlebte hier etwas, und es ließ sich auch nicht durch Scharfsinn und Weitblick kaputtreden. Und weil sie etwas erlebte und sich mit dieser Erfahrung, diesem Rausch begnügte, würde Tanja Denis nie verlassen. So einfach war das. Sie würde bei Denis bleiben, weil sie einen anderen Mann begehrte. Nicht etwa wegen irgendwelcher moralischer Bedenken, obwohl sie sich das wohl einzureden versuchte, sondern weil sie dieser Rausch, dieses unverhoffte Glück und Wohlgefühl derart überraschte und derart befriedigte, dass sie nicht die geringste Ambition verspürte, irgendetwas in ihrem Leben zu verändern. So einfach war das und in gewisser Weise auch so klein.

»Du wirst Denis nicht verlassen, nicht wahr?«

»Nein«, sagte Tanja, »das werde ich nicht.«

»Obwohl du in einen anderen Mann verliebt bist?«

»Ja, obwohl ich in einen anderen Mann verliebt bin.«

»Aber warum? Warum wirst du ihn nicht verlassen?«

»Weil ich eine gute Ehe führe.«

»Eine gute, leidenschaftslose Ehe.«

»Ja, wenn du willst, auf eine angenehme Weise leidenschaftslos.«

»Das hört sich grauenhaft an.«

Warum ließ sie Tanja nicht in Ruhe? Warum wollte sie sie unbedingt überführen? Wie sie sich selber mit ihrem erhobenen Zeigefinger und ihrem sauertöpfischen Gerede anödete.

»Ich stelle, ganz im Gegensatz zu dir, nicht so furchtbar hohe Ansprüche an die Liebe. Ich brauche nicht andauernd große Augenblicke. Mir reichen schon ein paar nette Momente, und dazwischen will ich ein gutes Leben leben.«

»Und Denis, ist er nicht misstrauisch geworden? Merkt er nicht, dass du dir deine netten Momente derzeit woanders holst?«

»Also gut«, sagte Tanja resigniert, »du willst also, dass ich über meine Gefühle rede, ja?«

Sie nickte. Jawohl. Genau das wollte sie. Und wenn möglich wollte sie auch gleich ein paar gute Ratschläge beimengen und diese um ein paar ernsthafte Ermahnungen bereichern, die sie mit ein paar Beschwörungen abrunden würde.

»Na, dann lass uns über meine Gefühle reden. Was willst du denn? Dass ich im Namen der Selbstverwirklichung meinen Mann verlasse? Ist es das, was du willst? Dass ich alles, was ich mit ihm aufgebaut habe, hinschmeiße und zu einem Mann ziehe, der mich, sehr wahrscheinlich, gar nicht will oder nur so will, wie ich ihn will, außerhalb unseres Alltags?« Sie schaute sie an. »Im Namen von was soll ich das alles hinschmeißen? Im Namen der Ge-füh-le?« Sie betonte ironisch Silbe für Silbe. »Im Namen der Au-then-tizität mei-ner Gefüh-le? Was ist denn daran so wahr, bitte schön? Was soll denn daran wahrer sein als alles, was ich mit Denis aufgebaut habe?«

Sie wollte ihr antworten, aber Tanja setzte schon fort.

»Ich sag dir was, ich habe überhaupt kein Bedürfnis, zu den 800 Millionen selbst ernannten Individualisten dazuzugehören, die denken, dass es ihr verdammtes

Recht ist, ihre Individualität auch noch in der Auswahl der Farbe ihrer Sofagarnitur zum Ausdruck bringen zu dürfen. Ich will nicht der große Gewinner in der Idiotenlotterie sein.«

»Der Idiotenlotterie? Wovon redest du überhaupt?«

»Ich will nicht wählen dürfen. Davon rede ich. Ich habe null Bock, mir Gedanken darüber zu machen, welcher Mann zu mir passt. Und welcher Liebhaber und welche Automarke und welche Haarfarbe und welche der dreiunddreißig Müslisorten, die regelmäßig auf den Markt geschmissen werden, und welche Jeansmarke und welche Sonnenbrillen- und BH-Form, während eine Milliarde Verlierer in dieser Scheißlotterie nicht einmal Zugang zu sauberem Trinkwasser haben.«

Sie ließ nicht locker. »Ist es wegen Sarah?«

»Sarah? Sag mal, hörst du mir denn nicht zu? Verstehst du denn nicht, was ich dir sage?«

Doch, sie verstand es, sie verstand es sogar besser, als Tanja meinte. *Gewinner der Idiotenlotterie.* Das hätte Onkel Paul sagen können. Das waren Onkel Pauls Sticheleien, seine Ironie, seine Pfeile, mit denen Tanja auf ihr eigenes Leben schoss. Und diese Pfeile waren auch Lisa so vertraut, dass sie sich hätte an sie schmiegen können. Aber nun war er tot, dachte sie, nun war er tot. Und dennoch verdüsterte sein Spott, mit dem er alles überzog, alles bedachte …

»Und deine Gefühle?«

»Was ist mit meinen Gefühlen?«

»Scheißt du auch auf die?«

»Auf die pfeife ich ganz besonders.«

»Es ist wegen Mama, oder?«

»Was?«

Sie hatte nicht vorgehabt, Tanja das zu sagen, aber sie konnte nicht anders. »Das machst du doch alles nur wegen Mama.«

Tanja sah sie an und sagte ihr ohne einen Vorwurf in der Stimme, so wie man einem begriffsstutzigen Kind etwas erklärt, nur ein wenig Ungeduld schwang mit: »Hör mal zu, Lisa, ich mag mein Leben. Ich will kein anderes. Und vor allen Dingen will ich keinen anderen Mann.«

»Du bleibst wegen Mama bei Denis ...«

»Du magst Denis wirklich nicht, was? Aber das ist dein Problem und nicht meins.«

»Aber ...«

»Nix aber«, unterbrach sie sie, »das ist nun mal meine Welt, ob sie dir gefällt oder nicht. Und ich habe sie mir aufgebaut mit meinem Mann, der lieber über Tennis redet, als über Weltarmut. Mit seinen Kollegen, die Golf spielen. Mit den Müttern aus dem Kindergarten und ihren, wie du meinst, unerheblichen kleinen Müttersorgen ...«

»Das ganze Leben fliehst du nur. Es war nicht deine Schuld. Töchter und Mütter streiten sich. Du bist nicht schuld daran.«

»Wer denkt denn, dass es meine Schuld war?«

»Du«, sagte sie. »Du. Du denkst, dass es deine Schuld war. Ich bin mir nicht einmal sicher, ob sie sich das Leben hat nehmen wollen. Sie hat selber nicht gewusst, wie gefährlich das ist.«

»Ich denke nicht, dass es meine Schuld ist. Ich habe das nie gedacht.«

»Du tust aber so. Du tust die ganze Zeit so, als wäre es deine Schuld. Du hast ihr doch das Leben gerettet. Warum kannst du das nicht sehen? Wenn ihr euch nicht gestritten hättet, wenn du danach nicht zurück ins Zimmer gegangen wärest.«

»Ach Lisa, Lisa, Lisa«, sagte sie, verstummte und fügte dann hinzu: »Man verändert sich nicht nach einer Nacht. Man verändert sich nicht einfach so.«

Sie sagte es mit solch aufrichtiger und trauriger Stimme, dass es unmöglich war, ihr nicht zu glauben. »Und dennoch ...«

»Es gibt Begegnungen, die dich verändern.«

»Natürlich«, pflichtete Tanja ihr leichthin bei.

»Ich meine es ernst.«

»Ja, klar«, sagte Tanja.

Und sie, Lisa, wusste augenblicklich, was Tanja dachte, Kindskopf, dachte sie, Romantikerin. Denn war das nicht ihr Ruf in der Familie? Nun gut, beschloss sie, einerlei, und stand auf.

»Wohin gehst du?«, fragte Tanja, obwohl sie ahnte,

wohin Lisa, *der Kindskopf, die Romantikerin*, nun hinzugehen gedachte.

»Ich will ihn sehen«, sagte Lisa, »mich verabschieden.«

»Dich verabschieden?« Skeptisch blickte Tanja sie an, folgte ihr dann aber doch, wenn auch unwillig.

Sie ging durch den Flur, ohne zu zögern, sicheren Schrittes. Aber an der Tür, als sie die Klinke zu Onkel Pauls Zimmer herunterdrückte, war ihre Bestimmtheit verflogen. Was sollte das eigentlich? Was zum Teufel machte sie hier um vier Uhr morgens? Los, nun nicht verzagen. Sie überquerte den Teppich (den handgeknüpften Kelim, das Museumsstück) und stellte sich an sein Bett. Und wieder überkamen sie Zweifel, fragte sie sich, ob sie nicht besser daran täte, nach oben in ihr Zimmer zu gehen. Aber dann trat Tanja zu ihr heran und fasste ihre Hand, und sie blieben mit verschlungenen Fingern nebeneinander stehen. Müde lehnte sie ihren Kopf an Tanjas Schulter und roch ihr Parfüm, zu dem sich ein frischer, unbekannter Duft eines Kölnisch Wassers mischte, und obwohl sie nicht wollte, wurde sie neugierig, kreisten ihre Gedanken nicht mehr um ihren Onkel, sondern um diesen kaum wahrnehmbaren, neuen Geruch. Also, was jetzt?, rappelte sie sich schuldbewusst auf. Wie ging es weiter? Was war der nächste Schritt? Sie hörte ihre Schwester niesen. Einmal, zweimal, dreimal. Hörte sie nach einem Taschentuch kramen.

»Du findest Taschentücher dort neben seinem Bett«, flüsterte sie und sah, wie Tanja zögernden Schrittes zum Nachttisch ging. Jetzt nur nicht mit den Augen Onkel Pauls blicken, dachte sie. Nur nicht! Und dennoch bemerkte sie einen zweiten Anzug, den die Pflegerin über die Stuhllehne gelegt hatte, wie sein Gegenpart, ein Gespenst. Und sie sah auch, dass in der Aufregung noch keiner daran gedacht hatte, die Waschschüssel, den Kamm, sein Aftershave und die Rasierutensilien wegzuräumen und die benutzten Handtücher und Waschlappen in die Wäsche zu geben. Alles lag noch da wie zuvor. Da lag seine Lesebrille wie die Parodie einer Lesebrille neben dem aufgeschlagenen Buch. Und da lagen die Pillen, und auch sie äfften seine Pillen nur nach. Und da lag die billige Attrappe seines Adressbuches mit den abgewetzten Ecken und eine Kopie seiner Taschentücher und wie zum Scherz sein Handy. Griffbereit ruhten die Gegenstände neben der reglosen Gestalt. Und da stand auch das Wasserglas, um das so viel gestritten worden war, und es ließ ihre Gedanken sofort auf die Missstände zurückspringen und war ganz im Gegensatz zu den anderen Dingen bedeutungsschwer. »Du musst mehr trinken«, hatte ihre Mutter fast täglich gebettelt. Und er hatte als Antwort »Lass mich Ruhe« gebrummt. »Wie soll denn deine Leber all die Giftstoffe ausscheiden können, wenn du nicht ...« »Jetzt lass ihn doch in Ruhe, Mama«, hatte sie ihm beigestimmt und das

Glas, eines der vielen Folterwerkzeuge ihrer Mutter, in die Küche gebracht. Vor allen Dingen in den letzten Wochen hatten sie sich alle mit diesen Lappalie abgegeben. Das war traurig. Und so furchtbar dumm. Und dennoch war keiner von ihnen imstande gewesen, damit aufzuhören. Aber was tut man, wenn man erfährt, dass ein geliebter Mensch nach ärztlichem Ermessen nur noch wenige Monate zu leben hat? Was macht man mit dieser Information? Sie hatten einfach weitergemacht. Was für eine Vergeudung, dachte sie nun. Was für ein Jammer. Und dennoch, so sinnlos es gewesen war, ihm Wasser einflößen zu wollen, so überflüssig war es nun, sich deswegen Vorwürfe zu machen. Aber genau das würden sie alle tun. Denn sie würde sich mit der gleichen törichten Vehemenz mit Vorwürfen martern, mit der sie ihn zuvor drangsaliert hatten, das Glas Wasser zu trinken, durchzuhalten, nicht aufzugeben, wenn möglich mit erhobenem Kopf. Es machte sie wütend. Und es machte sie traurig. Und es war unwesentlich und lenkte sie ab …

»Lass uns jetzt schlafen gehen, gut?«, flüsterte Tanja.

Und sie sagte: »Ja, gleich.«

»Wir haben morgen einen langen Tag vor uns.«

»Ja, ich weiß, es ist nur …«

Sie hörte, wie ihre Schwester sich schnäuzte, und augenblicklich dachte sie irritiert, nirgendwo ist man ungestört.

»Komm …«, bettelte Tanja, die vor Müdigkeit schwankte.

»Ja«, sagte sie, »ja, lass uns schlafen gehen«, warf noch einen letzten Blick auf die ruhende Gestalt ihres Onkels, drehte sich dann mit einer Heftigkeit um, die Tanja zusammenzucken ließ.

»Woran denkst du jetzt?«, fragte Tanja, die ihren Gemütswandel gespürt hatte.

Sie zuckte zusammen. Alles, was sie dazu sagen könnte, wäre falsch formuliert und lächerlich. Sie hatte das auch ihrem Onkel zu erklären versucht, und auch da war es ihr misslungen.

Es war ein sonniger Tag gewesen, und sie hatte ihm geholfen, sich ans Fenster zu setzen.

»Bringst du mir die Zeitung, Schatz?«, hatte ihr Onkel sie gefragt. Und sie war in den Flur gegangen und hatte die Tageszeitung geholt. Er hatte sie durchzublättern begonnen, und sie hatte zu ihm herübergeblickt, ihn beobachtet wie all die Jahre zuvor. Alles schien seinen gewohnten Gang zu gehen, alles schien von einer ruhigen Klarheit. Aber wie kam das? Wie war das möglich?

»Willst du nicht irgendetwas aufholen?«, hatte sie ihren Onkel gefragt. Und sich mit dieser Frage selber überrascht.

Er hatte sie über seinen Brillengläsern hinweg mit ironisch blinzelnden Augen angeschaut. »Du meinst, weil ich einfach Zeitung lese?«

Sie war errötet. Ja, vielleicht hatte sie das gemeint. Jeder war doch mit seinem Leben unzufrieden. Jeder versuchte doch ständig, etwas zu verändern. Jeder war doch immerzu dran, an seinem Leben herumzuwerkeln, es zu revidieren und zu korrigieren. Und was machte er? Las Zeitung. Sie hatte ihm das erklären wollen, wie beliebig ihr plötzlich diese Gegenwart schien, fast wie ein Hohn. Sie hatte solch einen Groll gegen alles empfunden. Den Stuhl, das Bett, die Decke, das Zimmer, das Tageslicht, den Teppich, die Lampe, das Fenster ... Aber er hatte sich schon wieder in seine Lektüre vertieft. Und während er etwas Törichtes über jemand Törichten gelesen und dabei geschmunzelt hatte, hatte sie gespürt, wie sehr sie ihn liebte.

Sie hatte ihn in diesem Augenblick innig geliebt, mit der gleichen ohnmächtigen Wut und der gleichen Sehnsucht und der gleichen gut kaschierten Verzweiflung (denn waren sie nicht zivilisierte Europäer?), mit der er, das wusste sie nun, das Zimmer geliebt hatte und das Tageslicht, den Teppich und die Lampe, das Fenster, das Sofa und den Stuhl. All die alltäglichen Dinge des Lebens, das sich ihm nun so schmerzhaft entzog. Ihr waren sie in der Mittagssonne brutal und abstoßend erschienen, weil sie sich in ihrer ganzen Fadheit breitmachten, so als wäre er nicht krank. Steh doch auf, hätte sie ihn anschreien können, mach was, stell etwas an, werde endlich wütend, hau diese ganze Bude zusammen, und ich helfe dir dabei. Wozu sparst du dich auf? Brich dein Leben doch endlich an. Aber das war ja sein Leben, hatte sie überrascht gedacht, während sie ihrem Onkel dabei zugeschaut hatte, wie er eine Seite umblätterte.

»Komm, bring mich in den Garten«, hatte er gesagt, »ich will mich ein bisschen in die Sonne setzen, bevor deine Mutter es mir wieder einmal verbietet.«

Und sogleich hatte sie den vertrauten alten Ärger über ihrer Mutter Ängstlichkeit gespürt, den sie beide teilten. Sie hatte ihn emporgezogen, und wie oft in letzter Zeit hatte er moniert, dass ihre Mutter zu dies sei und zu das.

»Findest du nicht, dass du übertreibst?«, hatte sie gefragt und so getan, als wäre, was er entgegnete, bedeutsam. Und auch er hatte den Anschein gewahrt und protestiert und noch ein bisschen pro forma weitergeschimpft. Aber sie hatte seinen wehmütigen Blick erwischt, der bei den Kastanien im Garten verweilt war. Sie trugen noch Knospen, aber bald, in einer Woche vielleicht, würden sie weiß und rot erblühen.

»Ich meckere mal wieder, was?«

»Nicht mehr als sonst«, hatte sie lächelnd gemeint und ihn gefragt, ob sie ihm nicht doch lieber zuvor einen Mantel holen solle.

Sie hatte die Tür aufgeriegelt, und das Licht war ins Zimmer geflutet, und einen Augenblick hatte es sie beide geblendet.

»Nein, nicht nötig«, hatte ihr Onkel ungeduldig ausgerufen und sie angehalten, sich zu beeilen.

Er hatte sich auf ihren Arm gestützt, und sie waren hinausgegangen, auf die Hortensien zu, die halb im Schatten standen und halb im Licht..

Und auch diese kleinen Flunkereien, hatte sie gedacht, und ihren Schritt seinem Gang angepasst, waren Leben.